Erprobter Rat

Magst du wissen, wann du sollst gesellig
und wann einsam sein?
Willst du *Freude,* suche Menschen,
willst du *Glück,* so bleib mit dir allein.
Wisse, wann dein Werk am schönsten
und am reinsten mag gedeihn:
In der *Arbeit* suche Menschen,
doch im *Schaffen* bleib mit dir allein.
Wie's auch jeder hält nach seiner Weise,
lasse eins gesagt dir sein:
Wenn du hassest, meide Menschen,
wenn du liebst, bleib *nicht* mit dir allein.

Peter Rosegger

Artisten

Meistererzählungen aus Österreich

Herausgegeben von Marianne Bernhard

L. STAACKMANN VERLAG KG. MÜNCHEN

Eine Gemeinschaftsausgabe von L. Staackmann Verlag KG. München
Verbandsdruckerei AG. Bern
und Österreichischer Agrarverlag, Wien

Printed in Austria 1977
Umschlaggestaltung: Bernd von Platen, Stuttgart
Für den Schutzumschlag wurde ein Aquarell von Georg Emanuel Opiz, »Szene auf einem Jahrmarkt«, datiert 1822, aus dem Besitz von Rudolph Bernhard, Stuttgart, verwendet
Gesamtherstellung: Wiener Verlag, Wien
ISBN 3 920897 92 7

Das Kloster bei Sendomir

Von Franz Grillparzer

Die Strahlen der untergehenden Sonne vergoldeten die Abhänge eines der reizendsten Täler der Woiwodschaft Sendomir! Wie zum Scheidekuß ruhten sie auf den Mauern des an der Ostseite fensterreich und wohnlich prangenden Klosters, als eben zwei Reiter, von wenigen Dienern begleitet, den Saum der gegenüberliegenden Hügelkette erreichten und, von der Vesperglocke gemahnt, nach kurzem, betrachtendem Verweilen ihre Pferde in schärfern Trott setzten, taleinwärts, dem Kloster zu.

Die Kleidung der späten Gäste bezeichnete die Fremden. Breitgedrückte befiederte Hüte, das Elenkoller vom dunklen Brustharnisch gedrückt, die straffanliegenden Unterkleider und hohen Stulpstiefel erlaubten nicht, sie für eingeborene Polen zu halten. Und so war es auch. Als Boten des deutschen Kaisers zogen sie, selbst Deutsche, an den Hof des kriegerischen Johann Sobiesky, und vom Abend überrascht, suchten sie Nachtlager in dem vor ihnen liegenden Kloster.

Das bereits abendlich verschlossene Tor ward den Einlaßheischenden geöffnet, und der Pförtner hieß sie eintreten in die geräumige Gaststube, wo Erfrischung und Nachtruhe ihrer warte; obgleich, wie er entschuldigend hinzusetzte, der Abt und die Konventualen, bereits zur Vesper im Chor versammelt, sich für heute die Bewillkommnung so werter Gäste versagen müßten. Die Angabe des etwas mißtrauisch blickenden Mannes ward durch den eintönigen Zusammenklang halb sprechend, halb singend erhobener Stimmen bekräftigt, die, aus dämpfender Ferne durch die hallenden Gewölbe sich hinwindend, den

Chorgesang einer geistlichen Gemeinde deutlich genug bezeichneten.

Die beiden Fremden traten in das angewiesene Gemach, welches, obgleich wie das ganze Kloster offenbar erst seit kurzem erbaut, doch altertümliche Spitzformen mit absichtlicher Genauigkeit nachahmte. Weniges, doch anständiges Geräte war rings an den Wänden verteilt. Die hohen Bogenfenster gingen ins Freie, wo der im Osten aufsteigende Mond, mit der letzten Abendhelle kämpfend, nur sparsame Schimmer auf die Erhöhungen des hüglichten Bodens warf, indes in den Falten der Täler und unter den Bäumen des Forstes sich allgemach die Nacht mit ihrem dunklen Gefolge lagerte, und stille Ruhe, hold vermischend, ihren Schleier über Belebtes und Unbelebtes ausbreitete.

Die eigenen Diener der Ritter trugen Wein auf und Abendkost. Ein derbgefügter Tisch, in die Brüstung des geöffneten Bogenfensters gerückt, empfing die ermüdeten Gäste, die, auf hohe Armstühle gelagert, sich bald an dem zauberischen Spiele des Mondlichtes ergötzten, bald, zu Wein und Speise zurückkehrend, den Körper für die Reise des nächsten Tages stärkten.

Eine Stunde mochte auf diese Art vergangen sein. Die Nacht war vollends eingebrochen, Glockenklang und Chorgesang längst verstummt. Die zur Ruhe gesendeten Diener hatten eine düster brennende Ampel, in der Mitte des Gemaches hängend, angezündet, und noch immer saßen die beiden Ritter am Fenster im eifrigen Gespräch; vielleicht vom Zweck ihrer Reise, offenbar von Wichtigem. Da pochte es mit kräftigem Finger an die Türe des Gemaches, und ehe man noch, ungern die Rede unterbrechend, mit einem: »Herein!« geantwortet, öffnete sich diese, und eine seltsame Menschengestalt trat ein, mit der Frage: ob sie Feuer bedürften.

Der Eingetretene war in ein abgetragenes, an mehreren Stellen geflicktes Mönchskleid gehüllt, das sonderbar genug gegen den derben, gedrungenen Körperbau abstach. Obgleich vom Alter schon etwas gebeugt und mehr unter als über der Mittelgröße, war doch ein eigener Ausdruck von Entschlossenheit und Kraft über sein ganzes Wesen verbreitet, so daß, die Kleidung abgerechnet, der Beschauer den Mann eher für alles als für einen friedlichen Sohn der Kirche erkannt hätte. Haar und Bart, vormals augenscheinlich rabenschwarz, nun aber überwiegend mit Grau gemischt und, trotz ihrer Länge, stark gekräuselt, drängten sich in dichter Fülle um Stirne, Mund und Kinn. Das Auge, klösterlich gesenkt, hob sich nur selten; wenn es aber aufging, traf es wie ein Wetterschlag, so grauenhaft funkelten die schwarzen Sterne aus den aschfahlen Wangen, und man fühlte sich erleichtert, wenn die breiten Lider sie wieder bedeckten. So beschaffen und so angetan, trat der Mönch, ein Bündel Holz unter dem Arme, vor die Fremden hin, mit der Frage: ob sie Feuer bedürften.

Die beiden sahen sich an, erstaunt ob der seltsamen Erscheinung. Indessen kniete der Mönch am Kamine nieder und begann Feuer anzumachen, ließ sich auch durch die Bemerkung nicht stören, daß man gar nicht friere, und seine Mühe überflüssig sei. Die Nächte würden schon rauh, meinte er und fuhr in seiner Arbeit fort. Nachdem er sein Werk vollendet, und das Feuer lustig brannte, blieb er ein paar Augenblicke am Kamine stehen, die Hände wärmend, dann, ohne sich scheinbar um die Fremden zu bekümmern, schritt er schweigend der Türe zu.

Schon stand er an dieser und hatte die Klinke in der Hand, da sprach einer der Fremden: »Nun Ihr einmal hier seid, ehrwürdiger Vater —«

»Bruder!« fiel der Mönch, wie unwillig, ein, und ohne sich umzusehen, blieb er, die Stirn gegen die Türe geneigt, am Eingange stehen.

»Nun denn also, ehrwürdiger Bruder«, fuhr der Fremde fort, »da Ihr schon einmal hier seid, so gebt uns Aufschluß über einiges, das wir zu wissen den Wunsch hegen.«

»Fragt!« sprach, sich umwendend, der Mönch.

»So wißt denn«, sagte der Fremde, »daß uns die herrliche Lage und Bauart Eures Klosters mit Bewunderung erfüllt hat, vor allem aber, daß es so neu ist und vor kurzem erst aufgeführt zu sein scheint.«

Die dunklen Augen des Mönches hoben sich bei dieser Rede und hafteten mit einer Art grimmigen Ausdruckes auf dem Sprechenden.

»Die Zeiten sind vorüber«, fuhr dieser fort, »wo die Errichtung solcher Werke der Frömmigkeit nichts Seltenes war. Wie lange steht das Kloster?«

»Wißt Ihr es vielleicht schon?« fragte, zu Boden blickend, der Mönch, »oder wißt Ihr es nicht?«

»Wenn das erstere, würde ich fragen?« entgegnete der Fremde.

»Es trifft sich zuweilen«, murmelte jener. »Drei Jahre steht dies

Kloster. Dreißig Jahre!« fügte er verbessernd hinzu und sah nicht auf vom Boden.

»Wie aber hieß der Stifter?« fragte der Fremde weiter. »Welch gottgeliebter Mann?« – Da brach der Mönch in ein schmetterndes Hohngelächter aus. Die Stuhllehne, auf die er sich gestützt hatte, brach krachend unter seinem Druck zusammen; eine Hölle schien in dem Blick zu flammen, den er auf die Fremden richtete, und plötzlich gewendet, ging er schallenden Trittes zur Türe hinaus.

Noch hatten sich die beiden von ihrem Erstaunen nicht erholt, da ging die Tür von neuem auf, und derselbe Mönch trat ein. Als ob nichts vorgefallen wäre, schritt er auf den Kamin zu, lockerte mit dem Störeisen das Feuer auf, legte Holz zu, blies in die Flamme. Darauf sich umwendend, sagte er: »Ich bin der mindeste von den Dienern dieses Hauses. Die niedrigsten Dienste sind mir zugewiesen. Gegen Fremde muß ich gefällig sein und antworten, wenn sie fragen. Ihr habt ja auch gefragt. Was war es nur?«

»Wir wollten über die Gründung dieses Klosters Auskunft einholen«, sprach der ältere der beiden Deutschen, »aber Eure sonderbare Weigerung –«

»Ja, ja!« sagte der Mönch, »ihr seid Fremde und kennet Ort und Leute noch nicht. Ich möchte gar zu gerne eure törichte Neugierde unbefriedigt lassen, aber dann klagt ihr's dem Abte, und der schilt mich wieder wie damals, als ich dem Paladin von Plozk an die Kehle griff, weil er meiner Väter Namen schimpfte. Kommt ihr von Warschau?« fuhr er nach einer kleinen Weile fort.

»Wir gehen dahin«, antwortete einer der Fremden.

»Das ist eine arge Stadt«, sagte der Mönch, indem er sich setzte. »Aller Unfrieden geht von dort aus. Wenn der Stifter dieses Klosters nicht nach Warschau kam, so stiftete er überhaupt kein Kloster, es gäbe keine Mönche hier, und ich wäre auch keiner. Da ihr nicht von dorther kommt, mögt ihr rechtliche Leute sein, und, alles betrachtet, will ich euch die Geschichte erzählen. Aber unterbrecht mich nicht und fragt nicht weiter, wenn ich aufhöre. Am Ende sprech' ich selbst gerne wieder einmal davon. – Wenn nur nicht so viel Nebel dazwischenläge, man sieht kaum das alte Stammschloß durchschimmern – und der Mond scheint auch so trübe.« – Die letzten Worte verloren sich in ein unverständliches Gemurmel und machten endlich einer tiefen Stille Platz, während welcher der Mönch, die Hände in die weiten Ärmel gesteckt, das Haupt auf die Brust gesunken, unbeweglich dasaß. Schon glaubten die beiden, seine Zusage habe ihn gereut, und wollten kopfschüttelnd sich entfernen, da richtete er sich plötzlich mit einem verstärkten Atemzuge empor; die vorgesunkene Kapuze fiel zurück; das Auge, nicht mehr wild, strahlte in fast wehmütigem Lichte; er stützte das halb dem Mond entgegengewendete Haupt in die Hand und begann: »Starschenski hieß der Mann, ein Graf seines Stammes, dem gehörte die weite Umgebung und der Platz, wo dies Kloster steht. Damals war aber noch kein Kloster. Hier ging der Pflug; er selber hauste dort oben, wo jetzt geborstene Mauern das Mondlicht zurückwerfen. Der Graf war nicht schlimm, wenn auch gerade nicht gut. Im Kriege hieß man ihn tapfer; sonst lebte er still und abgeschieden im Schlosse seiner Väter. Über eines wunderten sich die Leute am meisten: nie hatte man ihn einem weiblichen Wesen mit Neigung zugetan gesehen, sichtlich vermied er den Umgang mit Frauen. Er galt daher für einen Weiberfeind; doch war er keiner. Ein von Natur schüchterner Sinn und – laßt sehn, ob ich's treffe!« sagte der Mönch, indem er sich aufrichtete – »ein über alles gehendes Behagen am Besitz seiner selbst hatte ihm bis dahin keine Annäherung erlaubt. Abwesenheit von Unlust war ihm Lust. – Habt ihr noch Wein übrig? Gebt mir einen Becher! Der Graf war so schlimm nicht.«

Der Mönch trank, dann fuhr er fort: »So lebte Starschenski, so gedachte er zu sterben, doch war es ihm anders bestimmt. Ein Reichstag rief ihn nach Warschau. Unwillig über die Verkehrtheit der Menge, deren jeder nur sich wollte, wo es das Wohl des Ganzen galt, ging er eines Abends durch die Straßen der Stadt; schwarze Regenwolken hingen am Himmel, jeden Augenblick bereit, sich zu entladen, dichtes Dunkel ringsum. Da hört er plötzlich hinter sich eine weibliche Stimme, die zitternd und schluchzend ihn anspricht: Wenn Ihr ein Mensch seid, so erbarmt Euch eines Unglücklichen! Rasch

umgewendet, erblickt der Graf ein Mädchen, das bittend ihm die Hände entgegenstreckt. Die Dunkelheit der Nacht ließ nichts einzelnes unterscheiden. Die Kleidung schien ärmlich, Hals und Arme schimmerten weiß durch die Nacht. Der Graf folgte der Bittenden. Zehn Schritte gegangen, tritt sie in eine Hütte, Starschenski folgt, und bald steht er mit ihr allein auf dem dunklen Flur. Eine warme, weiche Hand ergreift die seinige. – Seid Ihr Ordensritter?« unterbrach sich der Mönch, zu dem jüngeren der Fremden gewendet. »Was bedeutet das Kreuz auf Eurem Mantel?« – »Ich bin Malteser«, entgegnete dieser. – »Ihr auch?« wendete der Mönch sich zum zweiten. – »Keineswegs«, war die Antwort. – »Habt Ihr Weib und Kinder?« – »Beides hatt' ich nie.« – »Wie alt seid Ihr?« – »Fünfundvierzig.« – »So! so!« murmelte kopfnickend der Mönch. Dann fuhr er fort: »Ein bis dahin ungekanntes Gefühl ergriff den Grafen bei der Berührung der warmen Hand. Sie erzählen ein morgenländisches Märchen von einem, dem plötzlich die Gabe verliehen war, die Sprache der Vögel und andrer Naturwesen zu verstehen, und der nun, im Schatten liegend am Bachesrand, mit freudigem Erstaunen rings um sich überall Wort und Sinn vernahm, wo er vorher nur Geräusch gehört und Laute. So erging es dem Grafen. Eine neue Welt stand vor ihm auf, und bebend folgte er seiner Führerin, die eine kleine Tür öffnete und mit ihm in ein niederes, schwacherleuchtetes Zimmer trat.

Der erste Strahl des Lichtes fiel auf das Mädchen. Starschenskis innerstes Wesen jubelte auf, daß die Wirklichkeit gehalten, was die Ahnung versprach. Das Mädchen war schön, schön in jedem Betracht. Schwarze Locken ringelten sich um Stirn und Nacken und erhoben, mit der gleichgefärbten Wimper, bis zum Sonderbaren den Reiz des hellblau strahlenden Auges. Der Mund mit üppig aufgeworfenen, beinahe zu hochroten Lippen ward keineswegs durch eine kleine Narbe entstellt, die, als schmale, weißlich gefärbte Linie schräg abwärts laufend, sich in den Karmin der Oberlippe verlor. Grübchen in Kinn und Wangen; Stirn und Nase, wie vielleicht gerade der Maler sie nicht denkt, wie sie aber meinen Landsmänninen wohl stehen, vollendeten den Ausdruck des reizenden Köpfchens und standen in schönem Einklange mit den Formen eines zugleich schlank und voll gebauten Körpers, dessen üppige Schönheit die ärmliche Hülle mehr erhob als verbarg. – Nicht wahr, davon wißt Ihr nichts, Malteser? Ja, ja, bei dem alten Mönch rappelt's einmal wieder! Laßt uns noch eins trinken! – So, und nun gut.

Der Graf stand verloren im Anschaun des Mädchens und bemerkte kaum, daß in einem Winkel der Hütte, auf moderndes Stroh gebettet, einen zerrissenen Sattel statt des Kissens unter dem Kopfe, mit Lumpen bedeckt, die Jammergestalt eines alten Mannes lag, der jetzt die Hand aus seinen ärmlichen Hüllen hervorstreckte und mit erloschener Stimme fragte: Bist du's, Elga? Wen bringst du mir da? – Hier der Unglückliche, sprach das Mädchen zu Starschenski gewendet, für den ich, durch äußerste Not getrieben, Euer Mitleid ansprach. Er ist mein Vater, ein Edelmann von altem Stamm und Adel, durch Verfolgungen bis hierher gebracht. – Damit ging sie hin, und am Lager des Greises niedergekauert, suchte sie durch Zurechtrücken und Ausbreiten in die Lumpen, die ihn bedeckten, einen Schein von Anständigkeit und Ordnung zu bringen.

Der Graf trat näher. Er erfuhr die Geschichte. Der vor ihm lag, war der Starost von Laschek. Er und seine zwei Söhne hatten sich in politische Verbindungen eingelassen, die das Vaterland mißbilligte. Ihre Anschläge wurden entdeckt. Die beiden Söhne samt einigen Unvorsichtigen, die mit ihnen gemeine Sache gemacht, traf Verbannung; der Vater, seiner Güter beraubt, war im Elend.

Im ersten Augenblicke, als Starschenski den Namen Laschek hörte, wußte er auch schon, daß die Lage des Unglücklichen nicht ganz unverschuldet war. Denn, wenn er auch einer unmittelbaren Teilnahme an den Anschlägen seiner Söhne nicht geradezu überwiesen werden konnte, so hatte er doch durch Leichtsinn in der Jugend und üble Wirtschaft im vorgerückten Alter seinen Söhnen die rechtlichen Wege des Emporkommens schwierig und Wagnisse willkommen gemacht. All dies war dem Grafen nicht verborgen. Aber es galt, einen Unglücklichen zu retten, und Elgas Vater hatte den beredtesten Fürsprecher bei dem für seine Tochter Entbrannten.

Laschek ward in eine anständige Wohnung gebracht, er und seine Tochter mit dem Notwendigen versehen. Starschenski verwendete seinen Einfluß, seine Verbindungen, er ließ sich bis zu Geld und Geschenken herab, um die Wiederherstellung des Entsetzten, die Rückberufung der Verbannten zu erwirken. Glücklicherweise waren die äußern Verhältnisse längst vorüber, welche die Anschläge jener Unvorsichtigen gefährlich gemacht hatten. Verzeihung ward bewilligt; die Verwiesenen rüsteten sich zur Heimkehr. Mehrere der Unglücksgenossen hatten, ihrem Leichtsinne treu, Dienste in fremden Landen genommen, nur Lascheks beide Söhne und ein entfernter Verwandter des Hauses, Oginski genannt, machten Gebrauch von der schwer erlangten Erlaubnis. Täglich erwartete man ihre Ankunft.

Die Wiedergabe von Lascheks eingezogenen Gütern zeigte sich indes als wenig Nutzen bringend. Täglich erschienen neue Gläubiger. Hauptstock und rückständige Zinsen verschlangen weit den Wert des vorhandenen Unbeweglichen. Starschenski trat ins Mittel, bezahlte, verschuldete seine eigenen Güter und konnte dennoch kaum einen geringen Rest der Stammbesitzungen als Pfropfreis für die Zukunft retten.

Glücklicher schien er mittlerweile in seinen Bewerbungen um Elgas Herz. Als das Mädchen sich zum erstenmal wieder in anständigen Kleidern erblickte, flog sie ihm beim Eintritte aufschreiend entgegen, und ein lange nachgefühlter Kuß von ihren brennenden Lippen lohnte seine Vorsorge, sein Bemühen. Dieser erste Kuß blieb freilich vorderhand der letzte, nichtsdestoweniger durfte sich aber doch Starschenski mit der Hoffnung schmeicheln, ihrem Herzen nicht gleichgültig zu sein. Sie war gern in seiner Gesellschaft, sie bemerkte und empfand seine Abwesenheit. Oft überraschte er ihr Auge, das gedankenvoll und betrachtend auf ihn geheftet war; ja einigemal konnte er nur durch schnelles Zurückziehen verhindern, daß nicht ein Kuß, den er gar zu gerne seinen Lippen gegönnt hätte, auf seine Hand gedrückt wurde. Er war voll der schönsten Hoffnungen. Doch mit einem Male änderte sich die Szene. Elga ward düster und nachdenkend. Wenn sonst ihre Neigung für Zerstreuungen, für Kleiderzier und Lebensgenuß sich aufs bestimmteste aussprach und manchmal hart an die Grenze des Zuviel zu streifen schien, so mied sie jetzt die Gesellschaft; streitende Gedanken jagten ihre Wolken über die schön geglättete Stirn; das getrübte Auge sprach von Tränen, und nicht selten

drängte sich ein einzelner der störenden Gäste unter der schnell gesenkten Wimper hervor. Starschenski bemerkte, wie der Vater sie dann ernst, beinahe drohend anblickte und eine erkünstelte Heiterkeit das Bestreben des Mädchens bezeichnete, einen heimlichen Kummer zu unterdrücken. Einmal, rasch durchs Vorgemach auf die Türe des Empfangszimmers zuschreitend, hörte Starschenski die Stimme des Starosten, der aufs heftigste erzürnt schien und sich sogar ziemlich gemeiner Ausdrücke bediente. Der Graf öffnete die Türe und sah sich rings um, erblickte aber kein drittes, nur die Tochter, die nicht weinend und höchst erhitzt, vom Vater abgekehrt, am Fenster stand. Ihr mußten jene Scheltworte gegolten haben. Da ward es fester Entschluß in der Seele des Grafen, durch eine rasche Werbung um Elgas Hand der marternden Ungewißheit des Verhältnisses ein Ende zu machen.

Während er sich kurze Zeit zur Ausführung dieses Vorsatzes nahm und Elgas vorige Heiterkeit nach und nach zurückkehrte, langten die aus der Verbannung heimberufenen Angehörigen an. Elga schien weniger Freude über den Wiederbesitz der so lange entbehrten Brüder zu empfinden, als der Graf vorausgesetzt hatte. Am auffallendsten aber war ihre schroffe Kälte, um es nicht Härte zu nennen, gegen den Gefährten von ihrer Brüder Schuld und Strafe, den armen Vetter Oginski, den sie kaum eines Blickes würdigte. Gut gebaut und wohl aussehend, wie er war, schien er eine solche Abneigung durch nichts zu verdienen; vielmehr war in seinem beinahe zu unterwürfigen Benehmen das Streben sichtbar, sich um die gute Meinung von jedermann zu bewerben. Keine Härte konnte ihn aufbringen; nur schien ihm freilich jede Gelegenheit erwünscht, sich der beinahe verächtlichen Behandlung Elgas zu entziehen. Zuletzt verschwand er ganz, und niemand wußte, wo er hingekommen war.

Nun endlich trat der Graf mit seiner Bewerbung hervor. Der alte Starost weinte Freudentränen, Elga sank schamerrötend und sprachlos in seine Arme, und der Bund war geschlossen. Laute Feste verkündeten der Hauptstadt Starschenskis Glück, und wiederholte, zahlreich besuchte Feste versicherten ihn der allgemeinen Teilnahme. Durch eine Ehrenbedienstung am Hofe festgehalten, lernte er bald sich in Geräusch und Glanz fügen, ja wohl gar daran Vergnügen finden, wenigstens insoweit Elga es darin fand, deren Geschmack für rauschende Lustbarkeiten sich immer bestimmter aussprach. Aber war sie nicht jung, war sie nicht schön? Hatte nicht, nach langen Unfällen, jede Lust für sie den doppelten Reiz, als Lust und als neu? Der Graf gewährte und war glücklich. Nur eines fehlte, um ihn ganz selig zu machen: schon war ein volles Jahr seit seiner Vermählung verstrichen, und Elga gab noch keine Hoffnung, Mutter zu werden.

Doch plötzlich ward der Rausch des Glücklichen auf eine noch weit empfindlichere Weise gestört. Starschenskis Hausverwalter, ein als redlich erprobter Mann, erschien, trübe Wolken auf der gefurchten Stirn. Man schloß sich ein, man rechnete, man verglich, und es zeigte sich bald nur zu deutlich, daß durch das, was für Elgas Verwandte geschehen war, durch den schrankenlosen Aufwand der letzten Zeit, des Grafen Vermögensstand erschüttert war und schleunige Vorsorge erheischte. Das Schlimmste zu dieser Verwirrung hatten Elgas beide Brüder getan. Wie denn überhaupt das Unglück nur Besserungsfähige bessert, so war die alles verschlingende Genußliebe des leichtfertigen Paares durch die lange Entbehrung nur noch gieriger geworden. Auf die Kasse des Grafen mit ihrem Unterhalte angewiesen, hatten sie den überschwenglichsten Gebrauch von dieser Zugestehung gemacht, und nachdem der in Seligkeit schwimmende Graf auf die ersten Anfragen seiner besorgten Geschäftsleute ungeduldig die Antwort erteilt hatte: man solle es nicht zu genau nehmen und seinen Schwägern geben, was sie bedürften, war bald des Forderns und Nehmens kein Ende.

Der Graf übersah mit einem Blicke das Bedenkliche seiner Lage, und ordnungsliebend wie er war, hatte für ihn ein rasches Umkehren von dem eingeschlagenen Taumelpfade nichts Beängstigendes. Nur der Gedanke an Elga machte ihn bange. Wird das heitere, in unbefangenem Frohsinn so gern hinschwebende Wesen —? Aber es mußte sein, und der Graf tat, was er mußte. Mit klopfendem Herzen trat er in Elgas Gemach. Aber wie angenehm ward er überrascht, als, da er kaum die Verhältnisse auseinandergesetzt und die Notwendigkeit geschildert hatte, die Stadt zu verlassen, um auf eigener Scholle den Leichtsinn der letztverflossenen Zeit wiedergutzumachen, als, bei der ersten Andeutung schon, Elga an seine Brust stürzte und sich bereitwillig und erfreut erklärte. Was er wolle, was er gebiete, sie werde nur gehorsam sein! Dabei stürzten Tränen aus ihren Augen, und sie wäre zu seinen Füßen gefallen, wenn er es nicht verhindert, sie nicht emporgehoben hätte zu einer langen, Zeit und Außenwelt aufhebenden Umarmung.

Alle Anstalten zur Abreise wurden gemacht. Starschenski, der, von Jugend auf an Einsamkeit gewohnt, alle Freuden des Hofes und der Stadt nur in der Freude, die seine Gattin daran zeigte, genossen hatte,

segnete beinahe die Unfälle, die ihn zwangen, in den Schoß seiner ländlichen Heimat zurückzukehren. Elga packte und sorgte, und in den ersten Nachmittagsstunden eines warmen Maitages war man mit Kisten und Packen in dem altertümlichen Stammschlosse angekommen, das, neu eingerichtet und aufs beste instand gesetzt, durch Nachtigallenschlag und Blütenduft wetteifernd ersetzte, was ein verwöhnter Geschmack, ein Vergleich mit den Palästen der Städte allenfalls hätte vermissen können.

Bald nach der Ankunft schien sich zum Teil aufzuklären, warum Elga die Änderung der bisherigen Lebensweise so leicht geworden war. Sie stand in den ersten Monaten einer bis jetzt verheimlichten Schwangerschaft, und Starschenski, mit der Erfüllung aller seiner Wünsche überschüttet, kannte keine Grenzen seines Glücks.

Frühling und Sommer verstrichen unter ländlichen Ergötzlichkeiten, ordnenden Einrichtungen und frohen Erwartungen. Als das Laub gefallen war und rauhe Stürme, die ersten Boten des Winters, an den Fenstern des Schlosses rüttelten, nahte Elga die ersehnte und gefürchtete Stunde: sie gebar, und ein engelschönes kleines Mädchen ward in die Arme des Grafen gelegt, der die Tochter mit segnenden Tränen benetzte. Leicht überstanden, wie die Geburt, waren die Folgen, und Elga blühte bald wieder einer Rose gleich.

Soviel günstige Vorfälle wurden leider durch unangenehme Nachrichten aus der Hauptstadt unterbrochen. Der alte Starost, Elgas Vater, war gestorben und hatte seine Umstände in der größten Zerrüttung hinterlassen. Die beiden Söhne, in ihrer tollen Verschwendung nicht mehr von ihrem bedächtlicher gewordenen Schwager unterstützt, häuften Schulden auf Schulden, und ihre Gläubiger, die in Hoffnung auf den Nachlaß des alten Vaters zugewartet hatten, sahen sich zum Teil in ihrer Erwartung dadurch getäuscht, daß in dem Testamente des Starosten eine beträchtliche Summe, infolge einer früher geschehenen förmlichen Schenkung, an jenen armen Vetter Oginski überging. Dieser Vetter war, wie bekannt, seit längerer Zeit verschwunden. Er mußte aber doch noch leben und sein Aufenthalt nicht jedermann Geheimnis sein, denn die ihm bestimmte Summe ward gefordert, übernommen, und die Sache blieb abgetan.

Zu den Verschwendungen der beiden Laschek gesellten sich überdies noch Gerüchte, als ob sie neuerdings verbotene Anschläge hegten und Parteigänger für landesschädliche Neuerungen würben. Starschenski sah sich aufs überlästigste von seinen Schwägern und ihren Gläubigern bestürmt, er wies aber, nachdem er getan, was in seinen Kräften stand, alle weitere Anforderung standhaft von sich und hatte das Vergnügen, Elga in ihren Gesinnungen mit den seinigen ganz übereinstimmen zu sehen. Ja, als die Brüder, gleichsam zum letzten Versuch, sich auf dem Schlosse des Grafen einfanden, sahen sie sich von der Schwester mit Vorwürfen überhäuft, und man schied beinahe in Feindschaft.

So gingen mehr als zwei Jahre vorüber, und der Friede des Hauses blühte, nach überstandenen Stürmen, nur um so schöner empor. Sah sich gleich der Graf in seinen Wünschen nach einem männlichen Stammhalter fortwährend getäuscht, so wendete sich dafür eine um so größere, eine ungeteilte Liebe auf das teure, einzige Kind.

Kaum konnte aber auch etwas Reizenderes gedacht werden als das kleine, rasch sich entwickelnde Mädchen. In allen schon angekündigten Formen der Mutter Abbild, schien sich die schaffende Natur bei dem holden Köpfchen in einem seltsamen Spiele gefallen zu haben.

Wenn Elga bei der Schwärze ihrer Haare und Brauen durch ein hellblaues Auge auf eine eigene Art reizend ansprach, so war bei dem Kinde diese Verkehrung des Gewöhnlichen nachgeahmt, aber wieder verkehrt; denn goldene Locken ringelten sich um das zierliche Häuptchen, und unter den langen blonden Wimpern barg sich, wie ein Räuber vor der Sonne, das große, schwarzrollende Auge. Der Graf scherzte oft über diese, wie er es nannte, auf den Kopf gestellte Ähnlichkeit, und Elga drückte dann das Kind inniger an sich, und ihre Lippen hafteten auf den gleichgeschwellten, strahlenden von gleichem Rot.

Der Graf widmete alle Stunden, die er nicht den häuslichen Freuden schenkte, einzig der Wiederherstellung seiner durch die unüberlegte Freigebigkeit an Elgas Verwandte herabgekommenen Vermögensumstände und der Verbesserung seiner Güter. Tagelang durchging er Meierhöfe und Fruchtscheuern, Saatfelder und Holzschläge, immer von seinem Hausverwalter begleitet, einem alten redlichen Manne, der, vom Vater auf den Sohn vererbt, dessen ganzes Vertrauen besaß. Schon seit längerer Zeit bemerkte Starschenski eine auffallende Düsterheit in den Zügen des Alten. Wenn er unvermutet sich nach ihm umwendete, überraschte er das sonst immer heitere Auge beinahe wehmütig auf sich geheftet. Doch schwieg der Mann.

Einst, als beide die Hitze eines brennenden Vormittages mit den Schnittern geteilt hatten und der Graf, im Schatten eines Erlenbusches gelagert, mit Behagen einen Trunk frischen Wassers aus der Hand seines alten Dieners empfing, da rief dieser losbrechend aus: Wie herrlich Gottes Segen auf den Feldern steht! Wie glücklich sich der Besitzer von dem allen fühlen muß! — Das tut er auch, entgegnete, kopfnickend und zu wiederholtem Trinken ansetzend, der Graf. — Es begreift sich allenfalls noch, fuhr der Alte fort, wie es in den Städten Unzufriedene gibt, die an Staat und Ordnung rütteln, und denen die Gewalt nichts zu Dank machen kann, aber auf dem Lande, in Wald und Feld, fühlt man's deutlich, daß doch am Ende Gott allein alles regiert; und der hat's noch immer gut gemacht bis auf diesen Augenblick. Aber die Ruhestörer haben keine Rast, bis sie alles verwirrt und zerrüttet, Vater und Bruder in ihr Netz gezogen, Schwester und

Schwäger. Gottes Verderben über sie! – Der Graf war aufgestanden. Ich merke wohl, sprach er, daß du auf meiner Frauen Brüder zielst. Hast du etwa neuerlich von ihnen gehört? – Da fiel der alte Mann plötzlich zu Starschenskis Füßen, und in heiße Tränen ausbrechend, rief er: Herr, laßt Euch nicht verlocken! Denkt an Weib und Kind! An so manches, was Ihr besitzt! An Eurer Väter ruhmwürdigen Namen! – Was kommt dir an? zürnte der Graf. – Herr, rief der Alte, Eure Schwäger sinnen Böses, und Ihr wißt um ihr Vorhaben! – Spricht der Wahnsinn aus dir? schrie Starschenski. – Ich weiß, was ich sage, entgegnete der Alte. Ein Vertrauter Eurer Schwäger kommt zu Euch heimlich aufs Schloß. Heimlich wird er eingelassen. Tagelang liegt er in der halbverfallenen Warte am westlichen Ende der Tiergartenmauer verborgen. – Wer sagt das? – Ich, der ich ihn selbst gesehen habe. – Heimlich aufs Schloß kommend? . . . Heimlich aufs Schloß! – Wann? – Oft? – Ein Vertrauter meiner Schwäger? – In Warschau sah ich ihn an ihrer Seite. – Weißt du seinen Namen? – Euch ist wohlbekannt, daß ich nur einmal in Warschau war, und da hatte ich Wichtigeres in Eurem Dienste zu schaffen, als mich um die Namen von Eurer Schwäger zahlreichen Zechgesellen zu bekümmern. Aber, daß ich ihn mit ihnen sah, des bin ich gewiß. – Zu welchen Stunden sahst du ihn aufs Schloß kommen? – Nachts! – Starschenski schauderte unwillkürlich zusammen bei dieser letzten Antwort, obgleich eine kurze Besinnung ihm so viele mögliche Erklärungsarten dieser rätselhaften Besuche darbot, daß er bei seiner Nachhausekunft schon wieder beinahe ganz ruhig war. Nur fragte er wie im Vorbeigehen Elga: ob sie schon lange keine Nachricht von ihren Brüdern erhalten habe. – Seit sie zuletzt selbst hier waren, keine, entgegnete sie ganz unbefangen. Der Graf gebot dem alten Hausverwalter, dem er seine patriotischen Besorgnisse leicht ausgeredet hatte, das tiefste Stillschweigen über die ganze Sache, beschloß aber doch, womöglich näher auf den Grund zu sehen.

Einige Zeit verstrich, da war er eines Nachmittags zu Pferde gestiegen, um eine seiner entfernten Besitzungen zu besuchen, wo er mehrere Tage zubringen wollte. Schon hatte er einen guten Teil des

Weges gemacht, und der Abend fing an einzubrechen, da hörte er hinter sich laut und ängstlich seinen Namen rufen.

Umblickend, erkannte er den alten Hausverwalter, der auf einem abgetriebenen Pferde keuchend und atemlos ihn einzuholen sich bestrebte und mit Rufen und Händewinken anzuhalten und ihn zu erwarten bat. Der Graf zog den Zügel seines Rosses an und hielt. Angelangt, drängte der Alte sich hart an seinen Herrn und stammelte ihm keuchend seine Kunde ins Ohr. Der Veranlasser seiner Besor-

gnisse, der rätselhafte Unbekannte, war wieder in der Nähe des Schlosses gesehen worden.

Der Graf wandte sein Roß, und eines Laufes sprengten sie den Weg zurück, heimwärts, mit Mühe von den Dienern gefolgt. Eine gute

Strecke vom Schlosse stiegen beide ab und gaben die Pferde den Dienern, die angewiesen wurden, ihrer an einem bezeichneten Platze zu harren. Durch Gestrüpp und Dickicht gingen sie jener Warte zu, wo der Fremde sich am öftesten zeigen sollte. Es war indes dunkel geworden, und der Mond zögerte noch aufzugehen, obschon bereits durch eine dämmernde Helle am Saum des Horizontes angekündigt. Da fiel plötzlich durch die dicht verschlungenen Zweige ein Licht in ihre Augen, in derselben Richtung, in der jene Warte liegen mußte. Sie beeilten sich, den Rand des Waldes zu erreichen, und waren nun am Fuße des von Bäumen entblößten Hügels angekommen, auf dem die Warte stand. Aber kein Licht blickte durch die ausgebröckelten Schußscharten; keine Spur eines menschlichen Wesens. Zwar wollte der alte Verwalter bei dem Schein des eben aufgehenden Mondes frische Fußtritte am Boden bemerken, auch war es keineswegs in der Ordnung, die Türe unverschlossen zu finden; aber das erste Anzeichen konnte täuschen, das andere ließ sich so leicht aus einer Nachlässigkeit des Schloßwarts erklären.

Leichter atmend, ging der Graf mit seinem Begleiter den Hügel herab, dem Schlosse zu. Der Mond warf sein Silber über die ruhig schlummernde Gegend und verwandelte das vor ihnen liegende Schloß in einen schimmernden Feenpalast. In der Seele Starschenskis ging, reizender als je, das Bild seiner Gattin auf. Jetzt erst gestand er sich's, daß ein Teil des in ihm aufkeimenden Verdachtes ihr gegolten hatte, und nun, im Gefühle seines Unrechts, ihr Bild, wie sie sorglos schlummernd im Bette lag, vor den Augen seiner Seele, entstand eine Sehnsucht nach ihr in seinem Innern, wie er sie seit den Tagen des ersten Begegnens, der bräutlichen Bewerbung kaum je empfunden hatte.

So träumte er, so ging er. Da fühlte er sich plötzlich angestoßen. Sein Begleiter war's, der zeigte mit dem Finger vor sich hin in das hellerleuchtete Feld. Starschenski folgte der Richtung und sah eine Mannesgestalt, welche, die vom Monde unerleuchtete, dunkle Seite ihnen zugekehrt, übers Feld dem Schlosse zuschlich. Der Graf war seiner selbst nicht mächtig. Mit einem lauten Ausruf, den gezückten Säbel in der Faust, stürzte er auf die Gestalt los. Der Fremde, frühzeitig gewarnt, floh, vom Schlosse ab, den Bäumen zu. Schon im Begriffe, ihn dahin zu verfolgen, ward der Graf durch eine zweite Erscheinung davon abgehalten, die dicht an der Mauer des Schlosses sich hinschob. Diese zweite war bald erreicht und gab sich zitternd und bebend als Dortka, der Gräfin Kammermädchen, kund. Auf die erste Frage: was sie hier gemacht, stotterte sie unzusammenhängende Entschuldigungen, die zweite: wie sie hierher gekommen, beantwortete an ihrer Statt das geöffnete Ausfallpförtchen, das, gewöhnlich versperrt und verriegelt, nur auf des Grafen Befehl mit einem Schlüssel, den er selbst verwahrte, geöffnet werden konnte.

Alle Versuche, von dem Mädchen ein Geständnis zu erpressen, waren vergeblich. Da ergriff sie der Graf hocherzürnt bei der Hand und führte sie gewaltsam durch die mannigfach verschlungenen Gänge bis zu den Zimmern seiner Gemahlin, die er noch erleuchtet und unverschlossen fand. Elga selbst war wach und in Kleidern. Der Graf, stotternd vor Wut, erzählte das Geschehene und verlangte, daß

das Mädchen entweder augenblicklich bekenne oder auf der Stelle aus Dienst und Hause entfernt werde. Dortka war auf die Knie gefallen und zitterte und weinte.

Starschenski hatte sich seine Gattin verlegen oder seinem gerechten Zorne beistimmend gedacht. Keines von beiden geschah. Kalt und teilnahmslos bat sie ihn anfangs, die Ruhe des Hauses nicht durch sein lautes Schelten zu stören, und als er fortfuhr und die Entfernung des Mädchens begehrte, da erklärte sie mit steigender Wärme: ihr gebühre, über das Verhalten ihrer Dienerin zu richten; sie selbst werde untersuchen und entscheiden. Der Graf, außer sich, zog das Mädchen vom Boden auf, sie gewaltsam aus dem Zimmer zu bringen, aber Elga, hochglühend vor Zorn, sprang hinzu, ergriff des Mädchens andere Hand, riß sie zu sich, indem sie ausrief: Nun denn, so stoß auch mich aus dem Hause, denn darauf ist es doch wohl abgesehen! Daß ich früher dich so gekannt wie jetzt! Unglückliche, die ich bin! fuhr sie laut weinend fort; gekränkt, mißhandelt! Aber schuldlose Diener sollen nicht um meinetwillen leiden! Dabei zeigte sie dem Mädchen mit dem Finger auf die Türe ihres Schlafgemaches, dieses verstand den stummen Befehl und ging eilig hinein. Elga folgte und schloß die Türe hinter sich ab.

Starschenski stand wie vom Donner getroffen. Einmal raffte er sich empor und ging auf das Zimmer seiner Frau zu; halben Weges aber blieb er stehen und versank neuerdings in dumpfes Staunen. Der alte Hausverwalter trat zu ihm und sprach einige Worte; der Graf aber ging ohne Antwort an ihm vorüber zur Türe hinaus, über die Gänge, auf sein Gemach, das im entgegengesetzten Flügel des Schlosses lag. An der Schwelle wendete er sich um, durch eine Bewegung der Hand jede Begleitung zurückweisend, und die Türe ging hinter ihm zu. Wie er die Nacht zubrachte – wer kann es wissen? Der Diener, der des Morgens zu ihm eintrat, fand ihn angekleidet, auf einem Stuhle sitzend. Er schien zu schlafen, doch näher besehen, standen die Augen offen und starrten vor sich hin. Der Diener mußte einigemal seinen Namen nennen, bis er sich bewegte. Dann erst meldete jener seine Botschaft, indem er ihn im Namen der Gräfin bat, das Frühstück auf ihrem Zimmer einzunehmen. Starschenski sah ihn staunend an, dann aber stand er auf und folgte schweigend, wohin jener ihn, vortretend, geleitete.

Heiter und blühend, als ob nichts vorgefallen wäre, kam ihm Elga entgegen; sie erwähnte halb scherzend der Ereignisse der verflossenen Nacht. Das Kammermädchen ward eines heimlichen Liebeshandels

angeklagt, Dortka selbst gerufen, die ein unwahrscheinliches Märchen unbeholfen genug erzählte. Zuletzt bat sie um Verzeihung, welche die Gräfin mit Rücksicht auf sonst gezeigtes gutes Betragen im eigenen und ihres Gatten Namen großmütig erteilte. Der Graf, am Schlusse doch auch um seine Zustimmung befragt, erteilte diese kopfnickend, und das Mädchen blieb im Hause.

Schweigend nahm Starschenski das Frühstück ein, stumm ging er aus dem Schlosse. Der alte Hausverwalter, der ihm auf seinem Wege entgegenkam, wagte, neben ihm hergehend, nicht, das Stillschweigen zu brechen, und suchte nur in den zerstörten Zügen seines Herrn Antwort auf seine zurückgehaltenen Fragen und Zweifel. So gingen sie, so verrichteten sie ihre Geschäfte wie sonst, wie immer. Der Graf bestrebte sich nicht bloß, über die Vorfälle des gestrigen Tages nichts zu denken, er dachte wirklich nichts. Denn wenn der verfolgte Strauß sein Haupt im Busch verbirgt und wähnt, sein Nichtsehen der Gefahr sei zugleich ein Nichtdasein derselben, so tut der Mensch nicht anders. Unwillkürlich schließt er sein Auge vor einem hereinbrechenden Unvermeidlichen, und jedes Herz hat seine Geheimnisse, die es absichtlich verbirgt vor sich selbst.

Einige Tage darauf wollte Starschenski eintreten bei seiner Gemahlin. Es hieß, sie sei im Bade; doch hörte er die Stimme seines Kindes im nächsten Gemache, und er ging hinein. Da fand er die Kleine am Boden sitzend, mitten in einer argen Verwirrung, die sie angerichtet. Elgas Schmuck und Kleinodien lagen rings um das Kind zerstreut, und das offene umgestürzte Schmuckkästchen nebst dem herabgezogenen Teppich des danebenstehenden Putztisches zeigte deutlich die Art, wie es sich das kostbare Spielzeug verschafft hatte. Starschenski trat gutmütig scheltend hinzu, stritt dem Kinde Stück für Stück seinen Raub ab und versuchte nun, die glänzenden Steine wieder an ihre Stelle zu legen. Der Deckel des Schmuckkästchens, augenscheinlich ein doppelter, war durch den Sturz vom Tische aus den Fugen gewichen, und da der Graf versuchte, ihn, mit dem Finger drückend, wieder zurückzupressen, fiel der innere Teil der doppelten Verkleidung auf den Boden und zeigte in dem rückgebliebenen hohlen Raume ein Porträt, das, schwach eingefügt, leicht von der Stelle wich, und das nun der Graf hielt in der zitternden Hand.

Es war das Bild eines Mannes in polnischer Nationaltracht. Das Gefühl einer entsetzlichen Ähnlichkeit überfiel den Grafen wie ein Gewappneter. Da war das oft besprochene Naturspiel mit den schwarzen Augen und blondem Haare wie – bei seinem Kinde. – Er sah das Mädchen an, dann wieder das Bild. – Diese Züge hatte er sonst schon irgend gesehen; aber wann? Wo? – Schauer überliefen ihn. – Er blickte wieder hin. Da schaute ihn sein Kind mit schwarzen Schlangenaugen an, und die blonden Haare loderten wie Flammen, und die Erinnerung an jenen verschmähten Vetter in Warschau ging gräßlich in ihm auf. – Oginski! schrie er und hielt sich am Tische, und die Zähne seines Mundes schlugen klappernd aneinander.

Ein Geräusch im Nebenzimmer schreckte ihn empor. Er befestigte den Deckel an seine Stelle, schloß das Kästchen, das Bild hatte er in seinen Busen gesteckt: so floh er wie ein Mörder.

Diesen Tag ward er im Schlosse nicht mehr gesehen. Sein Platz blieb leer am Mittagstische. Gegen Abend kam er ins Zimmer der Wärterin und verlangte nach dem Kinde. Das nahm er bei der Hand und führte es in den Garten, der einsam gelegenen Mooshütte zu. Dort fand ihn nach einer Stunde der suchende Hausverwalter, in eine Ruhebank zurückgelehnt. Das Kind stand zwischen seinen Knien, er selbst hielt ein Bild in der Hand, abwechselnd auf dieses, dann auf die Kleine blickend wie einer, der vergleicht – meinte der alte Mann.

Am folgenden Morgen war Starschenski verreist, niemand wußte, wohin. Er aber war in Warschau; dort forschte er, zu spät! nach Elgas früheren Verhältnissen. Er erfuhr, daß sie und Oginski, der in des alten Starosten Hause erzogen war, sich schon frühzeitig geliebt, daß, aus Besorgnis vor der wachsenden Vertraulichkeit, der aussichtslose Vetter entfernt wurde; daß, aus seiner Verbannung zurückkehrend, kurz vor Starschenskis Vermählung, er seine Ansprüche erneuert habe und jene bedeutende Summe Geldes, die in des alten Laschek Letzten Willen ihm zugedacht war, zum Teil der Preis seines Rücktrittes war; daß Elga sich nur schwer von ihm getrennt und seine Armut und Starschenskis Reichtum, verbunden mit dem Andringen ihrer Verwandten, der Hauptgrund ihrer Einwilligung zur Verbindung mit dem Grafen gewesen war. All diese Geheimnisse soll einer von Elgas Brüdern, gegen den er sich zur rechten Zeit freigebig zeigte, dem Grafen für Geld verraten und ihm zugleich den Ort angezeigt haben, wo Oginski, einem geleisteten Schwur zufolge, sich verborgen hielt.

Auf dem Schlosse herrschte unterdessen Unruhe und Besorgnis. Elga selbst war übrigens augenscheinlich die Ruhigste von allen. Sie schien das befremdliche Betragen ihres Gatten noch auf Rechnung jener nächtlichen Überraschung zu schieben, über die, da durchaus niemand etwas Bestimmtes zur Last gelegt werden konnte, der Graf, wie sie hoffte, sich am Ende wohl selbst beruhigen werde. Jenes Kammermädchen war noch immer in ihren Diensten.

Unvermutet erschien nach einiger Zeit der Graf auf der Grenze seiner Besitzung, in seinem Gefolge ein verschlossener Wagen, von dessen Inhalt niemand wußte. Eine verhüllte Gestalt, vielleicht durch Knebel am Sprechen verhindert, ward herausgehoben und dem durch Briefe im voraus an die Grenze beschiedenen Hausverwalter übergeben. Die alte Warte an der Westseite des Tiergartens, seitdem sorgfältig verschlossen, nahm die sonderbare Erscheinung in ihren Gewahrsam, und dunkle Gerüchte verbreiteten sich unter den Bewohnern der Umgegend.

Der Graf ging auf sein Schloß. Laut jubelnd kam ihm Elga entgegen, das Kind an ihrer Hand. Er hörte, wie unruhig man über seine plötzliche Abreise gewesen, wie sehnlich man ihn zurückerwartet. Der

Kleinen Fortschritte wurden angerühmt, einige Proben der erlangten Geschicklichkeit auf der Stelle abgelegt. Da die Zeit des Abendessens gekommen war, erklärte Starschenski sich unpaß und ermüdet von der Reise. Er ging, trotz aller Gegenvorstellungen, allein auf sein Zimmer, wo er sich einschloß. Doch war sein Bedürfnis nach Ruhe nur vorgegeben, denn nachts verließ er sein Gemach und ging allein nach der Warte, wo er bis zum grauenden Morgen blieb.

Am darauffolgenden Tage war Elga verdrießlich, schmollend. Des Grafen nächtlicher Gang war nicht unbemerkt geblieben. Elga fand sich vernachlässigt und zeigte ihre Unzufriedenheit darüber. Starschenski unterbrach ihre mißmutigen Äußerungen, indem er von ihrer beiderseitigen Lage zu sprechen anfing. Er bemerkte, daß bei seinem jetzigen Aufenthalte in Warschau, bei dem erneuten Anblick der Zerstreuungen jener genußliebenden Stadt es ihm klar geworden, wie ein so reizendes, lebensfrohes Wesen, als Elga, auf dem Lande gar nicht an ihrer Stelle sei. Er fragte sie, ob sie den Aufenthalt in der Hauptstadt vorziehen würde. – An seiner Seite, ja! entgegnete sie. – Er selbst, versicherte der Graf, werde durch seine Geschäfte auf den Gütern festgehalten; seine Vermögensumstände seien schlimmer, als man geglaubt, er müsse bleiben. – Dann bleibe auch sie, sagte Elga. An seiner Seite wolle sie leben und sterben. Nun verwünschte sie die beiden Brüder, die durch ihre unverschämten Forderungen den allzu guten Gatten in so manche Verlegenheit gestürzt. Sie versicherte, nun aber auch jeden Rest von Liebe für sie abgelegt zu haben. Wenn ihre Brüder bettelnd vor der Türe ständen, sie würde nicht öffnen, sagte sie. Der Graf übernahm zum Teil die Verteidigung seiner Schwäger. Er habe sie in Warschau gesprochen. Es war einer ihrer Verbannungsgefährten bei ihnen – wie hieß er doch? – Elga sann gleichfalls nach. – Oginski! rief der Graf und blickte sie rasch an. Sie veränderte nicht eine Miene und sagte: Die Genossen meiner Brüder sind alle schlecht, dieser aber ist der schlechteste! – Welcher? – Den du nanntest! – Welcher war das? – Nun, Oginski! antwortete sie, und nur ein leichtes Zucken in ihren Zügen verriet eine schnell vorübergehende Bewegung.

Der Graf war ans Fenster getreten und blickte hinaus. Elga folgte ihm, sie lehnte den Arm auf seine Schulter. Der Graf stand unbeweglich. Starschenski, sagte sie, ich bemerke eine ungeheure Veränderung in deinem Wesen. Du liebst mich nicht wie sonst. Du verschweigst mir manches. Der Graf wendete sich um und sagte: Nun denn, so laß uns reden, weil du Rede willst. Ungeheure Unglücksfälle haben mich getroffen. Du kennst die Zerrüttung meiner Vermögensumstände, du kennst deren Ursache. Was noch sonst mich drückt, weiß nur ich. Wenn nun diese Ereignisse schwer auf mir liegen, so martert nicht weniger der Gedanke, daß ich die Ursache wohl gar selbst herbeigeführt habe. Gewiß war der Leichtsinn tadelnswert, mit dem ich das Erbe meiner Väter verwaltete; vielleicht war ich aber sogar damals strafbar, als ich, der Störrische, an Abgeschiedenheit gewohnte, um die Hand des lebensfrohen Mädchens warb, unbekümmert über die Richtung ihrer Gefühle und Neigungen, unbekümmert, ob ich sie, meine Frau geworden, zu einer Lebensart verdammte, deren Einförmigkeit ihr unerträglich werden mußte. – Starschenski! sagte Elga und sah ihn mit schmeichelndem Vorwurfe an. – Man hat mir fremde Dienste angeboten, fuhr Starschenski fort, und genau besehen, ist es vielleicht am besten, ich meide für einige, vielleicht für längere Zeit das Land meiner Väter. Gestern noch waren meine Entschlüsse finsterer. Aber die Überlegung der heutigen Nacht zeigte mir diesen Entschluß als den besten. – Heute nacht, versetzte Elga mißtrauisch, heute nacht hast du überlegt? Und wo? Auf jener Warte etwa? – Und da Starschenski betroffen zurückfuhr: Hab' ich dich? fuhr sie fort. Von dorther holst du deine Besorgnisse? Von dorther deinen Wunsch zu reisen? Und die Reisegefährtin wohl auch? Durch das Gerücht mußte ich erfahren, wie eine verhüllte Gestalt, wahrscheinlich eine glücklichere Geliebte, dort abgesetzt ward, zu der du nun allnächtlich die Zärtlichkeit trägst, die du an dem Altare mir zugeschworen. Ist das mein Lohn? Komm! wendete sie sich zu dem danebenstehenden Kinde, komm! Wir sind ihm zur Last! Er hat andere Freuden kennengelernt als in dem Kreise der Seinen! Damit wendete sie sich zum Gehen. Ein gellendes Hohngelächter entfuhr dem Munde des Grafen, über das er selbst zusammenschrak wie über das eines andern. Elga wendete sich um. Ich wußte wohl, sagte sie, daß es nur Scherz war. Aber die Enthüllung des Geheimnisses jener Warte ersparst du dir noch nicht. Ich muß selbst schauen, was sie verbirgt. Versprichst du mir das? – Der Graf war auf ein Ruhebett gesunken und verhüllte das Gesicht in seine beiden Hände. Da hörte er eine Türe gehen. Durch die Finger blickend, sah er das Kammermädchen seiner Frau, die eben mit ihrem Nachtzeuge eintreten wollte, und Elga, die mit einem listigen Gesichte ihr Entfernung zuwinkte. Elga nahte hierauf dem Ruhebette, und sich neben ihren Gatten hinsetzend, sprach sie: Komm, Starschenski, laß uns Frieden schließen! Wir haben uns ja doch schon so lange nicht ohne Zeugen gesprochen. Damit neigte sie ihre Wange an die seinige und zog eine seiner Hände an ihr klopfendes Herz. Ein Schauder überfiel den Grafen. Höllenschwarz stand's vor ihm. Er stieß sein Weib zurück und entfloh.

Mitternacht hatte geschlagen. Alles im Schlosse war stille. Elga schlief in ihrem Zimmer. Da fühlte sie sich angefaßt, und aus dem

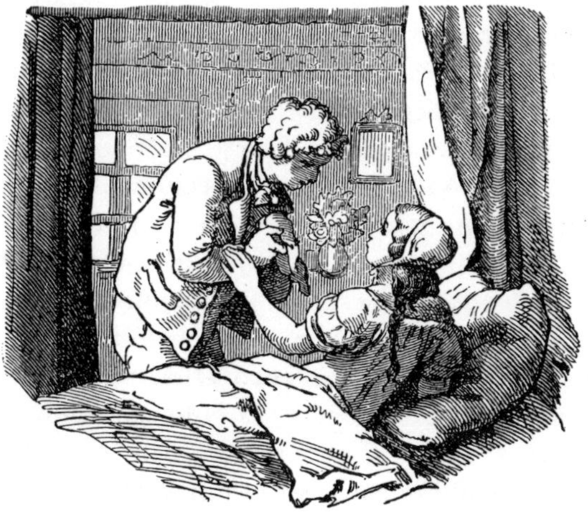

Schlafe emporfahrend, sah sie beim Schein der Nachtlampe ihren Gatten, der, eine Blendlaterne in der Hand, sie aufstehen und sich ankleiden hieß. Auf ihre Frage: wozu? entgegnete er: sie habe Verlangen gezeigt, die Geheimnisse jener Warte kennenzulernen. Am Tage ginge das nicht an; wenn sie aber Finsternis und Nachtluft nicht scheue, so möge sie ihm folgen. Aber hast du nichts Arges im Sinne?

fragte die Gräfin; du warst gestern abends so sonderbar! – Wenn du nicht folgen willst, so bleibe! sprach Starschenski und war im Begriffe, sich zu entfernen. Halt! rief Elga. Wenn Furchtsamkeit der Weiber allgemeines Erbteil ist, so bin ich kein Weib. Auch muß dieser Zustand von Ungewißheit enden. Vielleicht bist du in dich gegangen, hast erkannt. – Wenn du dich überzeugen willst – sprach Starschenski, so steh auf und folge mir. – Elga war aus dem Bette gesprungen und hatte einen Schlafpelz übergeworfen. Sie wollte gehen. Aber indes war das Kind erwacht, das in dem Bette ihr zur Seite schlief. Es fing an zu weinen. Dein Kind wird die Bewohner des Schlosses wecken, sagte der Graf. Da, ohne ein Wort zu sprechen, nahm Elga die Kleine empor, wickelte sie in ein warmverhüllendes Tuch, und das Kind auf dem Arme, folgte sie dem leitenden Gatten.

Die Nacht war kühl und dunkel. Die Sterne zwar schimmerten tausendfältig am trauergefärbten Himmel, aber kein Mond beleuchtete der Wandler einsamen Pfad, nur des Grafen Blendlaterne warf kurze Streiflichter auf den Boden und die untersten Blätter der mitternächtig schlummernden Gesträuche.

So hatten sie den von seiner ehemaligen Benützung so genannten Tiergarten durchschritten und waren nun bei jener Warte angelangt, dem eigentlichen Ziele ihrer Wanderung. Da wendete der Graf sich um zu seiner Gattin und sprach: Du bist nun im Begriffe, das verborgenste Geheimnis deines Gatten zu erforschen. Du willst ihn überraschen über dem Bruche seiner ehelichen Treue, ihn beschämen im Beisein einer verworfenen Geliebten. Es ist billig, daß Gefahr und Vorteil auf beiden Seiten gleich sei. Bevor du eintrittst, schwöre mir, daß du selber nie eines gleichen Fehls dich schuldig gemacht, daß du rein seist an dem Verbrechen, dessen du zeihst deinen Gatten. Du suchst Ausflüchte, sprach Elga. Weib! fuhr der Graf fort, durchgeh in Gedanken dein verflossenes Leben, und wenn du einen Makel, ich will nicht sagen, ein Brandmal, darin entdeckst, so tritt nicht ein in dieses Gemäuer. Elga drängte sich, am Grafen vorbei, dem Eingange zu. Er stellte sich ihr von neuem in den Weg, indem er ausrief: Du gehst nicht ein, bevor du mir's eidlich versichert. Lege deine Hand auf das

Haupt deines Kindes und schwöre! – Da legte Elga die Rechte auf das Haupt der schlummernden Kleinen und sprach: So überflüssig mir ein solcher Schwur scheint, so gut du selbst davon überzeugt bist, wie sehr er es sei, so bekräftige ich doch! – Halt! schrie Starschenski, es ist genug. Tritt ein und sieh!

Der Graf schloß auf. Sie stiegen eine schmale Wendeltreppe hinan, die zu einer gleichfalls verschlossenen Türe führte. Der Graf öffnete auch diese, und nun traten sie in ein geräumiges Gemach, dessen hinterster Teil durch einen dunklen Vorhang abgeschlossen war. Der Graf setzte Stühle an einem vorgeschobenen Tische zurecht, entzündete an dem Lichte seiner Blendlaterne zwei Wachskerzen in schwe-

ren ehernen Leuchtern, zog aus der Schublade des Tisches ein Heft Papiere hervor und winkte seiner Frau, sich zu setzen, indem er sich gleichfalls niederließ. Elga sah rings um sich her, bemerkte aber niemand. Sie saß und hörte.

Da begann der Graf, dem Lichte näher rückend, zu lesen aus den Papieren, die er hielt: ›Auch bekenne ich, mit der Tochter des Starosten Laschek unerlaubte Gemeinschaft gepflogen zu haben; vor und nach ihrer Vermählung mit dem Grafen Starschenski. Ihrer Ehe einziges Kind — —‹ Unerhörte Verleumdung! schrie Elga und sprang auf. Wer wagt es, mich solcher Dinge zu zeihen? — Oginski! rief der Graf. Steh auf und bekräftige deine Aussage! Bei diesen Worten hatte er den Vorhang hinweggerissen, und eine Mannsgestalt zeigte sich, auf Stroh liegend, mit Ketten an der Wand gefesselt. Wer ruft mir? fragte

der Gefangene. Elga ist hier, sagte der Graf, und fragt, ob es wahr sei, daß du mit ihr gekost. — Wie oft soll ich's noch wiederholen, sagte der Mann, sich in seinen Ketten umkehrend, ich habe sie genossen! — Hörst du? schrie der Graf zu seiner Gattin, die bleich und erstarrt dastand. Nimm hier den Schlüssel und öffne die Fesseln dieses Mannes! Elga zauderte. Da riß der Graf seinen Säbel halb aus der Scheide, und sie ging. Klirrend fielen die Ketten ab, und Oginski trat vor. Was wollt Ihr von mir? sagte er. Du hast mich im Tiefsten verletzt, sprach der Graf. Du weißt, wie Männer und Edelleute ihre Beleidigungen abtun. Hier nimm diesen Stahl, fuhr er fort, indem er einen zweiten Säbel aus seinem Oberrocke hervorzog, und stelle dich mir! – Ich mag nicht fechten! sagte Oginski. – Du mußt! schrie Starschenski und drang auf ihn ein. Mittlerweile hörte man Geräusche auf der Treppe. Elga, die unbeweglich dagestanden hatte, sprang jetzt der Türe zu und versuchte, diese zu öffnen, indem sie laut um Hilfe schrie. Starschenski ereilte sie, da sie eben nach der Klinke griff, stieß das Weib zurück und schloß die Türe ab. Die Zwischenzeit benützte Oginski, und während der Graf noch am Eingange beschäftigt war, riß er das Fenster auf und sprang hinab. Der Fall war nicht tief; Oginski erreichte unbeschädigt den Boden, und als der Graf von der Türe weg zum Fenster eilte, verhallten bereits die Fußtritte des Entflohenen in weiter Entfernung.

Der Graf wendete sich nun zu seiner Gemahlin. Dein Mitschuldiger ist entflohen, sagte er, aber du entgehst mir nicht. – Kannst du jene Verleumdung glauben? stammelte Elga. – Ich glaube dem, was ich weiß, sprach Starschenski, und dem Stempel der Ähnlichkeit in den Zügen dieses Kindes. Du mußt sterben, sagte er, und zwar hier auf der Stelle! – Elga war auf die Knie gefallen. Erbarme dich meines Lebens! rief sie. Beginne mit mir, was du willst! Verbanne mich! Verstoße mich! Heiße mich in einem Kloster, in einem Kerker den Rest meiner Tage vollbringen, nur laß mich leben! Leben! – Der Graf bedachte sich eine Weile, dann sprach er: Weil du denn dieses schmacherfüllte, scheußliche Dasein schätzest über alles, so wisse: ein einziges Mittel gibt es, dich zu retten. – Nenne es, nenne es, wimmerte Elga. – Der Brandfleck meiner Ehre, sprach der Graf, ist dies Kind. Wenn seine Augen der Tod schließt, wer weiß, ob mein Grimm sich nicht legt. Wir sind allein, niemand sieht uns. Nacht und Dunkel verhüllen die Tat. Geh hin und töte das Kind! – Wie, ich? schrie Elga. Töten? Mein Kind? Unmenschlicher! Verruchter! Was sinnst du mir zu? – Nun denn! rief Starschenski und hob den weggeworfenen Säbel vom Boden auf. – Halt! schrie Elga, halt! Ich will! Sie stürzte auf ihr Kind los und küßte es, preßte es an ihren Busen, bedeckte es mit Tränen. – Du zauderst? schrie Starschenski und machte eine Bewegung gegen sie. – Nein! Nein! rief Elga. Verzeihe mir Gott, was ich tun muß, was ich nicht lassen kann. Verzeihe du mir, zum Unglück Geborenes! Damit hatte sie das Kind wiederholt an ihre Brust gedrückt; mit weggewandten Augen ergriff sie eine große Nadel, die ihren Pelz zusammenhielt; das Werkzeug blinkt, der bewaffnete Arm – Halt! schrie plötzlich Starschenski. Dahin wollt' ich dich haben! Sehen, ob noch eine Regung in dir, die wert des Tages. Aber es ist schwarz und Nacht.

Dein Kind soll nicht sterben, aber, Schändliche, du! Und damit stieß er ihr den Säbel in die Seite, daß das Blut in Strömen emporsprang und sie hinfiel über das unverletzte Kind.

Dieselbe Nacht war eine des Schreckens für die Bewohner der umliegenden Gegend. Von einer Feuerröte am Himmel aufgeschreckt, liefen sie zu und sahen die alte Warte an der Westseite der Tiergartenmauer von Starschenskis Schlosse in hellen Flammen. Alle Versuche, zu löschen, waren vergebens, bald standen nur schwarze Mauern unter ausgebrannten, rauchenden Trümmern. Man wollte den Grafen wekken; er fehlte, mit ihm sein Weib, sein Kind. Die Brandstätte ward durchsucht, und zwar allerdings menschliches Gebein aufgefunden, aber sollten das die Reste dreier Menschen sein?

Beim Scheiden derselben Nacht aber fühlte sich ein armes Köhlerweib im Gebirge die Glücklichste aller Sterblichen. Denn als sie mit ihrem Manne lag und schlief, pochte es an der Hüttentüre. Sie stand auf und öffnete; da sah sie im Scheine des anbrechenden Morgens ein weinendes Kind von etwa zwei Jahren vor sich stehen, statt aller Kleider in ein weites Tuch gehüllt, ein Kästchen neben sich. Geöffnet, zeigte dieses mehr Gold, als sich das arme Paar je beisammen geträumt hatte. Ein paar beigelegte Zeilen empfahlen das Kind der Fürsorge der beiden und versprachen fernere Geldspenden in der Zukunft.

Nach zwei Tagen erschien der Graf wieder in der Mitte der Seinigen, aber nur, um sich zu einer Reise nach Warschau zu bereiten. Dort angelangt, suchte und erhielt er persönliches Gehör beim Könige, nach dessen Beendigung der Fürst, sichtbar erschüttert, seinen Kanzler holen ließ und ihm offene Briefe auszufertigen befahl, welche dem Grafen Starschenski, als letztem seines Stammes, die freie Verfügung über seine Lehensgüter einräumten.

Die Güter selbst wurden teils verkauft und der Erlös zur Tilgung von Schulden verwendet, teils als Stiftung einem Kloster zu Eigentume gegeben, das man nicht fern von der Stelle zu bauen anfing, wo die alte, abgebrannte Warte gestanden hatte. Das ist die Geschichte dieses Klosters«, endete der Mönch.

»Der Graf selbst aber?« fragte einer der Fremden.

»Ich habe euch gleich anfangs gewarnt«, sagte der Mönch, »nicht weiter zu fragen, wenn ich aufhöre, nun tut ihr's aber doch! Zahlreiche Seelmessen wurden gestiftet für die Ruhe derjenigen, die eine rasche Gewalttat hinweggerafft in der Mitte ihrer Sünden; um Vergebung für den Unglücklichen, der in verdammlicher Übereilung Verbrechen bestraft durch Verbrechen. Der Graf war Mönch geworden in dem von ihm gestifteten Kloster. Anfangs fand er Trost in der Stille des Klosterlebens, in der Einförmigkeit der Bußübungen. Die Zeit

aber, statt den Stachel abzustumpfen, zeigte ihm stets gräßlicher seine Tat. Über ihn kam seines Stammes tatenheischender Geist, und die Einsamkeit der Zelle ward ihm zur Folterqual. In Zwiesprach mit Geistern und gen sich selber wütend, hütete man ihn als Wahnsinnigen manches Jahr. Endlich geheilt, irrte er bei Tag umher; jedes Geschäft war ihm Erquickung, an den Bäumen des Forstes übte er seine Kraft. Nur nachts, um die Stunde, da die beklagenswerte Tat geschah, die erste nach Mitternacht, wenn die Totenfeier beginnt« – So weit war er in seiner Erzählung gekommen, da ward diese durch die ersten Töne eines aus der Klosterkirche herübertönenden Chorgesanges unterbrochen; zugleich schlug die Glocke ein Uhr.

Bei den ersten Lauten schütterte der Mönch zusammen. Seine Knie schlotterten, seine Zähne schlugen aneinander, er schien hinsinken zu wollen, als sich plötzlich die Türe öffnete und der Abt des Klosters in hochaufgerichteter Stellung, das Kreuz seiner Würde funkelnd auf der Brust, auf die Schwelle trat.

»Wo bleibst du, Starschenski?« rief er, »die Stunde deiner Buße ist gekommen.« Da wimmerte der Mönch, und zusammengekrümmt, wie ein verwundetes Tier, in weiten Kreisen, dem Hunde gleich, der die Strafe fürchtet, schob er sich der Türe zu, die der Abt, zurücktretend, ihm frei ließ.

Dort angelangt, schoß er wie ein Pfeil hinaus, der Abt, hinter ihm, schloß die Türe.

Noch lange hörten die Fremden dem Chorgesange zu, bis er verklang in die Stille der Nacht und sie ihr Lager suchten zu kurzer Ruhe.

Am Morgen nahmen sie Abschied vom Abte, ihm dankend für die gastfreundliche Bewirtung. Der Jüngere gewann es über sich, nach dem Mönche der gestrigen Nacht zu fragen, worauf der Prälat, ohne zu antworten, ihnen eine glückliche Reise wünschte.

Sie zogen nach Warschau und nahmen sich vor, auf der Rückreise weitere Kunde von dem Zustande des Mönches einzuziehen, in dem sie wohl den unglücklichen Starschenski erkannt hatten. Aber eine Änderung in ihren Geschäften schrieb ihnen eine andere Straße zur Rückkehr vor, und nie haben sie mehr etwas von dem Mönche und dem Kloster bei Sendomir gehört.

Die drei Schmiede ihres Schicksals

Von Adalbert Stifter

Quilibet fortunae suae faber est
Alter Schulspruch

Es war in einer Gesellschaft lustiger Männer ein Streit über den altlateinischen Satz ausgebrochen, daß jeder Mensch der Schmied seines Schicksals sei. Einige behaupteten, der Satz wäre echt römisch und stehe gewiß in diesem oder jenem Werke dieses oder jenes Klassikers; andere sagten, er sei ein neues Machwerk und schleppe sich erst seit kurzer Zeit durch unsere lateinischen Schulbücher. Aber, wie es geht, von diesem rein historischen Standpunkte, über den sie sich nicht einigen konnten, spielte sich der Streit auf den philosophischen über und entbrannte nun auf das heftigste über die Frage, ob es auch wahr sei, was der Satz enthalte. Man führte nun nicht mehr bloß die Historie in das Feld, sondern suchte der Sache auch a priori beizukommen, indem man die Psychologie, die Logik und Metaphysik aufbot. Man redete über Zusammenhang der Dinge, sittliche Weltordnung, Emanzipation vom Zufalle, Freiheit des Willens und war auf dem Wege, ins Endlose zu geraten, als plötzlich ein Schalk, der bisher geschwiegen hatte, eine Geschichte zu erzählen anfing, worauf es nach und nach stille ward; denn beide Parteien horchten hin, in der Hoffnung, Gründe für ihre Behauptung aus der Geschichte ziehen zu können. Allein der Mann zog seine Geschichte gerade bis zu dem Punkte, wo sie sich spalten mußte, um der einen oder andern Partei zu dienen – dann brach er ab und sagte, daß er den Rest morgen erzählen wolle, wenn sie etwa wieder zusammenkämen. Sofort erhob sich ein Lärm über Willkür und Täuschung, und man verlangte, daß er fortfahre. Aber da er hartnäckig bei seinem Ausspruche blieb, so vertagten sie listig den Streit, weil jeder begierig war, wie es nun weitergehen werde, und weil jeder heimlich hoffte, ihm würden die Hilfstruppen aus der Sache zuwachsen.

Allein da nun die vierundzwanzig Stunden vorübergegangen waren, da sich die Gesellschaft versammelt und der Mann seine Geschichte beendet hatte, so waren sie so ins Weite verschlagen, daß sie nun über

ihren anfänglichen Satz gar nicht mehr stritten, sondern ihn alle plagten, ob die Geschichte wahr sei, wo sie sich zugetragen, wie die Personen geheißen haben, und wären beinahe in den neuen Streit geraten, ob die Geschichte aus innern Gründen wahr sein könne oder nicht. Der Mann aber lächelte verschmitzt, drehte seinen Ring auf dem Finger und sagte kein Wort mehr. Die Klügern unter uns merkten, daß er uns am Narrenseile geführt, die andern aber haderten auf dem neuen Wege weiter, auf den er sie gelockt hatte.

Da ich aber nun die Geschichte gerne wiedererzählen möchte, der Mann jedoch, wie ich oben sagte, ein Schalk ist, so weiß ich in der Tat nicht, ob er sie gelesen, ob sie ihm jemand erzählt, oder ob sie sich gar an ihm selber zugetragen habe. Letzteres wäre nicht ganz unwahrscheinlich, da man sich aus seinem früheren Leben noch ganz andere abenteuerliche Sachen erzählt. Jedenfalls aber hat er sich die üblen Folgen, die etwa aus meiner Plauderhaftigkeit entstehen sollten, selber zuzuschreiben; warum hat er uns die Geschichte arglistig erzählt, und warum hat er uns nicht aufgetragen, dieselbe geheim zu halten.

Es waren zwei Männer. Mein Vormann hat sie Erwin und Leander genannt. Beide waren sehr reich, hatten aber in ihrer frühesten Jugend das Unglück gehabt, ihre Eltern zu verlieren, und jeder stand dann unter einem tyrannischen Vormunde. Gleiche Schicksale, gleiche Jahre und vielleicht auch ein Zug des Herzens hatte sie schon frühe zusammengeführt. Sie betrieben auf dem mauerschwarzen Kollegium dieselben Studien, nämlich die Anfangsgründe alter Sprachen, und naschten zu Hause miteinander dieselbe Lektüre, nämlich nicht etwa Kinderbücher, sondern nur alte Klassiker. Sie hatten auch nie Kinderkleider gehabt, sondern, selbst da sie noch ganz klein waren, schon nach dem Schnitte der Vormünder und auf das Wachsen berechnet, daher immer zu groß – jeder hatte einen sauersehenden Diener, und in jedem der zwei blühenden Kindergesichter war die traurige Miene und der liebeleere Blick von Waisenknaben bemerkbar.

Nach und nach wurden sie in die Welt und das Leben eingeführt, das heißt, sie kannten die Gesetze der Spartaner, beteten die Stoiker an, ahmten beide nach und waren außer sich über das Bekannte jenes Weibes: »Es schmerzt nicht.« Leander kam wohl zu besonderen Zeiten, damit er, wie der Vormund sagte, Manieren lerne, in diese oder jene Familie, die einst mit seinem nun verwaisten Hause verbunden gewesen war, aber er lernte dort nichts, weil er bloß schwieg, in einen Winkel gedrängt wurde und bei der ersten Gelegenheit fortging. Um Erwin aber, dessen Güter lauter Raubritterruinen in den fernen Waldbergen waren, kümmerte sich kein Mensch und kein Hund. Wenn er mit seinem Diener zur Schule ging, so geschah es zuweilen, daß eine Mädchengestalt etwa über seinen Weg trat oder in einem Wagen vorbeifuhr; allein er machte sich nie davon eine deutliche Vorstellung, was das sei, und wie sie sich von ihm unterscheide.

Nicht weit von der Stadt war ein verrufener Winkel, »die Gänseweide« geheißen, dort rangen sie, warfen den Diskus und fochten mit Schild und kurzem Schwerte. Weit von ihrer Wohnung, wo der Fluß zwischen düstern Föhren stagnierte, schwammen sie und sprangen über ausgetrocknete Lehmgruben.

Als sie Jünglinge geworden, schlossen sie einen Freundschaftsbund, wie etwa zwei gefeierte Namen des Altertums, und damals hatten sie auch verabredet, im strengsten Sinne des Wortes, wie das klassische Sprichwort sagt, die Schmiede ihres Schicksals zu werden, nämlich sich von allem unabhängig zu machen, was zufällig sei, damit geschehen könne, was auf Erden möglich, ohne ihr inneres Glück zu berühren. Von diesem Tage an aßen sie nur mehr eine vegetabilische Brühe, annähernd die schwarze Suppe Lakedämons, schliefen auf bloßem

Stroh und verbannten alle Geräte, außer einem Tische und einer Bank. Ihre Zeit und ihre Mitwelt ging neben ihnen her, als sei sie vor tausend Jahren gewesen.

Daß ihr äußeres Benehmen auf diese Weise ungeschlacht und eckig, ja unheimlich und lächerlich zugleich werden mußte, ist begreiflich, nur sie ahnten nichts davon. Bloß darin mochte sich ein dunkles Gefühl davon aussprechen, daß sie, je mehr sie heranwuchsen, desto mehr die Gesellschaft flohen, namentlich die gesellige, von Männern und Frauen gemischte; nur mit dem einen oder dem andern verwitterten und bemoosten Repetenten der Schule pflogen sie Umgang und lernten von ihm Kneipenton, was sie für moderne Welt hielten, im Gegensatze zu der alten klassischen. Damen und Mädchen gossen ihnen Blei in die Glieder, so daß die Füße in dem Boden und die Hände in den Rocktaschen wurzeln mußten. Sie erlangten die Beweglichkeit erst wieder, wenn sich der Zauber dieser Klapperschlangen entfernt hatte. Nur Leander hatte sogar schon einmal mit einer geredet, er war damals achtzehn Jahre alt, sie fünfzehn und wunderschön. Er mußte zum neuen Jahre Glück wünschen gehen und traf unseligerweise nur Mutter und Tochter zu Hause, und zwar zum Ausgehen angezogen. Noch dazu wurde die Mutter abgerufen und sagte im Weggehen: »So reden Sie doch mit Elmire, Herr Baron!« Damals nun hatte er gefragt: »Diese Webe an Ihrem Gewande ging gewiß aus Ihrer und Ihrer Mutter kunstreicher Webehand im Frauengemache hervor.« Elmire wurde bloß im ganzen Gesichte blutrot und hatte ihm aber gar nichts geantwortet. Seit der Zeit beging er lieber die schreiendste Unart, als daß er sich wieder einer solchen Lage ausgesetzt hätte. Erwin hatte solches nie zu erdulden gehabt; denn er war in seinem Leben noch nie auf dem glatten Boden eines Besuches gestanden.

Eine Stellung hatten sie trotz alledem, in welcher sie jedes Auge mit Vergnügen anschaute, nämlich, wenn sie zu Pferde saßen – reiten hatten sie bei dem ersten Meister gelernt –, da reichte kein Jüngling an diese zwei kraftvollen schönen Göttergestalten. In der Tat hatten sie durch ihre Übungen eine Gesundheit erlangt, daß ein eiserner Turm auf sie fallen konnte, ohne ihnen etwas anzuhaben, und eine tigerartige Kraft und Geschmeidigkeit, die nur in Wüsten vorkommt; leider trat sie bloß bei ihrem einsamen Laufen und Springen hervor, nie aber im geselligen Verkehre. Auch war ihrem Erscheinen ein Umstand im Wege, den ich zum Schaden meiner Helden noch anführen muß. Sie gingen nämlich, wie einst als Knaben in Männerkleidern, so jetzt als Jünglinge in Greisengewändern und noch dazu fast im Schnitte des vorigen Jahrhunderts. Sie ließen, oder vielmehr ihre Bedienten – sonst fast Todfeinde, in diesem einen Punkte aber wunderbar gleich – ließen bei demselben uralten Schneider arbeiten, und zwar so, wie es in ihrer Jugendzeit schön gewesen wäre. Sie trotzten mit der Garderobe ihrer jungen Herren der Macht des neuen Jahrhunderts. Nur die jungen Herren wußten es nicht, da sie zu Hause keinen Spiegel hatten und auf der Gasse nur andere, nicht sich sahen. Bloß in dem einen Stücke gingen sie mit der Mode, daß sie sich allen Bart wachsen ließen, aber doch wieder mit der Ausnahme, daß sie vorhatten, ihn mit der Schere nach altgriechischer Art zusammenzustutzen, wenn er nur erst groß genug sein werde.

Ob sie in dieser Lage glücklich waren?

Ich glaube beinahe sehr; denn ihr Leben machte ihnen Freude, ein anderes kannten sie nicht. Ihr reiner sprossender Körper gab ihnen Gefühle von Behagen und Wohlsein, wie sie andere gar nicht zu ahnen vermögen, und eine Heiterkeit trat hervor, die in der Tat durch keinen Unfall zu trüben war, nachdem sie nur einmal jene Zeit überwunden hatten, wo aus den Augen eines Kindes, wenn man es für glücklich halten soll, noch die empfangene Mutterliebe herausschauen muß. Ihr Geist war auch glücklich, denn sie hatten sehr viel gelernt und erfreuten sich gegenseitig des Besitzes. Alte Geschichte und Literatur, dafür gar keine neue, Mathematik in allen Zweigen, dann die Realwissenschaften – alles das hatten sie sich nach und nach meistens gegenseitig beigebracht, und zwar in einer Vollendung, wie selten junge Leute – es war eine andere Art Rennbahn gewesen, und in diesen Übungen erfreute sich ihr Geist. Von Gefühlen schwärmender Sehnsucht, von namenlosen Hinausahnungen, von Schmachten, von Trieben des Herzens, von süßem Schmerz und so weiter war gar nichts da; außer einigem Übermaß klassischer Begeisterung waren sie in diesen Dingen so roh wie die Irokesen.

Wenn es mit ihnen so fortgeht, so haben sie das Rätsel gelöst, das sie sich aufgegeben, nämlich jetzt waren sie die Schmiede ihres Schicksals, und zwar eines ganz und gar glücklichen; denn wenn auch von dem einen oder anderen Vormund mit Schmerzensrufen und Lamentierungen die Nachricht einging, wie dort der Hagel wieder ein Feld in den Grund geschlagen, hier eine Scheuer abgebrannt und dort ein Knecht ein Schlingel gewesen sei, so war ihnen das bloß komisch; denn sie hatten für ihre künftigen Bedürfnisse so lächerlich zu viel, daß eher eine Verlegenheit daraus entstanden wäre, was sie mit dem Überschusse tun sollten, als daß sie sich hätten kränken können, wenn etwas verlorenging.

So lebten sie mehrere Jahre, waren meistens beisammen und trugen sich mit Vorstellungen, wie sie erst, wenn sie in den Besitz ihres Ver-

mögens kämen, eine recht eigentliche eiserne Unabhängigkeit gründen wollten, die sie zum Herrn der ganzen Welt machte.

Der erste, welcher von diesem Zusammenleben Abschied nehmen mußte, war Leander, der etwas älter war. Es erschien ein junger Mensch, und mit dem mußte er seine Reise durch Europa antreten, daß er Weltbildung bekomme. Der Vormund selbst hatte ihn abgeholt, und nun ging Erwin allein in den Räumen der Musenstadt herum. Aber auch seine Zeit dauerte nicht mehr lange; denn er wurde, da sein Vormund plötzlich starb, mündig erklärt und in die Verwaltung seiner Güter eingesetzt. Man hatte absichtlich keinen Briefwechsel verabredet, weil diese Trennung die erste Probe ihrer Grundsätze sein sollte. Erwin ging in das Gebirge, und auf der dreißig Meilen langen Straße lief das Gerücht hinter ihm her von dem Manne, welcher lauter Gemüse gegessen habe. Sein Plan ging noch viel weiter als der Leanders. Nicht Europa, das er fast verachtete, wollte er besuchen, sondern, um seine menschliche Kraft an der großen aufrecht stehenden Natur zu üben, statt sie an Afterverhältnissen herabzubringen, beschloß er, nach Texas zu gehen, dort an der Grenze der Wilden eine Niederlassung zu gründen mit dem Keime antiker Kraft und Gesetze, der sich durch die ganze Republik verbreiten, dereinst wachsen und etwa einen Staat von spartanischem Erze, athenischer Schönheit und römischer Tüchtigkeit erzeugen, der dereinst seiner geographischen Lage nach der erste der Welt werden würde. Vorher wollte er die Verwaltung seiner europäischen Güter auf einen Fuß nach seiner eigenen Einsicht bringen, welche auf mathematischer Basis ruhte, so daß nach seiner Abreise ruhig das Gesetz fortwirke und ihm dorthin die Zuflüsse sende, die er zu seinen Zwecken brauchte. Erreiche er dieselben wegen äußerer Zufälle nicht, so seien sie doch moralisch da und erreicht; das Wollen ist das Himmelreich der Menschen, das Vollbringen das der Götter.

Alle Diener und Müßiggänger, alle Schmarotzer und Freunde des Hauses, alle Beamte, große und kleine, waren in ihrem Herzen unsäglich erleichtert, als sie den Tod des unerträglichen tyrannischen Vormundes erfuhren und die Ankunft des schwachen Narren, ihres neuen jungen Herrn, erwarteten. Der Verwalter konnte sein Staunen drei Tage und drei Nächte nicht verwinden über die unsägliche Albernheit seines neuen Gebieters, wie er ihn verwirrt und ehrerbietig vor seiner eigenen Tochter, der törichten Rose, stehen sah, wie er lauter Kräutersuppe aß, stets zu Fuße ging und auf einem Bund Stroh schlafe. Aber ehe zwei Jahre ins Land gingen, sagte man sich unter dem Siegel der tiefsten Verschwiegenheit ins Ohr, welch unendlich fürchterlicher Tyrann jetzt da sei: Zwei Jahre nicht zornig und zwei Jahre unerbittlich.

Erwin ließ sich, als er einen Tag zu Hause gewesen, sofort alle

Papiere, die sich auf den Komplex seiner Güter und auf einzelnes bezogen, vorlegen und las darin über anderthalb Jahre, dann schrieb er ein halbes Jahr und legte endlich dem Verwalter den Entwurf für die Zukunft vor. Dieser sagte, er sei unausführlich. Erwin erwiderte nichts, aber in zwei Jahren war der Entwurf ausgeführt und im Gange, er hatte nur zu diesem Behufe zwei Dritteile seiner Leute entlassen. Keine Gesellschaft, kein Gastmahl, kein Tropfen Wein, als lauter verkäuflicher, keine Kutsche, kein Pferd daran, einen groben grauen Rock, tagsüber stets am Schreibtische und von Boten und Beauftragten umringt, abends allein im Garten, Klettern, Laufen, Steine werfen, über Holzböcke springen, dabei immer ernsthaft bleiben – – es ging über menschliche Begriffe! – und so jung und so geizig und so unerhört hartnäckig; um kein Jota durfte von seinen Anordnungen abgegangen werden. Und als nach fünf Jahren alles in seinem ordentlichen

Gange war, sahen sie ihn in dem grauen Rocke, mit einem Ränzlein auf dem Rücken und einem Knotenstocke in der Hand fortgehen und nicht wiederkommen.

Er aber war auf dem Wege nach Havre, um von dort New Orleans zu gewinnen. Ein Oberverwalter war bestellt, alle Korrespondenzpunkte bestimmt und alles in absoluter Festigkeit und Gewißheit. Seinen Freund hoffte er in Paris zu finden, wo er sich, wie er gehört, schon seit einem Jahre aufgehalten, und er hoffte, ihn vielleicht zur Teilnahme oder Nachfolge zu bewegen. Aber auf seiner fünften Nachtstation hatte er das Unglück, zu erfahren, daß sich Leander auf das schmählichste geändert. Er fand nämlich dort auf der Post einen Brief seines Verwalters und darinnen eingeschlossen einen von Leander, der ihn zu Gaste auf seine Hochzeit bat. »Ich habe Dich«, hieß es unter andern darin, »Du geliebter alter Freund und Genosse meiner Jugendträume, nicht vergessen und immer nicht vergessen können. Erinnerst Du Dich noch an das kindische Versprechen des Nichtkorrespondierens – nun, ich muß es doch brechen, um zu sehen, wie es mit Dir ist, da Du gar nichts hören läßt. Auf alle Deine Schlösser habe ich zugleich Abschriften dieses Briefes gesendet und hoffe, Dich gewiß bei mir zu sehen, wenn Du nicht etwa indessen, weiß Gott, wo, in Europa herumvagierest. Wir hätten Dich trotz der Unpäßlichkeit meiner Eveline und der Abneigung ihrer Mutter vor Reisen auf einem Deiner Nester überfallen, wenn wir nur gewußt hätten, wo. Alle Nachrichten der Reisenden stimmten darin überein, daß auf keinem Deiner Güter eine Herrschaft wohne. Bist Du etwa in süßen Banden? Wie!? Und halten Dich diese in der Stadt? Ich hoffe, daß ein Deiniger Lehnsmann, dem dieser Zettel in die Hände gerät, so viel Vernunft haben wird, ihn Dir zu übermachen. Ich sehne mich im Ernste nach Dir, die holdesten liebsten Fäden meines Herzens und meiner Kinderspiele laufen in Dir zusammen. Eveline ist zu begierig auf Dich. Komme, komme und komme, Du bist der willkommenste auf Schloß Turun.«

Erwin war zu einer Säule erstarrt. Das erste Mal in seinem Leben half ihm die Stoa nichts. Er suchte vergeblich, zu machen, daß dieser

Schmerz und dieser Verdruß nichts sei – er war immer wieder da, und sosehr er bisher und so glücklich er an seinem Schicksale geschmiedet hatte: dieser Klumpen Eisen war einmal absolut nicht zu schweißen, ja er wurde sogar, wie gerade starke Menschen, wenn sie einmal aus dem Geleise sind, nervös und ärgerte sich über Dinge, über die sich niemand zu ärgern hat: über die gläsernen Salzfässer, über den kleinen Wirt und über seinen Ärger. Turun lag nur eine Meile von dem Städtchen, übermorgen war Hochzeit, ganze Wagen voll Gäste waren schon durchpassiert, mit der lieblichen Morgenröte war auch die Stoa beinahe wiedergekommen, aber doch nicht ganz; denn, statt seine Reise gelassen fortzusetzen, wie Zeno getan hätte, dachte Erwin: »Dies eine Mal kann ich ja von meinem Vorhaben so weit abgehen, daß ich es um zwei Tage verzögere, oder auch gar nicht verzögere, denn diese zwei Tage kann ich ja im Gehen einbringen – ich will hinüber und den einstigen Freund mit meiner ruhigen Gegenwart beschämen und etwa retten, was noch zu retten ist.«

Ach, der Arme! Den süßen Zug, der ihn heimlich zu dem ehemaligen Lieblinge zog, wagte er nicht, sich einzugestehen. Und so ging er gegen Abend auf Schloß Turun hinüber. Das Ränzlein hatte er bei dem Wirte gelassen, mit dem Bedeuten, daß er es übermorgen abholen werde.

Er war nicht ganz zufrieden mit sich, und sein Herz war auf dem ganzen Wege unruhig. Dieses erste Mal hatte er seinem Zwecke zuwider dem Zufalle nachgegeben, aber es soll gewiß auch das letzte Mal sein.

Drüben war alles vollgestopft mit Gästen. Man geriet durch den neuen Ankömmling in eine zweifache Verlegenheit: erstens, was man denn aus seinem einfachen grauen Rocke machen sollte, der so unsäglich hochzeitswidrig war, und zweitens, wohin man ihn einquartieren werde; denn von allen Geladenen waren entweder Entschuldigungen oder Annahmen eingegangen, und jeder Raum und jedes Räumchen des Schlosses war vergeben, bis auf eines, wohin man aber unmöglich einen Menschen stecken konnte, ohne sich der größten Verantwortung auszusetzen. Nur Leander in seinem wahrhaft stürmischen Entzücken, daß er den Mann wieder habe, den er am meisten auf dieser Welt liebte, machte sich aus beiden Verlegenheiten nichts. Über das erste, worauf sich doch die Blicke aller andern richteten, glitt sein Auge ohne Bewußtsein hinaus; über das zweite, als es ihm der Haushofmeister zugeflüstert hatte, lachte er bloß und sagte: »Dieser Mann, Erwin, trägt Bedenken, dich in eine Stube zu weisen, worin Gespenster sind. Du mußt nämlich wissen, daß mein Haus nicht bloß von außen das ganze weitläufige Ansehen eines alten Feudalschlosses hat, sondern daß es auch noch seinen Geist auf unsere ungläubige Zeit herüber gerettet. In dem Zimmer, wo du heute schlafen sollst, geht zu Zeiten unsere weiße Frau herum, eine Dame des Hauses aus dem elften Jahrhundert. Sie ist aber nicht etwa eine Verbrecherin, sondern bloß eine Schutzfrau, die nur zur Warnung erscheint. Heute, meine ich, wird sie wohl ruhig in der Gruft bleiben; denn wenn sie gegen Eveline etwas hätte, so hätte sie mir zarterweise doch viel früher erscheinen sollen – außer sie dehnt etwa ihre Sorgfalt für mich auch auf dich, meinen Freund, aus, wenn du vielleicht auf bösen Wegen wandelst.«

Erwin, der keine anderen als klassische Gespenster kannte, fürchtete keine mittelalterlichen und beruhigte den Haushofmeister, der nun sofort befahl, daß man das rote Eckzimmer lüfte, daß man weiche Daunen in das Bett lege, Teppiche breite, den Kamin heize und Wein und kalten Braten auf den Tisch stelle. Alles müsse noch bei Tageshelle fertig sein.

Leander nahm nun den Freund, indessen man sein Zimmer bereitete, mit sich in sein eigenes Gemach, das einzige, das ihm heute zu freier Schaltung übrig geblieben war, und bewillkommte ihn dort wieder und wieder, so daß es dem andern fast süß und lieb ins Herz geflossen wäre, wenn er nicht den feinen, schönen, verweichlichten Mann vor sich hätte stehen gesehen, der einst sein starker, edler Freund gewesen. Ob der Mann aber nicht auch in dem fein rasierten Angesichte und dem modernen Fracke noch edel und stark geblieben sein könne, davon ahnte Erwin in seiner Einseitigkeit nichts, Leander aber durchblickte den armen Freund gar wohl.

»Wir wollen heute und morgen«, sagte er, »einmal das reine Beisammensein genießen und von nichts anderem reden, was es trüben könnte. Ich fürchte, du bist auf einer weiten Reise.«

»Ja, nach Texas, wo ich bleiben will.«

»Da sei Gott vor, was willst du denn in dem verworrenen, unsicheren Lande? Davon müssen wir dich abbringen.«

»Das wird wohl nicht angehen«, sagte Erwin lächelnd.

»Nun, nun, es sei, wie es wolle«, versetzte Leander, »lassen wir das

alles, wir wollen schon über dich gehen und dich heilen. Jetzt komme, damit wir nicht streiten, mit mir auf den Balkon, ich will dir meine Gäste aufführen, die unten im Parke spazieren gehen, und dir auch die Stelle zeigen, wo sich der liebe Zufall ereignete, der mich mit Eveline verbunden hat.«

»Lasse mich doch wenigstens aus deinem Munde nicht das Wort Zufall vernehmen«, entgegnete Erwin, »es ist, als sei es unmöglich, daß du es solltest aussprechen können.«

»Noch viel mehr«, sagte der andere, »ich will dich lehren, daß es einen Zufall gibt, und daß wir nur weise sind, wenn wir ihn beherrschen.«

Mit diesen Worten hatte er den Freund auf den Balkon hinausgeführt. Dort fuhr er fort: »Ja, wenn du nicht gar zu ungelehrig bist, so hoffe ich mit Zuversicht, daß ich bald so glücklich sein werde, bei dir einem gleichen Feste beizuwohnen, wie du heute bei mir.« – »Lasse doch um Himmels willen die Weiber«, sagte Erwin und zuckte ordentlich weg, als hätte ihn schon eine dieser Schlangen bei der Hand.

Der andere aber fuhr hartnäckig fort. Entweder merkte er die Stimmung des Freundes nicht oder wollte er sie nicht merken. »Da wäre die zarte Agnes Harrand, die dort neben dem Merkur steht, sie ist die Schönste des Landes und erst siebzehn Jahre alt. Oder jene rot gekleidete schlanke Figur neben der dicken Mutter, das ist die Gräfin Rosalie Steinheim, so gut und schön wie eine Taube. Siehe, da gerade über das Parterre geht eine Schmiedin ihres Schicksals, wie wir es einst waren. Unsere jungen Herren würden lieber ein glühendes Eisen anrühren als diese Dame, so stolz ist sie. Sie bleibt unvermählt, weil sie keinem Zufalle, d. h. keinem Manne, preisgegeben sein will. Es freit auch keiner mehr um sie. Der alte Mann, mit dem sie geht, ist ihr Vater, der Ritter Fargas, mein nächster Nachbar, sie heißt ebenfalls Rosalie, und wenn du reiten lernen willst, so nimm sie zum Stallmeister. Dort auf der Gartenbank sitzen gar drei auf einmal, doch nur die mittlere ist ausgezeichnet, die andern minder, aber jede trägt zwei Rittergüter in der Schürze. Sie sind die Baronessen Kralstein, Bertha,

Emilie und Clarinda. Eine heißere Sonnenscheibe als Emilies schwarzaugige Blicke gibt es nicht. Oder betrachte die, welche jetzt von Rosalie Fargas leichthin gegrüßt wird, sie ist viel gefeiert, und einige sind

über sie verrückt, sie ist die Gräfin Miris, eine einzige Erbin – und dann erst die, die wir nur von der Ferne sehen, oder erst die, so von den Gebüschen gedeckt sind, Johanna, Mathilde, Emerentia, Sibylla, Margareta, Cajetana, und wie sie heißen mögen. Morgen wirst du sie alle neben alten Papas-, Mamas- und Onkelgesichtern sitzen sehen und kannst wählen. Dem Sohne deines Vaters und deinen ungeheuren Wäldern wird keine abgeschlagen. – Doch Scherz beiseite, Erwin. Morgen wird Eveline kommen, und du wirst die ruhig schöne Tugend sehen, aus klaren, fleckenlosen, aufrichtigen Augen schauend, und ein solches Gut wünsche ich deinem Herzen, dem festesten und besten dieser Welt.«

Erwin aber bat mit düstern, trüben Blicken, daß er ihn mit alledem verschonen möge, daß man ihm lieber sein Zimmer anweise und daß man ihm gestatte, für heute dort zurückgezogen bleiben zu dürfen. Wie er es morgen halten wolle, war ihm noch nicht recht klar, nur so viel ungefähr schwebte ihm vor: wenn nur diese Nacht überstanden sei, so werde er morgen bei der Zeremonie sein und dann sogleich auf dem Wege nach Havre. Verstimmt, mürrisch und durchaus nicht mehr Herr seiner Stimmung, ließ er sich von Leander in das rote Gemach geleiten. Er schrieb alles dem Zufalle zu, dem er sich hingegeben, und dachte, es werde nicht eher gut, als bis er wieder auf der Straße nach Havre sei, niemanden Raum gebend und gehorchend, als sich selbst und seinen Entschlüssen. »Daher kommt alles«, dachte er, »daß ich das Ding da nicht gelassen habe, wie es ist, und ruhig meines Weges weitergegangen bin. Nun habe ich Reue, ein Ding, das früher nie da war, und nun schmiede ich vergebens an meinen Gedanken, daß sie ruhig und ebenmäßig sein sollen, und sie fahren widerspenstig im Kopfe gegeneinander.«

Leander empfahl sich, der andere schloß hinter ihm seine Türe zu und betrachtete sich trübselig die Behausung, in der er die Nacht zubringen sollte. Er war über sich ärgerlich, daß er nicht ruhig sei, daß so viele fremde Dinge kämen, und deshalb ging er an die Musterung des Zimmers, um sie abzuleiten. Es war nicht anders, als gewöhnliche Zimmer sind, nur da es in einem reichen Schlosse war, war es groß, ein reguläres Viereck und mit einem ungeheuren Kamine versehen, in welchem trotz des nicht kühlen Maiabends ungeschlachte Scheite loderten. Die Fenster gingen gegen Osten, an dem bereits, da die Sonne schon untergegangen, ein riesengroßer, blutroter Vollmond stand und matt durch die Gläser herein schien. Erwin, dem die Hitze zuwider war, da er stets in ungeheizten Zimmern schlief, öffnete die Flügel des einen Fensters und sah nun, daß es das letzte einer langen Front sei und daß daneben rechtwinkelig eine andere noch längere Front wegspringe, mit unzähligen riesenhaft wegstehenden Dachrinnen, welche große kupferne Rachen aufrissen. Drüber hinaus standen Wirtschaftsgebäude in allen Richtungen verschoben, und über sie blickten die Wipfel des Parkes herein, gegen den Vollmond emporstehend. Da er dieses betrachtet hatte, ging er an den Tisch, nahm sich Brot und Wasser und hielt Abendmahl. Der Braten und Wein blieb unangerührt stehen. Da es indessen ganz finster geworden, zündete er die auf dem Nachttische stehenden Kerzen an und bemerkte, daß ein modernes Buch daliege, welches etwa der Haushofmeister zur Zerstreuung des Gastes hergelegt. Damit keine Kohle auf den Teppich herausfalle, schürte er noch das Feuer in dem Kamine zurück, schob den Holzkorb ein wenig weiter hinweg, dann nahm er alle Daunen und anderes Zeug aus dem Bette, bis auf den Strohsack und eine Decke, packte alles auf einen Kasten, dann legte er die Oberkleider ab, versuchte noch einmal die Güte des Türschlosses, da er große Summen im grauen Rock führte, und legte sich endlich auf sein Stroh nieder. Die durch das offene Fenster hereinströmende Mailuft tat ihm sehr wohl, da es ihm von dem unvernünftigen Heizen unerträglich warm schien. Eine Weile las er in dem Buche, es stand von nichts als lauter überschwenglicher Liebe in überschwenglichen Versen darinnen, dann legte er es weg, löschte die Lichter aus und starrte noch eine Zeit in die zusammensinkende Glut des Kamines, die um so düsterer rot war, als daneben das weiße Silber des Mondes in breiten Scheiben auf dem Fußboden lag. Dann, mit einem flüchtigen Gedanken an die weiße Frau und mit verwirrten Träumen von Emilie, Emerentia, Cajetana, entschlummerte er fest und ruhig.

Wie lange er mochte geschlafen haben, wußte er nicht, aber es durfte schon Mitternacht vorüber sein, da war es ihm, als streife ein eiskalter Hauch über sein Gesicht. – War es nun, daß er über die Sagen des Zimmers doch nicht ganz gleichgültig war, oder war es seine angewohnte Entschlossenheit, er weckte sich aus dem halb träumenden Zustande, in den ihn der Luftzug versetzt hatte, vollends auf und öffnete seine Augen. Aber wer beschreibt sein Erstaunen, in das er geriet, als er die Veränderung erblickte, die in seinem Zimmer vorgegangen war: im Kamine, wo er nur ein Häufchen verglimmender Kohlen gelassen hatte, loderte nun ein helles Feuer, vor demselben, die Fußsohlen gegen die Wärme haltend und ihm den Rücken zugekehrt, saß eine Gestalt, über und über mit weißem Zeuge, wie mit Nebelhüllen angetan, vorne durch das Kaminfeuer blaß rosenrot angeleuchtet, hinten mit dem gleichen, fast blauen Scheine des Mondes belegt. Er getraute sich keinen Atemzug zu tun, so war er

erschrocken. Er glaubte noch zu träumen und redete sich innerlich zu, zu erwachen, aber er antwortete sich, daß er ja wache; denn auf dem Tische stehen die Flaschen und ganz deutlich die Teller mit den Speisen, da stehen neben ihm die zwei ausgelöschten Kerzen, da liegt das Buch und dort auf dem Kasten das herausgeräumte Bettzeug, von dem Feuer sanft rot gesäumt — und es ist ja so heller Mondschein, daß man einen Strohhalm in dem Zimmer liegen sähe. Die Gestalt saß unbeweglich in derselben Stellung dort. »Das ist meine rechte Hand«, sagte er sich, »das ist die linke, jetzt rühre ich den Daumen, jetzt den Fuß —«, das alles sagte und tat er, um sich zu überzeugen und um sich von jenem Zustand emporzuraffen, der sich bleischwer und alpartig auf ihn zu legen drohte und seine Sinne zu benebeln begann. Aber es half nichts, das Bild blieb unbeweglich dasselbe, und es war, als scheine der Mond nur immer greller darauf. Erwin war bis an die Wand gerückt, dort drückte er sich an, zog die Decke bis an die Augen, und über seine Glieder ging es fast wie ein Fieberfrost. Er schloß ein um das andere Mal die Augen, aber es half nichts, er mußte sie wieder öffnen, und sie saß immer wieder dort. Einmal nur hatte sie wie traumartig den Arm gehoben und ihn wie einen Bogen über das Haupt gehalten, wie etwa jemand im Schlafe einen Arm über den Kopf emporlangt. Dann aber hatte sie ihn wieder sinken lassen und war unbeweglich wie früher. Nur die Füße hielt sie nicht mehr gegen das Feuer, sondern auf den Teppich gestellt. Sie waren ebenfalls schneeweiß.

Wie lange die Erscheinung schon dauerte, konnte Erwin nicht ermessen; denn ihm war alles Zeitmaß verlorengegangen. Nur eine Tätigkeit war in ihm geblieben, die der Augen. Unverwandt und bezaubert mußte er sie immer hin heften, und den drängenden Atem ließ er so leise strömen, daß er ihn selbst nicht einmal hören konnte. Bald war ihm, die Gestalt regte sich, bald, sie sei starr — endlich regte sie sich in der Tat. Unheimlich langsam, wie ein Totes oder Träumendes, richtete sie sich auf, wendete sich mechanisch um, schritt nebelhaft gleichmäßig gegen das Bett, beugte sich und legte sich hinein. Nur im Momente des Niederlegens hatte er ein kurzes, leises Seufzen gehört, wie von menschlichen Lippen — dann aber folgte bald der regelmäßige, tiefe Atem eines ruhig Schlafenden.

So schmal sich nur immer ein ohnehin sehr schlanker Mann machen konnte, so schmal hatte er sich in dem Augenblicke gemacht, als sich die Erscheinung zum Niederlegen anschickte, wie ein Schilfrohr lag er an der Wand, und keine Fiber an ihm regte sich. Fast wollte ihn wieder die eisige Hand des Entsetzens packen, wenn er sich die seit achthundert Jahren modernde Schönheit bei sich im Bett dachte, aber da er das gesunde Atmen hörte, und da ihm war, als fließe sanfte Lebenswärme von der Gestalt zu ihm, so war nun sein Erstaunen noch größer, als früher sein Entsetzen gewesen war. Eine Zeitlang rührte er sich noch nicht, dann aber, ganz behutsam und sachte, daß nichts knistere, drehte er den Kopf herum (er hatte nämlich früher das Gesicht gegen die Wand gekehrt) – aber er sah nichts als feine weiße Wäsche, die über eine menschliche Gestalt gedeckt schien. Das halb weggewendete Angesicht der Gestalt konnte er nicht sehen, weil eine sehr große Krause einer Nachthaube davor emporstand. Daß es nur ein Weib sei, schloß er, aber sein Zustand war nun nicht viel besser, als wenn es ein Gespenst gewesen wäre. Bloß des einen war er sicher, daß ihm das

Weib nicht gegen seinen Willen den Hals umdrehen könne, das andere war alles ängstlich genug.

Wieder eine Weile war er ruhig – dann wagte er es, den Kopf auch

ein wenig zu heben, um über die obere Kante der Krause auf das Gesicht niederblicken zu können. Auch diese Operation gelang. Halb schwebend hielt er so den Oberleib gehoben und sah auf die ruhigen, schlummernden Züge einer jungen, schönen Dame nieder. Ja, sie war fast außerordentlich schön. Eine weiße, sanfte Stirne, darunter die zwei großen, geschlossenen Augenlider mit langen Wimpern, feine, stolze Wangen, vom Schlafe leicht gerötet. Seine Angst erreichte den höchsten Gipfel, aber gerade in ihr gab ihm der Himmel einen Gedanken ein, für den er ihm inbrünstig dankte, nämlich, sich leise emporzurichten, mit äußerster Vorsicht über sie hinauszusteigen, seine Kleider zu nehmen und in den Garten zu entfliehen. »Wenn nur die Tür einmal offen ist«, dachte er, »zumachen wolle er sie dann gar nicht mehr.« Da das Atmen der Gestalt so sanft und gleichmäßig fortging, machte er sich an sein Werk. Langsam und mit der gemessensten Behutsamkeit richtete er sich in die Lage empor, die er brauchte – schwebend prüfte er die Breite des Bettes – plötzlich geschah, da die Nacht so kalt war, wieder durch das noch offene Fenster ein so eisiger Windzug, wie der, welcher ihn aufgeweckt haben mochte – die Gestalt mußte ihn auch verspürt haben; denn sie tat einen tiefen unterbrechenden Atemzug und griff mit den Händen mechanisch nach der Decke, die sie über sich zog. Erwin war indessen wie ein in die Luft geheftetes Marterbild starr geblieben und gelobte sich innerlich heilig, wenn er je wieder in einem fremden Zimmer schlafe, stets das Bett von der Wand zu rücken, damit man an allen Seiten hinaus könne. Endlich atmete die Gestalt wieder gleichmäßig weiter, und er ging an die Fortsetzung seines Werkes. Aber ruhig muß ihr Schlaf nicht gewesen sein, oder dichtete es ihm seine Angst vor: jeden Augenblick regte sie sich, und jeden Augenblick mußte er innehalten.

Endlich war er so weit, daß nur noch das Aufstellen des einen Fußes auf die jenseitige Bettkante und der leichte Sprung nötig war, vor dem er sich, seiner Gelenkigkeit bewußt, gar nicht fürchtete. Aber eben, wie er so halb über sie gebeugt hing, wie einer, der die Schlafende entzückt bewunderte, was aber bei ihm, weiß Gott, durchaus nicht der Fall war – eben in dem Augenblick öffnete sie die Augen und starrte ihn, aber gleichsam mit erloschener Sehkraft, an. In dieser Sekunde tat er das Törichteste, was er zu tun vermochte: er plumpste nämlich mit eins in seine vorige Lage zurück – im Momente belebten sich ihre Augen zum völligen Sehen, und mit dem Schrei »Nichtswürdiger Mensch!« sprang sie aus dem Bette heraus, und »Rosa, Rosa!« rufend, eilte sie gegen den Kamin – hier aber hielt sie plötzlich, wie von

einem Schlage betäubt, an, tat einen gellenden Schrei, schlug ihre beiden Hände vor die Augen und stürzte auf die Knie nieder.

Erwin war ebenso schnell aus dem Bette, warf seinen Rock über und wollte ihr beistehen. Aber er wußte nicht, wie es anzufangen sei, und sah bloß einen Augenblick hin, und da war es ihm, als zittere es innerhalb der weißen Hüllen heftig, wie wenn ein ganzer erschütterter Organismus bebt. In ungeschickter Güte nahm er sie bei dem Arme, aber sie riß ihn weg und rief leise: »Nur fort, fort!« Das war ihm das liebste, er raffte alles, was sein war, zusammen und näherte sich der Tür. Aber in dem Augenblicke fühlte er sich wieder ergriffen und hörte die Worte: »Verlassen Sie mich nicht – wie können Sie mich denn verlassen?« Diese Worte waren in jenem Tone gesagt, den man, wenn es erlaubt wäre, flüsterndes Schreien nennen könnte, und der Ton, obgleich er ihn nie gehört hatte, kündete ihm ihre furchtbare Gemütsbewegung an. Die Seele hat einen Instinkt, die Leiden einer anderen Seele zu fühlen – und dieser Instinkt gab ihm Geschicklichkeit, zu handeln. Er wendete sich an der Türe um. »Ich will Ihnen helfen«, sagte er, »ich will alles tun, was in der Kraft eines Menschen ist. Sie haben sich in dem Zimmer geirrt, ich will Sie auf das Ihrige geleiten –«, in dem Momente fuhr ihm der Gedanke durch den Kopf, daß er ja gestern den Nachtriegel vorgeschoben, er tat einen plötzlichen scheuen Blick auf die Tür – es war richtig – der Riegel steckte noch, wie er ihn vorgeschoben – es war nun kein anderer Weg herein gewesen als das offene Fenster. – Sie war angstvoll seinen Blicken gefolgt, und mit leisem Händeringen hatte sie die Worte geächzt: »Ach Gott! Ach Gott!«

»Seien Sie ruhig, seien Sie ruhig!« sagte er.

»Ich kann nicht ruhig sein«, antwortete sie, »ich kann nicht ruhig sein! Wer sind Sie denn?«

»Ich bin Erwin Alan, der Freund des Schloßherrn.«

»Ach, es ist entsetzlich«, sagte sie, gleichsam als hätte sie seine Worte ganz überhört, »es ist entsetzlich –«, und händeringend ging sie im Zimmer herum. Dann, als wollte sie sich gewaltsam sammeln, setzte sie sich wieder auf den Stuhl, der noch vor dem Kamine stand, drückte ihr Gesicht verzweiflungsvoll in die Hände und saß gebeugt da. Er stand neben ihr, aber da sich ihre Stellung Minute nach Minute nicht änderte, so nahm er sich wieder den Mut, sie anzureden: »Fassen Sie sich, fassen Sie sich.«

Sie sprang wieder auf, wollte vorwärts, wollte rückwärts, wußte selbst nicht, was sie wollte. Sie nahm ihn bei der Hand und drückte sie so heftig, wie wenn man mit Angst etwas erflehen will, oder wie man einen Retter anfaßt. Er war auch ganz verloren und wußte nicht, was und wie; er nahm ihre andere Hand, er wäre bald vor ihr niedergekniet, wie man betet, aber dann erschien es ihm töricht – und er rief, fast so angstvoll geworden, wie sie: »Ich will Ihnen ja helfen, aus Mitleid und Barmherzigkeit und Menschenliebe will ich Ihnen helfen, so sagen Sie nur, wie ich es kann?«

»Ach Gott, was werden Sie von mir denken, wenn ich es Ihnen sage — ich bin nun der Großmut eines Mannes verfallen — zum ersten Male meines Lebens bin ich abhängig — ich will keinen einzigen mehr verachten, o Gott, wenn du mir nur aus dieser Lage hilfst! — Aber Sie werden mich verraten, wenn ich es sage, und mich verlachen.«

»Aber nein — nein, solange ein lebendiger Blutstropfen in mir ist, will ich Sie nicht verraten — so reden Sie nur.«

Sie schlug ihre Augen zweifelnd zu ihm auf und sah die schönen, ehrlichen, von dem Monde beschienenen Züge.

»Hören Sie mich«, sagte sie leiser und gefaßter, »ich bin Rosalie Fargas. Kein Mensch weiß es als mein Kammermädchen Rosa, daß ich im Vollmondscheine manchmal herumwandle. Ich weiß nicht, daß ich sonst aus dem Zimmer gegangen bin, aber heute — vielleicht sind breite Simse — Ihr offenes Fenster muß mich gelockt haben, da Ihr innerer Türriegel vor ist — und, ach Gott, bei mir ist auch ein solcher von innen vor.«

»Schläft Rosa in Ihrem Zimmer?«

»Nein, daneben, aber die Tür zwischen beiden ist offen.«

»Würden Sie auf dem Gange Ihre Zimmertür erkennen?«

»Ja.«

»So warten Sie ein wenig, ich will auf den Gang hinaustreten und sehen, ob er frei ist, dann gehen Sie zu Ihrer Türe und klopfen leise, bis Sie Rosa hört und hineinläßt.«

»Ach, da würde ich eher alle Schläfer dieses Schlosses mit meinem Pochen erwecken als Rosa; denn die schläft so fest, wie sonst kein Mensch, und auch, wenn sie erwachte, so würde sie, ehe sie öffnete, ein Gespräch anheben wollen, um sich zu überzeugen, daß ich es sei.«

»Sie haben recht, es darf Sie kein Mensch erblicken, hier bleiben können Sie auch nicht, sonst vermißt Sie Rosa und macht Lärm; wo schläft denn Ihr Vater, ich will ihn wecken.«

»Ich weiß es nicht – aber es nützt auch nichts, weil Sie anklopfen müßten, und er von innen noch mehr Lärm machen würde.«

»Es nützt auch nichts – es nützt nichts«, sagte Erwin und sah sie ratlos an. Plötzlich aber rief er: »Ha, mir kommt ein Gedanke, der alles löst.« Hiebei war er an das Fenster gesprungen. Sie war ihm gefolgt. – »Wo liegt Ihr Zimmer?«

»Es muß das über die Ecke hinüber sein, wo das Fenster offen ist; denn alle andern sind zu, wo wäre ich denn sonst herausgekommen?«

»Ich springe hinüber«, sagte Erwin, »öffne leise Ihren Riegel, und Sie gehen hinein.«

»Um Gottes willen, nein«, flüsterte sie bestürzt, »in diesem Abgrunde zerschmettern Sie sich – da kann ja kein Mensch hinüber.« Und in der Angst hatte sie ihn mit beiden Armen umschlungen, als springe er bereits hinaus.

»Ich kann es, ich kann es«, erwiderte er, »Ihnen zuliebe kann ich es«, sagte er wiederholt, indem er die weichen Arme, von derlei er zum ersten Male in seinem Leben umschlungen war, aufzulösen strebte und bemüht war, die sanfte Schulter, die er gefaßt, von sich wegzudrücken.

»Springen Sie nicht«, flehte sie, »ich stürbe, wenn Sie hinunterfielen.«

»Ich falle aber nicht hinunter«, sagte er, »ich falle nicht, lassen Sie mich doch, ich bin mehr geübt als andere Männer und kann viel, viel weiter springen, als dieser Raum beträgt.«

Zögernd — versuchsweise ließ sie mit zurückgepreßtem Atem von ihm ab — in demselben Momente war seine dunkle Gestalt schon lautlos auf dem Fenstersimse und im selben Momente auch schon nicht mehr — mit einem schwachen Schrei war sie zurückgesunken, ihre Sinne flirrten, und sie kämpfte mit einer Ohnmacht, aber doch durch alles hindurch war sich ihre gespannte Seele bewußt geblieben, keinen schweren Fall gehört zu haben. Sie sprang wieder vor und blickte hinaus, aber auch im anderen Fenster war keine Gestalt mehr. Dafür hörte sie ganz leise draußen an dem Türschlosse die Klinke versuchen. Sie ging hin, öffnete den Riegel, und Erwin ging auf den Zehen herein.

»Gehen Sie nun schnell hinüber, die Tür steht offen«, sagte er, »nun ist alles gut.«

»Ewig, ewig dankbar«, flüsterte sie, indem sie auf das innigste seine Hand nahm. »Sie verraten mich nicht.«

»Nein, nie«, antwortete er, und sie war hinaus.

Er schob so leise, als es nur immer anging, seinen Riegel wieder vor. Dann ging er in die Mitte des Zimmers und atmete beruhigt auf. Drüben hörte er jetzt ein Fenster zumachen — und im Osten blühte ein schwaches graues Licht auf, der Vorbote des bald kommenden Morgens. Er schloß nun auch sein Fenster und legte sich wieder nieder. Aber er konnte nicht schlafen, weil eine ganze Verwirrung in seinem Kopf war. Nach einer Weile, da jeder Versuch einzuschlafen mißlungen war, zündete er die Kerzen an und nahm wieder das Liebesbuch, aber es war einmal zu toll, was drinnen stand. Er mußte es auch wieder weglegen. Später ging er an das Fenster, um zu sehen, ob das Fenster von Rosalies Zimmer zu sei. Es war zu, und der Mond war jenseits der Dächer getreten, so daß jetzt alles vor ihm im Schatten lag und nur der Kiesweg an den Ställen ein wenig beleuchtet schimmerte. Erst gegen Morgen, da es Aufstehenszeit war, wäre er wieder eingeschlafen, wenn es nicht in den Gängen laut geworden und so hin und her gepoltert wäre, daß er endlich resigniert aufstand, sich ankleidete und zu Leander hinunterging. Dieser aber war bereits in dem Versammlungssaale, wo, wie ein Diener sagte, eben die Gesellschaft zum Frühstück zusammenkomme. Erwin, einmal in dieses Haus gelangt, wollte nun mit seinem grauen Rock trotzen und ging auch in den Saal. Leander trat augenblicklich auf ihn zu, führte ihn mit ausnehmender Auszeichnung gegen die Mitte des Saales hin und stellte ihn der ganzen Gesellschaft als Erwin Alan van Alansford, seinen ersten und teuersten Jugendfreund, vor, der, auf einer großen Fußreise begriffen, erst gestern in der Nachbarschaft seine Einladung zur Hochzeit nachgeschickt bekommen und ihm die Freude bereitet habe, ihn mit seiner Gegenwart zu überraschen. Bei einigen schwand, als der altbekannte Rittername genannt wurde, sogleich das Bedenken hinsichtlich des groben grauen Rockes weg, andere aber sahen nun gerade noch begieriger auf ihn hin, weil sich der Ruf des verrückten Güterherrn bereits bis zu ihren Ohren verbreitet hatte, und wieder andere hatten ein gemischtes Gefühl von Schadenfreude, weil sie doch die leise Verlegenheit gewahr wurden, die sich in Leanders Bewegungen zeigte.

Vorne am Fenster in einem tiefen, breiten Sessel saß Rosalie Fargas und war heute besonders blaß.

Es erhoben sich Gespräche über dies und das. Man reichte Tee, Kaffee und anderes herum. Erwin ging zum Erstaunen aller zu einer Milchkanne hin, leerte sie beinahe ganz in ein Glas, tat etwas Wasser dazu und trank den Inhalt aus. Dann aß er ein Stück Milchbrot. In dem Augenblicke tat ein altes Damengesicht die unglückselige Frage: »Herr Baron, Sie haben ja im Zimmer der ›weißen Frau‹ geschlafen – ist sie Ihnen nicht erschienen?«

»Nein«, sagte Erwin kurz, ward aber rot.

»Das wäre mir an des Herrn Baron Stelle leid gewesen«, sagte ein alter Knasterbart, »ich war von jeher ein großer Liebhaber von Erscheinungen weißer Frauen.« Und er belachte tüchtig seinen eigenen Witz.

»Ja, wenn sie von Fleisch und Blut waren«, sagte ein anderer.

»Anderweitige, Herr Kamerad, gibt es ja nicht«, entgegnete der Knasterbart, »ich bin in aller Herren Länder gewesen und habe niemals derlei Schnarrwerk angetroffen.«

»Unbedingt sind diese Sachen doch nicht abzusprechen«, sagte ein dritter.

Und ein vierter leugnete, ein fünfter bejahte die Gespenster, und es entstand eine kurze Debatte über diesen Gegenstand, allein sie mußte aus dem Grunde hohl und unfruchtbar bleiben, weil kein einziger in der ganzen Gesellschaft war, dem je ein Gespenst erschienen wäre, sie lachten sich bereits gegenseitig aus, als mit großem Ernste und schüchtern sich der Haushofmeister geltend zu machen suchte und vortrat: »Wenn die gnädigen Herrschaften erlauben«, hub er an, »so könnte ich da Auskunft geben, ich habe ein Gespenst gesehen.«

»Ja, das Weingespenst in der Flasche«, sagte der Knasterbart.

»Vergönnen, Herr Oberst«, erwiderte der Haushofmeister, »ein anderes Gespenst.« – »Nun also welches? Wann?«

»Ich habe heute nacht die ›weiße Frau‹ des Hauses gesehen.«

»Die weiße Frau?!« riefen alle.

»Ja, heute um zwei Uhr nachts. Ich stand zeitlich auf, um die Teppiche im Speisesaale und dann die im Gartensalon legen zu lassen, wo das Vesperbrot sein wird – und da ging ich in den obern Gang, um Sebastian zu wecken – da sah ich mit diesen Augen – deutlich sah ich die ›weiße Frau‹ schweben. Sie kam aus des Herrn Baron Alan Zimmer und verschwand auf Nr. 23, wo Baronesse Fargas schliefen.«

Ein erschrocknes Schweigen herrschte nach diesen Worten im ganzen Saale. Manche Augen richteten sich auf Rosalie, die nun ihrerseits flammend rot im Sessel saß – hilflos gegen dieses zweideutige Schweigen.

In dem Augenblick trat der Vater Rosalies mit dem heitersten Gesicht ein und entschuldigte sich, daß er so spät erscheine, seit Jahren habe er nicht so gut und lange geschlafen.

»Das ist ein Glück für den«, flüsterte eine Stimme, »daß er so lange geschlafen.«

Rosalie wiegte sich vorne in ihrem Sessel, um gleichgültig zu scheinen. Leander schickte den Haushofmeister mit einem Geschäfte ab und verlangte den Rapport darüber nach einer halben Stunde im Schreibzimmer – einige machten sich mit Kaffeegeschirren zu tun, andere fragten nach dem Barometerstande – die Damen bewunderten da ein Armband, dort ein Dosengemälde – der alte Fargas verlangte in seiner jovialen Weise eine oder etliche Flaschen in den blauen Gartenpavillon, es würden sich schon Gesellen zu ihm finden, die ein solches Frühstück jedem andern vorzögen – und so war das ganze Geistergespräch in andere, gleichgültige Dinge übergegangen. Auch zerstreute sich die Gesellschaft bald, um die Zeit bis zur Vermählung durch Herumschlendern, Putzen oder, wie der alte Ritter, durch Trinken hinzubringen. Leander hatte seinen Staatswagen mit sechs milchweißen Pferden bespannen lassen, um in eigener Person

Eveline entgegenzufahren, die um zwei Uhr mit ihrer Begleitung in Schloß Turun eintreffen sollte. Manche andere Wagen hatten sich

angeschlossen. Auch Reiter waren fortgesprengt, um der schönen neuen Herrin bei ihrem Einzuge das Geleite zu geben. Dennoch war es im Schlosse, als sei um keinen einzigen weniger; auf jeder Treppe, in jedem Gange, auf jedem Gartenplatze und in jedem Hofe begegnete Erwin einzelnen und Gruppen. Die aus der nächsten Nachbarschaft kamen erst heute an, und die älteren Gäste erzählten ihnen heimliche Geschichten.

Erwin ging in sein Zimmer, dann ging er in den Garten, dann besah er die Kirche des Schlosses, die schon prachtvoll dekoriert war, dann ging er wieder in sein Zimmer — und dann wieder durch die Gänge — eine unbestimmte Wut kochte in ihm. Man hatte, durch die feine Sitte höherer Stände geleitet und aus Hochachtung vor dem Wirte des Hauses, nicht mit dem leisesten Worte, nicht mit der mindesten beziehenden Miene mehr an die beim Frühstücke erzählte Geschichte erinnert, aber dafür wehte durch das ganze Schloß jenes feine, unsichtbare, ungreifbare Gift schnöder Meinung, das sich in naturrohe Herzen, wie Erwins, fürchterlicher einfrißt als Schwerter und Kanonen. Es wisperte hier — es wisperte dort — und nirgends war etwas. Und alle hatten sie lächelnde Gesichter, und alle waren sie ausnehmend höflich — und als gegen Mittag, da eben die größte Hitze über dem Schlosse stand, ein unsäglich freundlicher Herr die Mitteltreppe hinanstieg und, im ganzen Gesicht über und über glänzend, Erwin grüßte, so packte ihn dieser beim Kragen und schleuderte ihn die wenigen Stufen abwärts, die er gekommen, daß ihm Hut und Stab entflogen — und da Erwin dies getan, so war ihm unendlich leichter, und er war zum ersten Male in diesem Schlosse von Grund aus mit sich zufrieden. Der Herr hatte unten Hut und Stock aufgerafft und nur noch gesagt: »Wir werden uns sehen, Herr Baron, wir werden uns sehen«, und dann war er verschwunden.

Erwin blieb auf der Treppe stehen. Von Rosalie wußte er gar nichts. Er suchte sie nicht, und fragen durfte er nicht. Hätte er aber gewußt, was sich kurz vorher mit ihr zugetragen und die Heiterkeit des Schlosses nicht wenig vermehrt hatte, er würde sich über seine Tat, sei's nun an einem Schuldigen oder Unschuldigen, noch weit mehr erfreut haben, als er ohnedies tat. Man hatte nämlich Rosalie im Garten im dicksten Gebüsche ihrem Vater an der Brust liegen gesehen, worauf der Ritter mit donnernder Stimme nach seinen Leuten und Pferden rief und zu satteln befahl; denn er wolle augenblicklich mit seiner Tochter nach Hause reiten. Dieses Aufsehen drückte der ganzen Geschichte erst die Krone auf.

Erwin stand noch auf der Treppe, als schon drei Herren zu ihm kamen und ihm eine Einladung auf Degen brachten, augenblicklich zu vollziehen auf dem Fasanenplatze hinter dem Fichtengehege des Parkes.

»Ich komme schon«, rief er mit leuchtenden Augen, »laßt nur Schwerter hinbringen, denn ich habe keines – ich kämpfe mit dir auch und mit dir auch, und sagt nur dem Affen, das ist mir eben recht.«

Die andern verbeugten sich ruhig und bedauerten den Menschen, der sich so bloßgebe. Erwin aber begab sich sogleich auf den Weg zu dem Fasanenplatze, der ihm heute morgens bekannt geworden war. Seine Wanderung führte ihn an dem blauen Gartenpavillon vorüber, wo noch die Flaschen standen, an denen der alte Fargas gefrühstückt hatte. Erwin trat hinein, schenkte sich von dem Reste des Weines ein und stürzte zwei Gläser hinunter. Dann begab er sich auf den Fasanenplatz. Die andern kamen auch, man maß die Degen und machte Stellung.

Die Sache war aber im Schlosse nicht geheim geblieben, man sprach von Beleidigung und Zweikampf, und eben da Rosalie schon zu

Pferde saß, um ihre Schmach nach Hause zu flüchten, flüsterte ihr der Stallmeister ihres Vaters die ganze Geschichte zu – auch der Fasanenplatz war genannt worden. Ohne sich im geringsten zu bedenken, flog sie mit ihrem Fuchse durch das Bogengitter auf die Kieswege des Parkes hinaus, dem Fasanenplatze zu. Der Vater und der Reitknecht mit dem gesattelten Handpferde, das er hielt, folgten ihr. Da sie ankam und mit fliegendem Schleier auf den Sandplatz hervorjagte, traf sie den Mann, der ihr heute nacht so bedeutend geworden war, seinem Gegner gegenüberstehen und ein wenig veratmen. Er blutete aus der Wange, der andere am rechten Arme. Erwins Gesicht flammte fieberisch von dem genossenen ungewohnten Weine und von dem ebenso ungewohnten tiefen Zorne – die andern standen etwas verdutzt da: sie hatten nicht geahnt, was Erwin sei, nach den Verwundungen hatten sie den Kampf beenden wollen, aber er gab bloß zehn Sekunden Atmungsfrist, nahm den Degen, wie der andere links und verlangte Fortsetzung, bis einer tot sei. Wie er Rosalie vorsprengen, vom Pferde steigen und zwischen sie treten sah, wischte er sich mit seinem grauen Rockärmel das Blut von der Wange, als schäme er sich dessen, und sah auf sie hin. In dem nämlichen Augenblicke stürzte auch Leander, der eben mit Eveline auf Turun angelangt war, totenbleich herbei, indem nur er allein die Kampfkraft Erwins kannte und das Schrecklichste fürchtete. Auch andere, Männer und Frauen, waren herzugekommen, da sich die Sache mit furchtbarer Schnelligkeit verbreitet hatte.

»Erwin, Erwin«, rief Leander, »warum hast du mir das angetan?«

»Oh, du weißt nicht, Leander«, erwiderte der andere, der vor der Menge vergebens mit seinem Zorne kämpfte, wie ein Knabe, der ihn nicht beschwichtigen kann, »du weißt nicht – mit Lächeln, mit Blikken und mit süßen Mienen – oh, da stechen sie – aber siehe, ein Helote führt das Schwert besser als diese.« – Dann gegen Rosalie gewendet, fuhr er fort: »Fräulein, es soll Sie kein Mensch mehr auf dieser Welt, so groß sie ist, beleidigen dürfen. Werden Sie mein Weib – ich habe Güter und Wälder, ich werde Ihnen alles geben, was Sie verlangen – aber wenn dann nur einer wagt, mit seiner kleinsten Faser zu zucken, so will ich nach ihrer lächerlichen Sitte Mann nach

Mann mit ihnen kämpfen, bis keiner eine Faser hat, die er regen könnte.«

Tränen der Scham und Wut wären ihm bald hervorgebrochen, als er dieses gesagt, weil er den ganzen Kreis auf sich blicken und sich bestaunen fühlte. Rosalie stand glühend, betäubt und verwirrt da, eine solche Werbung mochte noch nicht vorgekommen sein.

Aber ihr Vater trat in diesem Moment hervor und sagte ruhig, wie man es an dem heftigen Mann gar nicht gewohnt war: »Für die Ehre meiner Tochter bin ich da – laßt das jetzt weg – indessen seid bedankt, edler Mann –«

»Ich bitt' euch, Freunde, Nachbarn«, fiel Leander ein, »tut mir die Liebe und Freundschaft, zerstört mir den schönsten Tag meines Lebens nicht – es kann nur ein leichtes Mißverständnis sein – es wird sich alles lösen. Lasset uns gegenseitig die Hände reichen und uns heiter zu dem bevorstehenden Feste rüsten. Erwin, komm, vergiß, was dir heute bei mir zugestoßen.«

»Halte Hochzeit, Leander«, entgegnete Erwin, »aber lasse mich fortziehn – ich kann nicht bleiben, weil mich deine Luft erstickt – ich will mit dem Fräulein auf Schloß Fargas; sie mag mich nun als Bräutigam annehmen oder nicht, weil sie keinen Mann will, woran sie recht tut: so wird sie mich doch heute beherbergen, und dann, ehe ich nach Texas ziehe, soll noch jeder Rechenschaft geben, der sie zu beleidigen wagt.«

Und in seiner Verwirrung bestieg er das ledige Pferd, welches der Reitknecht hielt, und ritt davon. Draußen auf der Straße wartete er, bis der Ritter Fargas mit Rosalie und seinen Leuten kam, dann schloß er sich an und ritt von dem lärmenden Schlosse weg nach Fargas.

Auf Turun war verstimmte Hochzeit gewesen. Auf Fargas kamen des andern Tags von allen männlichen Gästen des Festes Briefe an, in denen sich die Schreiber als Rächer anboten, wenn jemand etwas gegen Rosalie habe. Der Ritter dankte kalt, und die Sache war aus.

Das Ränzchen wurde bei dem kleinen Wirte in zwei Tagen auch nicht abgeholt, dafür schrieb Erwin einen zornigen Brief an seinen Oberverwalter, worin die Worte standen: »Ich bin von dem Wege nach Havre durch Zufall abgewichen, habe gezankt, habe mich betrunken, duelliert und verlobt. Schicke Deine Briefe nach Schloß Fargas.«

Endlich wurde das Ränzchen doch abgeholt, aber die Reise nach Havre bis nächsten Frühling aufgeschoben. Nächsten Frühling aber war Erwin mit Rosalie vermählt. Auf seiner Hochzeit war Leander und viele der damaligen Gäste gewesen. Erwin erzählte nun mit Erlaubnis seiner Gemahlin die Geschichte jener verhängnisvollen Nacht, und alles war weit fröhlicher und heiterer als damals.

Auf Erwins Schlössern war nun Wein und Braten, waren Wagen und Pferde daran, der spartanische Bart war von seinem Gesichte, Rosalie, die Unvermählbare, betete ihren Gatten an, dies alles hat der ganz kleine Zufall verschuldet, dem Erwin damals gestattet hatte, ein winziges Loch in sein System zu bohren – dies und noch etwas flüsterten die bösen Zungen, daß nämlich Erwin ein ganz klein wenig unter dem Pantoffel stehe.

So endete die Geschichte der drei Schicksalsschmiede, sie sind sehr gute Freunde und schmieden bis auf den heutigen Tag, nur daß das

Eisen, welches sie nehmen, nicht mehr so spröde ist, sondern sie lassen den Zufall gelten, aber sich nicht mehr von ihm beherrschen.

Als Note muß zum Schlusse noch beigefügt werden, daß Erwin auf seinem Wohnschlosse zwar jedes Fensterchen vergittern ließ, daß sich aber nie mehr der Fall ereignete, daß Rosalie im Vollscheine ihr Bett verlassen hätte. Es mußte damals nur heimtückische Rache des Zufalls gewesen sein, dessen Reiche sie getrotzt hatte.

Der Ungemütliche

Von Robert Hamerling

Ich fuhr eines Tages, auf einer Reise begriffen, durch das Städtchen X., und während die müden Postgäule den Marktplatz entlang trabten, kam ich an einem Wirtshause vorüber, aus welchem soeben ein Mensch herausgeworfen wurde. Die Gewalt des Wurfes war eine so heftige gewesen, daß der arme Teufel auf der Straße sich nicht wieder aufrichten konnte und hilflos dalag, während der Schwarm lustiger Gesellen, der ihn solchergestalt über die Schwelle befördert hatte, singend und lärmend sich wieder in das Gastgemach zurückzog, ohne sich weiter um ihn zu kümmern. Halb aus Mitleid, halb aus Neugierde ließ ich halten, stieg aus dem Wagen, half dem Unglücksvogel auf die Beine, und da ich merkte, daß er sich im Fallen stark beschädigt, überdies auch sonst das Ansehen eines krüppelhaften Menschen hatte, denn er war lahm an einem Fuße und auf einem Auge blind, so nahm ich ihn zu mir ins Gefährt und erreichte gleich darauf die Herberge, in welcher ich die Nacht zuzubringen gedachte. Dort ließ ich ihn zu Bette bringen und einen Arzt rufen, dem ich ihn empfahl, denn er schien mir der Pflege gar sehr zu bedürfen. Im übrigen gönnte ich ihm auch, da er mühsam sprach, die nötige Ruhe und wollte ihn für den Rest des Abends mit Fragen nicht weiter behelligen.

Am andern Morgen ging ich zu ihm hin, fand ihn in einer ziemlich schlechten Verfassung, denn er hatte durch den Fall eine starke Erschütterung der Brust erlitten, und der Arzt erklärte mir unter vier Augen den allgemeinen Zustand des gebrechlichen Mannes für einen bedenklichen.

»Wie kam es nur«, fragte ich, mich ans Bett zu dem Kranken setzend, »daß Euch von jenen Gesellen in der Schenke eine so unglimpfliche Behandlung widerfuhr?«

»Wie es kam?« erwiderte er. »Ach, das kam so, lieber Herr. Die muntern Gesellen, die in jener Gaststube beisammensaßen, das waren lauter gemütliche Leute, und ich, müßt Ihr wissen, Herr, ich bin, wie die Leute sagen, ein ungemütlicher Mensch. Und das eben, Herr, das ist der Fluch meines Lebens immer gewesen, daß ich ein ungemütlicher Mensch bin, wofür ich gar nichts kann, da ich mir zeitlebens alle erdenkliche Mühe gegeben habe, ein gemütlicher Mensch zu werden wie die andern Leute, aber vergebens. Schon als kleinen Knaben hat mein seliger Vater, Gott tröst ihn, mich lahmgeschlagen – daher mein Hinken auf einem Beine –, weil mein Bruder etwas verbrochen hatte. Diesen wollte er nämlich nicht schlagen, weil er ein allzu gemütlicher Knabe war.

Mein Bruder wurde, eben weil er ein gemütlicher Knabe war, von allen Leuten und insbesondere von den Frauen gehätschelt und geliebkost, und wenn Besucher ins Haus kamen oder Verwandte und Freunde uns auf der Straße begegneten und mit uns sprachen, so sahen sie immer nur meinen Bruder dabei an und richteten ihre Worte immer nur an meinen Bruder; über mich glitten sie mit den Augen hinweg, als ob ich in einer Tarnkappe steckte.

In der Schule sah ich, wie andere Knaben, wenn sie etwas verbrochen, von den Lehrern mit Lächeln zurechtgewiesen, höchstens ein wenig beim Ohrläppchen gezupft oder bei den Härchen ein klein wenig gezogen oder mit der Rückseite der flachen Hand auf die Wange getätschelt wurden – ich dagegen, selbst wenn ich mich sehr brav benommen und ausgezeichnet hatte, mit sauersüßer Miene kurz belobt und dabei mit Augen angesehen wurde, als ob ich eigentlich Prügel verdient hätte.

Wenn meine Geschwister oder Kameraden einen schlimmen Streich ausführen wollten, so nahmen sie mich nicht dazu und taten es heimlich vor mir, denn ich war ihnen zuwenig gemütlich.

Kleine Kinder, Hunde, Katzen und dergleichen gaben sich auch nicht gerne mit mir ab und wichen mir aus, obgleich ich ein Freund

von ihnen war. Ich machte daher vielerlei Versuche, sie durch ein entgegenkommendes Benehmen für mich zu gewinnen, aber nichts wollte verfangen. Wenn ich die Katzen streichelte, so kratzten sie mich, wenn ich die Hunde an mich lockte, so bissen sie mich in die Wade, und sah ich ein Kindlein in der Nähe nur so ein bißchen liebreich an, so begann es zu strampeln und zu schreien, als stecke es am Spieße.

Nachdem ich herangewachsen, wurde ich in eine Kanzlei getan und schlug die Beamtenlaufbahn ein. Es kam die Zeit, wo ich der nächste war, in eine höhere Stelle vorzurücken. Aber es wurde mir derjenige meiner Kollegen vorgezogen, der dem Chef der Kanzlei immer beim An- und Ausziehen des Überrocks behilflich war. Ich wollte mich in ähnlicher Weise gefällig erzeigen und reichte dem Vorgesetzten beim Fortgehen, dienstwillig vorspringend, Hut und

Stock. Aber er sah mich grämlich an und murmelte unwirsch etwas in den Bart, und meine Amtskollegen nannten mich von da ab einen Speichellecker und Heuchler. Bei der nächsten Vorrückung wurde mir derjenige vorgezogen, von welchem der Vorgesetzte wegen seines guten Humors sich auf Reisen begleiten ließ; bei der dritten derjenige, auf welchen die ältliche Nichte des Vorgesetzten ein Auge geworfen hatte. Von mir ließ der Chef sich weder Hut noch Stock reichen, noch auf Reisen begleiten, noch gab er mir seine Nichte – denn ich war ein ungemütlicher Mensch.

So kam ich nicht weiter im Amte, und zu guter Letzt wurde ich gar entlassen. Warum? Ach Gott, weil ich ein ungemütlicher Mensch war.

Jetzt wendete ich mich dem Kaufmannsstande zu; aber kein Mensch wollte etwas von mir kaufen, weil ich nicht gemütlich mit den Leuten zu reden wußte.

Nach dem Tode meiner Eltern und meines höchst gemütlichen, aber leider am Delirium tremens zugrunde gegangenen Bruders fiel mir ein kleines Erbe zu, mit welchem ich ein Bauerngütchen ankaufte, das ich nunmehr zu verwalten mich anschickte, wobei ich vor allem nach einer passenden Helferin und Lebensgefährtin mich umsehen zu müssen vermeinte.

Ich hatte aber große Schwierigkeiten, eine Frau zu bekommen. Die ländlichen Schönheiten fanden zuwenig Kurzweil bei mir, schämten sich meiner auf den Tanzböden und hielten sich lieber an die flotten, lustigen Burschen. Wenn ich hernach mich zusammennahm und es machen wollte wie die Gemütlichen und auch einmal einen Scherz bei solch einem Mädchen riskierte, so bekam ich wohl gar eine Ohrfeige.

Endlich fand sich doch ein weibliches Wesen, das mich nehmen wollte, vielleicht nur, um unter die Haube zu kommen. Aber es war ein Geschöpf von übelstem Humor. Und wenn ich sie aufheitern oder nach einem Zank versöhnen und beschwichtigen wollte, so konnte ich ehrlicher Kerl mit aller gutgemeinten Beredsamkeit in einer Stunde nicht so viel bei ihr ausrichten, als irgendein Taugenichts mit drei verlogenen, aber ›gemütlichen‹ Worten bei so einem Weiblein auszurichten vermocht haben würde.

Sie betrog mich auch und verließ mich zuletzt, nachdem sie mir vorher noch ein Auge ausgekratzt — weshalb ich, wie Ihr seht, außerdem, daß ich hinke, auch einäugig bin. Aber recht behielt sie doch vor aller Welt. Man brauchte mich ja nur anzusehen und man wußte sogleich, daß ich ein Ungeheuer, sie aber ein Engel sein mußte ...

Ja, worin lag denn das eigentlich, daß ich ein so ungemütlicher Mensch war? Ich gab mir doch, wie gesagt, viele Mühe, gemütlich zu sein, heiter und lustig auszusehen, aber obwohl ich glaubte, geradesooft zu lachen oder einen Scherz zu machen wie andere Leute auch, so geschah es mir doch häufig, daß, wenn ich lachte, ein Anwesender mich ganz verdutzt ansah und behauptete, es sei doch eine Merkwürdigkeit, mich lachen zu sehen, und er hätte nicht geglaubt, daß ich es könnte.

Ich war oft so fröhlich innerlich im Herzen, hätte manchmal sogar auch hell aufjauchzen oder mitjubeln mögen mit dem Fröhlichen, mitten in der schönen Gottesnatur, oder sonst — aber es war, als ob ich keine Kehle hätte zum Jauchzen und Jodeln und keine Beine zum Springen und Tanzen, und da hieß es denn: ›Der hat kein Gemüt — man sieht's ihm an — den rührt nichts und freut nichts — ein Klotz ist's und ein Griesgram, ein sauertöpfischer Kerl ...‹

Es war wirklich an dem, daß sozusagen kein Hund ein Stück Brot von mir nehmen wollte.

Und ich meinte es doch gut.

Wenn ich mich unterwegs einem Wanderer anschließen wollte, so schlug er alsbald unter irgendeinem Vorwand seitwärts einen Feldweg ein, so ungefähr, wie man einem verdächtigen Menschen ausweicht.

Wenn ich einen Betrübten trösten wollte, so weinte er nur noch stärker als zuvor, wurde ungehalten und sagte mir Grobheiten, als ob ich ihm Gott weiß welche Beleidigung angetan hätte.

Wenn ich einem Bedürftigen durch ein Darlehen aus der Not half, so äußerte er zu den Leuten mit einem Blick gen Himmel, es sei traurig genug, in die Hände der Geldmäkler und Wucherer zu fallen. Und wenn ich einem Armen etwas schenkte, so sah er das Geldstück an, ob es nicht etwa falsch sei . . .

Duldete ich Spinnen an meinen Wänden und Schwalben, die in meinem Hause nisteten, so nannte man mich einen unreinlichen Patron, und fegte ich sie weg, so hieß es: ›Da, seht den gemütlosen Menschen!‹

Wenn ich in der Schenke neben munteren Kumpanen saß, so taten sie, als ob ihnen mein Gesicht das Getränk sauer mache.

Zuletzt wurde ich in einen großen und unangenehmen Prozeß verwickelt. Bei der öffentlichen Gerichtsverhandlung wendete die ganze Sache sich sonnenklar zu meinen Gunsten; selbst der Gegner hatte sein Unrecht eingestehen müssen. Aber die Geschworenen sprachen ihn dennoch frei, weil er ein sehr gemütliches Aussehen hatte.

Infolge dieses Prozesses verlor ich das bißchen, das ich besaß, und da eine überaus reiche Tante, auf die ich meine Hoffnung gesetzt hatte, mich zugunsten eines liebenswürdigen Windbeutels enterbte, so ziehe ich seitdem verlassen, arm und krüppelhaft, wir Ihr mich gefunden, schier als ein Bettler in der Welt umher.«

So erzählte der Mann, aber da er immer mehr ermattete, so empfahl ich ihm Ruhe und entfernte mich mit einigen Trostworten.

Den nächsten Tag fand ich ihn der Auflösung nahe. Er fühlte recht gut, wie es um ihn stand, und obwohl es ihm Mühe machte, zu sprechen, kam er doch wieder auf sein Schicksal zurück und flüsterte trübselig:

»Die Liebe stand an meiner Wiege nicht, und auch an meinem Sarge wird sie nicht stehen. Und ich war doch auch ein Mensch, wäre gern

geliebt worden und hätte gern geliebt. Ich hatte danach zeitlebens ein Verlangen, so groß, so heiß, daß ich es nicht beschreiben kann. Aber die Natur hatte den schlimmsten aller Flüche auf mein Haupt gelegt: den der Ungemütlichkeit. Und so bin ich zu Tode gezaust worden wie die Eule, die sich bei Tag unter die andern Vögel mischen will.«

So klagte er; nach einiger Zeit aber flog ein Lächeln über sein Antlitz, und er begann wieder:

»Ich weiß doch einen, der sich nicht im geringsten darum kümmert, ob ich ein jovialer Bursch oder ein langweiliger Kauz gewesen bin. Das ist der Todesengel, der mir jetzt unter den Arm greift und mich einführt zur ewigen Ruhe. Der Tod umfaßt die Gemütlichen und die Ungemütlichen mit gleicher Milde und Freundlichkeit. Die Stätte der letzten Rast kann keinem verwehrt werden, und das Recht des süßen ewigen Schlafes ist gleich für alle.«

So sprach er und verschied.

Armer Teufel, wirst du recht behalten mit der Hoffnung deines letzten Augenblicks? Vielleicht täuschest du dich, und dein Schicksal ist auch jetzt noch nicht versöhnt. Ruhe dich geschwind ein wenig aus vom Ungemach deines unglückseligen Daseins; ich fürchte, nach wenigen Wochen oder Monaten wirft der Totengräber deine sterblichen Reste aus dem Grabe, um an ihrer Statt die Gebeine eines gemütlichen Halunken hineinzubetten.

Die Freundinnen

Von Friedrich Halm (nach 1871)

Der Graf von Ormonde war im Herbste des Jahres 1644 zur Belohnung für die Siege, die er über die irländischen Rebellen erfochten, zum Vizekönig von Irland ernannt, bald darauf aber nach London berufen worden, um dort im Kabinette des Königs an wichtigen Beratungen teilzunehmen. In England und Schottland hatten die Unruhen, die Karl I. auf das Blutgerüst führen sollten, bereits eine sehr bedenkliche Höhe erreicht; in Irland aber war damals, dank der ebenso entschiedenen als umsichtigen Haltung des Grafen von Ormonde, die Bewegung einstweilen zum Stillstande gekommen, so daß der Graf seine zärtlich geliebte Gemahlin Elisabeth, vollkommen über ihre Sicherheit beruhigt, nur mit der Sorge verließ, sie werde während seiner Abwesenheit, die gewiß auf einige Wochen, vielleicht auf einen Monat bevorstand, sich um so vereinsamter fühlen, als sie bisher während eines vierzehnjährigen Ehestandes, und selbst während der Graf im Felde lag, kaum mehr als einige wenige Tage der Trennung von ihrem Gemahl erlebt hatte. Allein auch dieser Sorge ward der Graf bald nach seiner Ankunft in London durch die frohe Nachricht enthoben, Lady Isabella Rich, die vertrauteste Jugendfreundin seiner Gemahlin, habe die Absicht kundgegeben, auf einige Wochen als Gast in Kilkenny Castle zu verweilen, eine Mitteilung, die der Graf als eine höchst erwünschte alsbald mit einem zärtlichen und glückwünschenden Schreiben erwiderte, in dem er es als eine besondere Gunst des Himmels hervorhob, seine Gemahlin während seiner Abwesenheit in der Gesellschaft einer Dame zu wissen, die, wie sie seiner Elisabeth nach Gemahl und Kindern das Liebste auf Erden wäre, auch ihm selbst zu allen Zeiten als die Krone ihres Geschlechts erschienen sei.

Während der Graf nunmehr erleichterten Herzens sich zu London den Staatsgeschäften hingab, die von Tag zu Tag immer peinlicher und drohender sich zu verwickeln begannen, sah Gräfin Elisabeth auf Kilkenny Castle daheim mit täglich sich steigernder Ungeduld der Stunde der Wiedervereinigung mit einer Freundin entgegen, welche die Jahre ihrer Jugendblüte teilnehmend und fördernd mit ihr durchlebt, ihr in schwerer Bedrängnis mit Rat und Tat hilfreich zur Seite gestanden und, obleich älter und gereifter, dennoch die schwärmerische Neigung ihrer jüngeren Gespielin nicht nur geteilt, sondern an Heftigkeit und Leidenschaftlichkeit noch überboten hatte. Endlich verkündeten eines Tages aufwirbelnde Staubwolken die Ankunft der Ersehnten und, von berittenen Dienern umgeben, näherte sich eine schwerfällige Sänfte dem Schloßtore, auf dessen Schwelle die Gräfin mit pochendem Herzen des Augenblickes harrte, der ihr die lang entbehrte Freundin wiedergeben sollte. Mit Lady Isabella Rich war jedoch während der langjährigen, nur selten und flüchtig unterbrochenen Trennung der beiden Freundinnen eine so entschiedene und auffallende Veränderung vorgegangen, daß die Gräfin im ersten Augenblicke des Wiedersehens, wenn nicht wie vor einer Fremden, doch im höchsten Grade befremdet und überrascht, mit weitgeöffneten Armen, staunend und sprachlos vor ihr stand. Nicht als ob Lady Isabella, wie Unvermählte wohl pflegen, vor der Zeit gealtert, nur noch der Schatten ihrer selbst ihr entgegengetreten wäre; sie stand vielmehr in der reichsten Fülle weiblichen Reizes, trotz aller Hüllen des unkleidsamen Reiseanzuges blendend schön vor ihr: über ihre anmutigen Züge aber war dabei so hinreißend die Blässe geistiger Reife ausgebreitet, das mutwillige Funkeln ihres blauen Auges war zu einem so leuchtenden Strahle sinnender Schwermut verglommen, um

ihre Lippen spielte so verklärend das schmerzliche Lächeln bitterer, aber siegreich überstandener Seelenkämpfe, und solche Würde und Hoheit atmete jede ihrer Bewegungen, daß die Gräfin nahe daran war, ihr wie einer himmlischen Erscheinung zu Füßen zu sinken, wenn nicht Isabella alsbald mit einem lauten Freudenruf die langentbehrte Freundin umschlungen und an ihr Herz gedrückt hätte.

Wie befremdend und einschüchternd aber der geheimnisvolle Zauber, der über Isabellas ganzem Wesen wie Mondlicht ausgebreitet lag, auch anfangs auf die Gräfin wirken mochte: sie fühlte sich nach wenigen Stunden traulichen Gesprächs um so unwiderstehlicher von ihr eingenommen, als ihr aus jedem Wort, aus jeder Miene das alte treue Herz der Freundin, geläutert in seinen Empfindungen, veredelt in ihrem Ausdruck, aber unverändert in Wohlwollen und Liebe entgegenschlug.

Und damit verschwand jeder Schatten von Zurückhaltung aus der Seele der Gräfin; selbst der Verdacht, der im Laufe der letzten Jahre so oft in ihr aufgestiegen war, als vermeide Isabella absichtlich, mit ihr und den Ihren zusammenzutreffen, wurde als kleinlicher, nunmehr tatsächlich widerlegter Argwohn beiseitegewiesen, und wenn das unbedingte Vertrauen, mit dem sie der Freundin entgegenkam, von dieser auch nicht mit ganz gleicher Hingebung erwidert wurde, wenn Isabella namentlich jeder Erörterung der Ursachen der auffallenden Veränderung, die ihr ganzes Wesen seit ihren Jugendjahren erfahren, sorgfältig aus dem Wege ging, so entschuldigte die Gräfin diese Zurückhaltung mit der Scheu, die wohl jeder empfindet, kaum vernarbte Wunden des Herzens durch Mitteilung wieder aufzureißen; denn nur solche Wunden konnten es sein, die Lady Isabella Rich so umzuwandeln, die sie, die Tochter eines der edelsten Geschlechter des Landes, die Erbin eines bedeutenden Vermögens, zu bestimmen vermochten, die Fülle der Freier, welche sich um ihre Hand bewarben, zurückzuweisen und dem Herbste ihres Lebens unvermählt entgegenzugehen.

Es mochten seit der Abreise des Grafen etwa zehn Tage verstrichen sein, als die Gräfin an einem schönen Herbstmorgen müßig ihren

Gedanken sich hingab. Ihre Töchter, drei reizende, von Feuer und Leben strotzende kleine Geschöpfe, waren eben mit ihrer Erzieherin von ihr weggegangen; an der Wand ihr gegenüber hingen die Porträts ihrer Söhne, munterer, frischer Knaben, die zu Oxford im Trinity-College ihren Studien oblagen.

Im beseligenden Gefühle ihres Mutterglückes konnte die Gräfin nicht umhin, wiederholt das harte Schicksal zu beklagen, das ihrer Isabella ähnliche Freuden versagte. Diese Gedanken aber führten sie bald noch weiter in die Vergangenheit zurück. Ihre frühere Jugendzeit stieg farbenhell leuchtend, wie gestern erlebt, vor der Träumenden empor. Sie gedachte lächelnd des tödlichen Hasses, mit welchem die fünfzehnjährige Elisabeth Breston dereinst James Butler, jetzt ihr

Gemahl, verfolgte, weil sie, der letzte Sprößling und die Erbin der Grafen von Desmond, an dem Hasse dieses Geschlechtes gegen jenes der Butler festhalten zu müssen glaubte. Dann, die Wangen von lieblichem Erröten übergossen, erinnerte sie sich des Tages, an dem sie ihren Gemahl, damals den Titel Viscount von Thurles führend, zum ersten Male bei Hofe gesehen, und wie der Zauber seiner männlichen Schönheit, die ritterliche Anmut seines Wesens und die glühende Leidenschaft, mit der er ihr huldigte, sie alsbald so ganz gefangennahmen, daß sie, später in dem Geliebten zu ihrem Schrecken einen Butler, einen Todfeind, erkennend, gleichwohl ohne Mühe sich überredete, die Christenpflicht allgemeiner Menschenliebe wie ihr eigener Vorteil geböten ihr, nicht bloß den alten Haß der Desmonds gegen die Butler für immer zu begraben, sondern auch den endlosen Rechtsstreitigkeiten, in die beide Familien seit Jahren miteinander verwickelt waren, durch die Verbindung mit dem Manne ihrer Wahl endlich ein Ziel zu setzen. Dann aber – und eine Wolke des Unmuts zog auf ihrer Stirne empor –, dann gedachte sie König Jakobs, der das ihm verhaßte Geschlecht der Butler nicht durch das Erbe der Desmonds bereichert sehen wollte und dieser Verbindung seine Zustimmung versagte. Sie gedachte des grausamen Starrsinns, mit dem er sie, um sie jeder Annäherung des Geliebten zu entziehen, der Vormundschaft oder richtiger der Obhut des Grafen von Holland übergeben, und wie dieser sie auf seinem Schlosse Eldon Manor kaum besser als in Gefangenschaft gehalten hatte.

Dort aber hatte sie Lady Isabella Rich, die Nichte des Grafen, damals ein munteres, aufgewecktes, mutwilliges Mädchen, kennengelernt und ihre Freundschaft gewonnen. Isabella aber war es, wie sie mit Tränen dankbarer Rührung gedachte, die der Verlassenen hilfreich sich angenommen, die Wachsamkeit ihrer Umgebung getäuscht und ihr sogar geheime Zusammenkünfte mit dem Geliebten ermöglicht hatte, bis dieser letztere, die habsüchtigen Günstlinge des schwachen, wunderlichen Königs durch Verheißungen und Geschenke für sich gewinnend, endlich nach einem Jahre schmerzlicher Bedrängnis und schwerer Kämpfe die Zustimmung Jakobs zu ihrer Verbindung

zu erlangen wußte. Seit jenem erhebenden Augenblicke aber gedachte sie, einen Blick inniger Liebe auf das Brustbild ihres Gatten heftend, das ihr von der Wand zulächelte, seit jenem Augenblicke sei ihr Leben nur ein sonniger, wolkenlos heiterer Sommertag gewesen, und vierzehn lange Jahre seien ihr verstrichen wie ein seliger Traum!

Und wenn sie nun vorwärtsschaute, wenn sie erwog, wie ihr Gemahl, berühmt als Feldherr, noch berühmter als Staatsmann, des Vertrauens seines Königs nicht bloß gewürdigt, sondern in jedem Sinne würdig, schon jetzt in blühendem Mannesalter Graf von Ormonde und Vizekönig von Irland, im Laufe der Jahre notwendig zu immer höheren Würden und Ehren emporsteigen müsse, wie sie selbst, reich, angesehen, mächtig, die Mutter von fünf hochbegabten, blühenden Kindern und dennoch, wie ein zufriedener Blick in den Spiegel ihr bezeugte, in unverwelkter Schönheit selbst jüngere Frauen weit überstrahlend, der unvergänglichen Liebe ihres Gemahls, des schönsten und hervorragendsten Mannes seiner Zeit, gewiß sei, und wie sie selbst ihn mit aller Kraft ihrer Seele liebe – welch ein Herbst reichen Segens, von goldenen Früchten strotzend, welche Fülle des Glückes lag nicht vor ihr!

Hufschlag, der im Schloßhofe laut ward, unterbrach sie in ihren Träumen, und als ob der Himmel sich darin gefiele, noch einen Tropfen Freude mehr in den übervollen Becher ihres Glückes zu träufeln, ward ihr auf die Frage, was es gebe, die Antwort: Philipps, der Geheimschreiber des Grafen, sei angekommen und habe ihr ein Schreiben ihres Gemahls zu überreichen. Wirklich stand auch in den nächsten Augenblicken dieser Philipps, ein blasser, schüchterner junger Mann, vor der Gräfin, die ihn mit Fragen nach dem Befinden, nach dem Aussehen, nach der Stimmung ihres Gemahls überschüttete und ihm kaum Zeit zur Antwort gönnte, bis er aus seiner Mappe ein niedliches, mit dem Siegel des Grafen versehenes Briefchen hervorgesucht und mit tiefer Verbeugung der Gräfin überreicht hatte. Sobald diese letztere aber erst auf dem Umschlag des Briefes die Aufschrift: »Meiner innigstgeliebten Elisabeth« gelesen und darin die ebenso feste als zierliche Handschrift ihres Gemahls erkannt hatte, brach sie

das Gespräch mit dem Überbringer des Briefes, der ihr eben über seine Sendung nach Dublin und andere ihr in diesem Augenblick höchst gleichgültige Umstände berichten wollte, mit einigen höflichen Worten kurz ab, entließ ihn und warf sich in der Wölbung des Erkers in einen Lehnstuhl, um in Sammlung und Ruhe den gesegneten Inhalt des schmerzlich ersehnten, mit Jubel empfangenen Schreibens in sich aufzunehmen. Kaum aber hatte sie das Wachs des Siegels gebrochen und das Blatt mit einem flüchtigen Blicke überflogen, als sie, wie von einer Viper gestochen, emporfuhr, das Blatt sinken ließ und zitternd und blaß mit weit offenen Augen vor sich hin starrte, als ob ein Gespenst plötzlich schreckend vor ihr auftauchte, bis sie nach einer Weile, mit der Hand über die mit kaltem Schweiße bedeckte Stirne hinfahrend, als ob sie aus einem schweren Traum erwache, wieder nach dem Blatte griff und es mit schwankender Hand vor sich hin hielt.

Sein bedeutungsvoller Inhalt lautete aber so:

»Teure Lady!

Ich breche das Stillschweigen, das Sie mir auferlegten und das ich durch Jahre getreulich beobachtet habe, um Ihnen eine Nachricht mitzuteilen, die, wie sie mein Gewissen beruhigt, auch Sie überzeugen muß, daß der Himmel unsere Gebete erhört und die Tränen unserer Reue als Sühne für unseren Fehltritt gnädig angenommen hat. Ein Besuch im George College zu Cambridge war es, der mir diese Beruhigung gewährte, und die einstimmige ungeheuchelte Anerkennung sowohl der hohen Geistesgaben und Fähigkeiten als auch der Seelengüte, des Fleißes und der Bescheidenheit unseres William, die mir daselbst allerorten entgegenkam, soll sie auch Ihnen gewähren. William ist die Zierde der Anstalt, der Stolz seiner Lehrer, der Liebling seiner Mitschüler! Der Himmel hat unser Kind gesegnet, also hat er uns vergeben und legt uns keine andere Buße für unsere Verirrung auf als die, nur insgeheim und verstohlen für die Zukunft des holden, hoffnungsvollen Knaben sorgen zu dürfen. Lassen Sie uns diese schwere Prüfung wie bisher demutsvoll hinnehmen, und vereinigen Sie sich mit mir im Gebete für die Wohlfahrt unseres Kindes!

James Graf von Ormonde.«

Die Gräfin las und las wieder, dann faltete sie das Blatt still zusammen und starrte gesenkten Hauptes vor sich hin. Das war kein Scherz, der Graf konnte nicht daran denken, sich solche Scherze gegen sie zu erlauben. Er mußte zwei eigenhändige Briefe, nachdem er sie gesiegelt, in der Eile verwechselt und mit falschen Aufschriften versehen haben!

Und die Dame, an die das Schreiben gerichtet war, das wie Feuer in ihrer Hand brannte, die Dame, mit der ihr Gemahl sich vergangen zu haben nur zu deutlich bekannte, wer war sie? Während ihrer Ehe hatte der Graf ihr niemals Anlaß gegeben, seine Treue zu bezweifeln!

Dazu kam noch, daß der Knabe, die Frucht dieses Fehltritts, da er Schüler des George College zu Cambridge war, wenigstens dreizehn bis vierzehn Jahre alt sein, also vor oder in der ersten Zeit ihrer Verbindung mit dem Grafen geboren sein mußte und damals – ein furchtbarer Verdacht unerhörten Verrates zog ihr Herz krampfhaft zusammen. Sie mußte Gewißheit haben; sie klingelte und befahl dem herbeieilenden Diener, den Geheimschreiber Philipps zu ihr zu bescheiden. Sein Kommen erwartend, durchmaß sie, wie eine Feder vom Sturme ihrer Gedanken umhergetrieben, bald in unruhiger Hast, bald zweifelhaft zögernden Schrittes die Räume des Gemaches. Als aber endlich Schritte der Türe sich näherten und der Erwartete auf ihrer Schwelle erschien, stützte sie sich halb taumelnd auf das Tischchen, auf dem der unselige Brief lag, und warf dem Eintretenden, ehe er noch zu Worte kommen konnte, die Frage entgegen, ob er den Brief, den ihm der Graf für Lady Isabella Rich übergeben, bereits bestellt habe? – »Lady – Isabella – Rich?« stammelte der Geheimschreiber betroffen, während sein Antlitz in Purpurröte aufflammte und seine Blicke hilfesuchend umherirrten. »Allerdings, an Lady

Isabella Rich«, sagte die Gräfin, totenbleich, aber in ungebeugter Haltung ihm nähertretend, »so entnehme ich wenigstens aus dem Schreiben meines Gemahls!« Und dabei heftete sie einen so scharfen, ins Mark der Seele dringenden Blick auf den unschlüssigen und ratlosen Geheimschreiber, daß dieser zuletzt, aller weiteren Ausflüchte sich begebend, nicht nur einen Brief des Grafen an Lady Isabella Rich bestellt zu haben bekannte, sondern auch zur Entschuldigung seiner Betroffenheit hinzufügte, er habe dem Grafen schwören müssen, des Briefes an Lady Isabella gegen keine Menschenseele Erwähnung zu tun. Darüber wurde die Gräfin noch blasser, als sie gewesen, und ihre Lippen verzogen sich wie zum Weinen, aber an sich haltend unterbrach sie mit einem gnädigen Kopfnicken die weiteren Entschuldigungen des verwirrten Geheimschreibers und wandte ihm mit den leicht hingeworfenen Worten: »Ihr solltet wissen, Philipps, daß mein Gemahl keine Geheimnisse vor mir hat!« den Rücken zu.

Kaum aber hatte der Geheimschreiber hierauf, mit vielen Bücklingen sich entfernend, die Türe hinter sich geschlossen, als die Gräfin in ihren Lehnstuhl zurückgesunken, allen Zwang abwerfend, der ganzen Leidenschaftlichkeit ihres Schmerzes sich hingab. Sie war verraten, von den beiden Wesen verraten, denen sie am unbedingtesten vertraut hatte, von dem Geliebten ihrer Seele, von der Gespielin ihrer Jugend; war von ihnen kurz vor oder nach ihrer Vermählung, jedenfalls also zu einer Zeit verraten worden, wo sie auf deren Treue gerade am zuversichtlichsten gebaut hatte! Unerhört getäuscht, und zwar in der Wertschätzung von Empfindungen getäuscht, auf deren vermeintlich unerschütterlicher Grundlage sie vertrauend ihr ganzes Lebensglück aufgebaut hatte, sah sie nun den stolzen Bau zerbröckelnd Stein für Stein zum wüsten Trümmerhaufen zusammenbrechen. Sie erinnerte sich bitter lächelnd des Sprichwortes der Desmonds, das man ihr in ihrer Kindheit so oft vorgesagt hatte:

In Wort und Tat!
Ein Butler, und Verrat

und fragte sich, ob sie noch ferner in Gemeinschaft mit einem Manne

leben könne, der ihre Gefühle so tief verwunden, ihr Vertrauen so schändlich mißbrauchen und in der Verleugnung alles Zartgefühls so weit gehen konnte, nicht bloß gleichmütig, nein erfreut, ja glückwünschend seine Mitschuldige das unentweihte Heiligtum ihres Hauses betreten und die vor Jahren an der Braut begonnene Täuschung nach Jahren an seiner ehrbaren Hausfrau, der Mutter seiner Kinder, fortsetzen zu sehen. Diese letztere Anschauung war es, die sich zuletzt ausschließend der Gräfin bemächtigte. Sie sah im Geiste Isabella, ihren Gast, ihre Freundin, der sie noch gestern in den vertrautesten Mitteilungen ihr ganzes Herz geöffnet hatte, insgeheim die Torheit der Betrogenen belachen und sich schon im voraus der Stunde freuen, da sie mit dem Grafen, ihrem Gatten, in Kilkenny Castle, in ihrem eigenen Hause, sich über ihre kindische Offenherzigkeit lustig machen würde! »Das nicht! Nein, das sollen sie nicht!« durchzuckte es wie ein elektrischer Schlag die Fibern ihres Herzens! Sie erhob sich, trat vor den Spiegel, ordnete hastig die Fülle ihres dunklen Haares, dessen reiche Flechten ihre Hände, im Drange der Verzweiflung blind gegen sich selbst wütend, zerwühlt hatten, und wandte sich, mit dem verhängnisvollen Briefe bewaffnet, rasch der Türe zu, als sie plötzlich stillestand, um noch einmal die unseligen Zeilen zu überfliegen. – »Verirrung, Reue, Buße!« sprach sie vor sich hin; »Pah! Das sind Worte! Heuchelei der Lippen, während die Herzen fortfahren zu sündigen! Wer verriet, kann wieder verraten! Keine Schonung mit Verrätern!« Und damit den Brief zusammenfaltend, riß sie, stolz den Kopf zurückwerfend, die Türe des Kabinetts auf und schritt die wirr verschlungenen Gänge und Hallen des Schlosses entlang den Gemächern Lady Isabellens zu, während sie den alten Schlachtruf der Desmonds:

Schlagen und Wagen,
Nicht Schmach ertragen!

vor sich hin murmelte. Allein die letzte Lesung jenes unglückseligen Briefes hatte ihr einen tiefern Eindruck hinterlassen, als sie sich selbst gestehen mochte! Das Wort: Reue! war in ihrer Seele haften geblieben, und sie langte, wenn auch nicht versöhnlicher, doch ruhiger und

ihrer selbst wie ihrer Worte mächtiger am Ziele ihrer Wanderung an, als sie sie angetreten hatte.

Als die Gräfin die Türe öffnete, die in Lady Isabellens Gemach führte, fand sie diese an einem Tische sitzen, auf dem neben einem aufgeschlagenen Buche, durch den schwarzen Saffianband und die silbernen Schließspangen deutlich genug als Erbauungsbuch gekennzeichnet, eine halboffene Reiseschatulle und eine mit Blumen gefüllte Vase aus venezianischem Glase standen. Den Kopf in die Hand gestützt und in tiefes Nachdenken versunken, starrte sie träumend auf einen, wie es schien, noch uneröffneten Brief hin, der vor ihr auf dem Tische lag. Als sie aber die Gräfin gewahrte, die einen Augenblick unter der Türe stehengeblieben war, jetzt aber raschen Schrittes nähertrat, erhob sie sich tief errötend, wie von einer Feder emporgeschnellt, warf den Brief in das aufgeschlagene Buch, das sie hastig zudrückte, und ging dann, allmählich ihre Fassung wiedergewinnend, mit freundlichem Lächeln und offenen Armen der Freundin entgegen. Die Gräfin aber, mit einer ablehnenden Handbewegung die Umarmung zurückweisend, trat bis an das Tischchen hinan, an dem Isabella gesessen, und sprach dann langsam, jedes Wort scharf betonend und mit schneidender Kälte: »Lady Isabella! Ich habe, durch die unrichtige Aufschrift getäuscht, einen Brief, den mein Gemahl an Euch gerichtet, geöffnet und gelesen! Hier ist er! Nehmt denn, was Euer, und gebt mir, was mein ist!« Und damit reichte sie ihr mit der einen Hand das geöffnete Schreiben hin, während sie mit der andern das Buch aufschlug und den darin verborgenen Brief herausnahm. Sie öffnete ihn aber nicht, sondern heftete, nachdem sie Siegel und Aufschrift flüchtig betrachtet hatte, ihre von Entrüstung blitzenden Augen auf Isabellens Antlitz, die, bis in die Lippen erbleichend und an allen Gliedern zitternd, das unselige Blatt vor sich hin hielt, das ihre weit offenen Augen wie mit übernatürlicher Gewalt festzuhalten schien. Als sie aber, der Aufregung des Augenblicks erliegend, endlich zusammenbrach und mit krampfhaftem Schluchzen in den Lehnstuhl zurücksank, wandte sich die Gräfin mit dem Ausdrucke unsäglichen Ekels von ihr ab und trat ans Fenster. Sie stand dort, die heiße Stirne an die

Scheiben gedrückt, einige Augenblicke, während nur Isabellens schmerzliches Stöhnen die Stille des Gemaches unterbrach; dann aber, sich rasch umkehrend, sagte sie mit ruhiger Gleichgültigkeit: »Ich sehe dort Storris, Euren Stallmeister, den Schloßhof herkommen! Wollt Ihr ihm sagen, daß er die Sänfte zu Eurer Abreise instandsetzen lasse? Oder soll ich es tun?« Und damit ging sie raschen Schrittes der Türe zu, aber noch ehe sie sie erreichen konnte, war Isabella aufgesprungen, hatte sich ihr in den Weg geworfen, und die zitternden Hände abwehrend gegen die Freundin erhoben, sprach sie: »Nein, du darfst nicht gehen, Elisabeth! Du mußt mich hören! Du sollst mich nicht für schuldig halten, wo ich nur unglücklich gewesen!« Und als darauf die Gräfin, vor ihrer Berührung wie vor der einer Kröte zurückweichend, gebieterisch ihr zurief: »Gebt Raum! Ihr habt mich einmal getäuscht und sollt mich nicht wieder täuschen!«, warf sie sich in der leidenschaftlichsten Aufregung auf die Knie, und die Stimme von überströmenden Tränen halb erstickt, schrie sie in wahnsinniger Heftigkeit: »Du mußt mich hören! Du bist es dir und deinem Glauben an Menschenwert, du bist es deinen Kindern, denen kein Makel an dem Gedächtnis ihres Vaters haften soll, du bist es deinem Gewissen, dem ungetrübten Frieden deiner Sterbestunde schuldig, zu hören, ehe du richtest, zu prüfen, ehe du verdammst!«

Die Gräfin, zweifelhaft, ob sie die furchtbare Aufregung Isabellens für Ernst und Wahrheit oder nur für gut gespielte Komödie zu nehmen habe, blickte eine Weile unschlüssig auf die zu ihren Füßen Hingesunkene nieder, bis zuletzt mildere Gefühle in ihr die Oberhand gewannen. »Wohlan, ich höre!« sprach sie und ließ sich in einen Lehnstuhl nieder, während Isabella, sich mühsam vom Boden aufraffend, einem Taburett zuwankte, auf dem sie mit gelöstem Haar in sich zusammengebrochen, fruchtlos bemüht, die von ihren Augen unerschöpflich niederquellenden Tränen zu stillen, lange schweigend und nach Atem ringend, ein Bild trostlosen Jammers, dasaß.

So herrschte eine Weile tiefe Stille im Gemach, bis Isabella plötzlich, wie zu sich selbst sprechend, anhub: »So war es also nicht ein krankhaftes, kindisches Gelüste, das mich hieher nach Kilkenny

Castle trieb, und nicht törichte Schwäche war es, ihm nachzugeben! Gott wollte es so; Gott forderte, daß ich, ein offenes Bekenntnis ablegend, mein Vergehen büße, Gott führte mich der Beleidigten zu, daß meine Seele ihre Schmach vor ihr offenbare! Gott fügte es so, seine Fügung sei gepriesen!« Dann aber die Hand, wie um ihre Gedanken zu sammeln, an die Stirne legend, fuhr sie fort: »Du sollst alles wissen, Elisabeth! Alles, wie es war und wurde, von Anfang bis zu dem traurigen Ende, das Unglück eines Augenblickes und die Reue langer Jahre!« Sie schwieg wieder eine Weile, bis sie endlich, ins Weite vor sich hin starrend, mit gepreßter Stimme also begann:

»Ich war siebzehn Jahre alt und lebte mit meiner kränkelnden Mutter in London. Ich war damals eine andere als jetzt, selbst eine andere, als da du vor Jahren mich kennenlerntest. Ich war wild, heftig, eigenwillig, unfähig, irgendeinem Zwange mich zu fügen, und so erbittert durch die maßlose Strenge der puritanischen Ansichten meiner Erziehung oder so unbändig von Natur, daß selbst die peinliche Unruhe, in die mich die ersten stürmischen Anfälle der Krankheit versetzten, der meine arme Mutter später erlag, mich auf die Länge nicht abhalten konnte, die Befriedigung jedes Gelüstes, jeder Laune, die mir durch den Kopf fuhr, um jeden Preis und auf alle Weise zu suchen. Ein solches Gelüste war der Besuch des Theaters, dessen nur zu erwähnen in meinem Elternhause schon als sträflicher Leichtsinn betrachtet wurde, und das ich eben darum bei nächster Gelegenheit kennenzulernen nur um so fester entschlossen war. Diese Gelegenheit fand sich bald. Meine Mutter äußerte eines Tages nach einem der furchtbaren Anfälle ihres Leidens das Bedürfnis nach Ruhe, und da sie in solchen Fällen, wie sie tagelang gelitten, in tagelangem Schlaf sich zu erholen pflegte, so hatte ich alle Muße, mein Vorhaben auszuführen. Ich hatte mir Männerkleider zu verschaffen gewußt und schlich, die breite Krempe meines Hutes tief in die Stirne gedrückt, an einem nebligen, unfreundlichen Herbstabend dem Globe-Theater zu, in dessen überfüllten Räumen ich ein Plätzchen suchte und fand, das mir einen freien Blick auf die Bühne gewährte und mich doch möglichst den Blicken der Menge entzog. Man gab an jenem Abend eines der belieb-

testen Stücke Shakespeares, Romeo und Julia, und kaum war der Vorhang der Bühne auseinandergeflogen, kaum fanden die unsterblichen Worte des unsterblichen Meisters, die damals zum ersten Male an mein Ohr schlugen, den Weg zu meinem Herzen, als ich mich von allem Bangen befreit, ja ganz und gar der Wirklichkeit entrückt und durch den überwältigenden Eindruck der wunderbaren Dichtung in einen solchen Taumel des Entzückens versetzt fühlte, daß ich, selbst in den Zwischenakten in wachen Traum versunken, die plumpe Annäherung meines Nachbars, eines halbtrunkenen Matrosen, nur als unerwünschte Störung, nicht als drohende Gefahr in Betracht zog. Ja, ich wußte es meinem plumpen Nachbar Dank, daß er mit seinen breiten Schultern mir den Weg durch den wogenden Menschenschwall bahnte, als ich nach dem Schlusse der Vorstellung halb bewußtlos, wie trunken, dem Ausgange des Saales zutaumelte. Im Freien angelangt und durch die frische Nachtluft wieder zur Besinnung gebracht, trachtete ich in beschwingter Eile mich über menschenleere Plätze und durch abgelegene Gäßchen, wie ich hergekommen, wieder nach Hause zu stehlen, als ich mich plötzlich durch eine derbe Hand, die sich breit und eisern auf meine Schulter legte, angehalten fühlte. Es war mein Nachbar, der, scharfsinnig genug, mein Geschlecht zu erraten, nicht großmütig genug war, für die Dienste, die er mir im Gedränge erwiesen, meinen Dank sich genügen zu lassen. Die freche Gemeinheit, mit der er mir seine Ansprüche auf meine Dankbarkeit auseinandersetzte, die unverschämten Andeutungen über die Art und Weise, in der er sie anerkannt zu sehen wünschte, die rücksichtslose Roheit, mit der er mich trotz allem Sträubens und Abwehrens umfaßte, erfüllten mich mit so tödlicher Angst, daß ich, meiner Verkleidung vergessend, laut um Hilfe schrie, als plötzlich eine kräftige Hand meinen Bedränger am Genicke erfaßte und den Halbtrunkenen mit einem mächtigen Ruck auf die Straße hinschleuderte. Ich lehnte erschöpft und schluchzend in der Wölbung des Torweges, in den ich mich geflüchtet hatte, während mein Beschützer, die Hand ans Schwertgefäß gelegt, an meiner Seite stand und in ruhig sicherer Haltung den Angriff des Gegners erwartete. Da dieser letztere aber, sich mühsam von seinem Falle erhebend, nur darauf bedacht schien, eiligst das Weite zu suchen, wandte sich mein Retter zu mir, fragte mich, wohin er mich nach Hause zu bringen habe, und schlug, sobald er dies erfahren, mich Zitternde am Arm, ohne weiter ein Wort mit mir zu wechseln, den nächsten Weg nach meiner Wohnung ein. Erst als wir sie erreicht hatten und er, den Ausdruck meines Dankes ablehnend, von mir Abschied nahm, fühlte er sich gedrungen, ein paar wohlmeinende Worte über die Gefahren hinzuwerfen, die jungen Damen zu lebhafte Einbildungskraft bereiten könne, und die Hoffnung auszusprechen, der Ausgang dieses meines ersten Unternehmens werde mir für alle Zeiten ähnliche Abenteuer verleiden. Damit verließ er mich. Die Nacht war so dunkel, daß ich die Züge meines Begleiters, verriet gleich seine Haltung und sein ganzes Wesen Jugend und Anmut, nicht erkennen konnte. Dagegen bewahrte ich den Klang seiner Stimme nicht nur unauslöschlich dem Ohre eingeprägt, sondern ihr Wohllaut durchdrang so allmächtig alle Tiefen meiner Seele, daß er noch wochen-, ja mondenlang wie verhallendes Glockengeläute in ihr widerklang, und daß ich schon in jener ersten fiebernd und schlaflos zugebrachten Nacht die Überzeugung gewann, daß ich ihre Töne nach Jahren wiedererkennen würde und fortwährend der kaum gehörten Worte des großen Dichters gedenken mußte:

Mein Ohr trank keine hundert Worte noch
Von diesen Lippen, doch ich kenn' den Ton!«

Die Gräfin machte eine ungeduldige Bewegung, worauf Isabella, innehaltend, ihre großen, dunklen Augen wie fragend nach ihr kehrte, dann aber plötzlich, sie niederschlagend, nach kurzem Stillschweigen also fortfuhr:

»Ich hatte nicht Zeit, mich lange ungestört meinen Träumen hinzugeben und den mir ewig gegenwärtigen Klängen jener unvergeßlichen Stimme zu lauschen. Die Krankheit meiner Mutter und ihr nach Monaten herben Leidens erfolgender Tod erfüllten meine Seele so ganz mit dem Schmerze der Gegenwart, daß ihr für die Bilder aus der

Vergangenheit um so weniger Raum blieb, als die Veränderung meiner äußern Lebensverhältnisse ihre ganze Spannkraft in Anspruch nahm. Mein Oheim und Vormund, der Graf von Holland, hatte wie die Verwaltung meines geringen Vermögens so auch die Obhut über meine Person übernommen und mich nach Eldor Manor gebracht, wo ich, kränkelnd und im Marke meiner Lebenskraft erschüttert, in der Gesellschaft des abgelebten, mürrischen Greises einsame und einförmige, aber keineswegs müßige Tage verlebte, denn der Geiz meines Oheims hatte mich als Haushälterin zu verwerten gewußt und mir die Aufsicht über seinen ganzen weitläufigen Haushalt aufgebürdet.

So verstrich ein langer trauriger Winter, und endlich kam der Frühling; mit dem Frühling aber kamst du, Elisabeth! Die Kunde von deiner Neigung für den Viscount von Thurles und von dem unbeugsamen Starrsinn, mit dem König Jakob sich eurer Verbindung oder vielmehr der Vereinigung der Besitzungen der Desmonds mit jenen der Butlers widersetzte, war schon vor deiner Ankunft in meine Einsamkeit gedrungen. Die Spannung, mit der ich deinem Kommen entgegensah, und die der Zauber deiner Erscheinung so vollkommen rechtfertigte, die Blässe stiller Trauer, die auf deinen Wangen lag, die anmutige Rührung, mit der du meiner Teilnahme entgegenkamst und die dir in der ersten Stunde für immer mein Herz gewann, vor allem aber der Drang, der stillen Dulderin zu helfen und der Willkür des Königs Trotz zu bieten, alles dies erweckte in meinem der drükkenden Einförmigkeit der Tage erliegenden, nach Leben und Bewegung mit allen Fibern sich sehnenden Herzen den alten unbändigen Drang nach Wechsel und Abenteuern, nach Kampf und Gefahren. Du weißt, Elisabeth, wie ich alsbald meine Stellung und meinen Einfluß auf die Diener des Hauses benützte, dich mit dem Geliebten nicht nur durch regelmäßigen Briefwechsel, sondern später sogar auch durch geheime Zusammenkünfte in Verbindung zu erhalten. Du erinnerst dich noch des Tages, an dem Wilson, der Forstwart, unser Vertrauter, zum ersten Male den Geliebten durch ein Seitenpförtchen des Parkes einließ und ihn nach dem Gartenhause führte, in welchem du freudetrunken seiner harrtest, während ich, um die Aufmerksamkeit des Oheims von unserm Unternehmen abzulenken, dem habgierigen Greise einen Pack meiner Rechnungen zur Prüfung und Genehmigung vorlegte. Du weißt, daß ich nach unserer Abrede, sobald ich ihn hinlänglich in ihre Ziffern vertieft sähe, mich wegstehlen sollte, um deinem Wunsche gemäß als deine Ehrenhüterin eurer Zusammenkunft beizuwohnen. Das aber weißt du nicht, was ich empfand, als ich, den Kreuzfragen des Oheims entkommen, die Türe jenes Gartenhauses öffnete und mir die berauschenden Klänge der unvergeßlichen

Stimme entgegenschlugen, die in der Nacht meines Theaterbesuches so mild schonend als eindringlich ermahnend zu mir gesprochen hatte! Keiner Regung fähig, wie versteinert blieb ich auf der Schwelle

stehen! Meine Glieder waren starr, mein Herz stand still, nur meine Seele war ganz Ohr; nicht als ob ich seine Worte verstanden, nur zu verstehen versucht hätte: es war der Wohllaut seiner Stimme, der mich festbannte, der mich, mit entzückendem Wonnegefühl durchschauernd, wie mit Seraphflügeln emporhob und weit, weit über Welt und Leben hinweg zu den Sternen hinauftrug! Erst als er schwieg, und nun du antwortend das Wort nahmst, kam mir so viel Kraft und Besinnung zurück, einzutreten und, die Türe hinter mir schließend, mich in eine Ecke des Gemachs zu drücken, wo ich, bald von der himmlischen Musik seiner Stimme in selige Träume gewiegt, bald wieder, wenn sie verstummte, wie vom Himmel zur Erde herabgeschleudert, in jähem Schreck erwachend, in fiebernder Unruhe die Stunde eures Beisammenseins hinbrachte. Endlich nahmt ihr Abschied und kamt auf mich zu, um den Schutzgeist eurer Liebe, wie ihr mich nanntet, mit eurem Dank zu überschütten. Er sprach zu mir; ich hörte, aber ich verstand ihn nicht, betäubt und halb bewußtlos stand ich vor ihm und wagte nicht aufzublicken; zuletzt erfaßte er meine Hand! Wie ein Blitzstrahl durchzuckte mich ihre Berührung! ›Fort‹, rief ich, aufschreiend und mich losreißend, ›fort!‹ Ihr nahmt es für einen Ruf der Warnung vor drohender Gefahr und stobt auseinander! Ach, es war der unverstandene Hilfeschrei meiner vorahnenden Seele, der mir selbst galt, mir allein!«

Die Gräfin, deren Stirne sich während dieser Schilderung in immer krausere Falten zusammengezogen hatte, fuhr hier rasch und schneidend dazwischen.

»Genug«, sprach sie, »kommt zu Ende! Sagt schlicht und glattweg, was Ihr zu sagen habt, statt Empfindungen auszumalen, deren Zergliederung Euch mindestens ebenso peinlich sein sollte, als sie mir widerlich ist.«

Isabella blickte auf diese rauhe Zurechtweisung die Gräfin schmerzlich lächelnd an; tiefes Erröten überflog ihre Züge, dann aber leise den Kopf schüttelnd, sagte sie sanft und gelassen: »Nein, du mußt alles wissen, Elisabeth! Ich kann dir, ich darf mir nichts ersparen! Du mußt jede Regung meiner Seele kennenlernen; denn ihre Empfindungen waren es, die mich ins Verderben stürzten, nicht mein Wille, meine Tat!« Sie schwieg eine Weile, dann aber, gewaltsam sich ermannend, fuhr sie fort:

»Die Stimme meines unbekannten Beschützers, die damals zum ersten Male seit der verhängnisvollen Nacht meines Theaterbesuches wieder mein Ohr berührte, begann von jenem Augenblicke an den alten Zauber nur noch mächtiger, noch unwiderstehlicher an mir zu üben. Ihre Klänge verfolgten mich, wohin ich mich wandte, was ich auch ergriff; ihr Wohllaut umrauschte mich bei Tage, erfüllte den Traum meiner Nächte und zog, von der Wirklichkeit mich abscheidend, einen Zauberkreis bestrickend um mich her, dem ich um so weniger zu entrinnen vermochte, als ich den rettenden Gedanken, dich über meinen Zustand zu Rate zu ziehen, sooft er sich mir auch aufdrängte, doch niemals festzuhalten den Mut hatte. Ich fürchtete, du würdest mich verspotten oder wohl gar für aufkeimende Liebe nehmen, was wie eine Krankheit mich angeflogen, mein ganzes Wesen sich unterworfen und nur eben mein Herz, das fühlte ich deutlich, unberührt gelassen hatte. Denn ich wünschte, ich begehrte nichts; so überwältigend der Einfluß war, den seine Erscheinung, zumeist aber seine Stimme auf mich ausübte, so sehnte ich mich doch nicht nach seiner Gegenwart, im Gegenteil, ich scheute sie, nicht bloß weil ich vor dem Gedanken zurückschauderte, ich könnte früher oder später von ihm als die abenteuerliche Heldin jener Nacht erkannt werden, sondern vor allem darum, weil ich in seiner Nähe mich unfrei, mich mir selbst entrissen, gleichsam gebunden und in Ketten fühlte. Mein Herz hing mit aller Leidenschaft schwärmerischer Neigung an dir; ich freute mich deines Glückes, keine Regung des Neides, der Mißgunst durchzuckte meine Seele, wenn ich eurer Verbindung gedachte; ich glühte vielmehr vor Begierde, sie zu befördern, euch im Kampfe mit tyrannischer Willkür zum Siege zu verhelfen! – Nein, ich liebte ihn nicht, und doch konnte ich es nicht über mich gewinnen, dir meine Schwäche zu bekennen, obwohl meine Beängstigung stieg, je mehr eure Zusammenkünfte sich häuften, und ich bei der fortgesetzten, durch deine Bitten mir aufgedrungenen Teilnahme an denselben mich zuletzt, wie von einem Zaubernetz immer enger umschlungen, des Willens und der Besinnung, ja, wie gesagt, meiner selbst beraubt fühlte. Es war so weit gekommen, daß mich in jener Zeit nicht bloß der Klang seiner Stimme oder die gleich einem Blitzstrahl mich treffende Flamme seines Blickes, nein, schon die zufällige Berührung eines Handschuhs, den er vergessen, in einen Zustand traumähnlicher Betäubung versetzte, der meine Glieder lähmte und meine Gedanken in eine Märchenwelt entrückte, deren Gestalten mein Gedächtnis seither nie wieder heraufzubeschwören vermochte. Wie oft, wenn ich stundenlang bleich und regungslos, mit weit offenen Augen vor mich hin starrend, neben euch gesessen hatte, schaltest du mich langweilig und schlafsüchtig und verlachtest mich, wo du mich hättest beweinen sollen, wie ich selbst in lichten Augenblicken mich und mein geheimnisvolles Schicksal mit heißen Tränen beweinte!

So war der Sommer, der Herbst vergangen. Mit dem Eintritt der rauheren Jahreszeit waren eure Zusammenkünfte seltener geworden, ja selbst euer Briefwechsel begann zu stocken, da Familienangelegenheiten und Geschäfte aller Art deinen Verlobten, nachdem er viele Monate zu London in fruchtlosen Bestrebungen, die Gunst des starrsinnigen Königs zu gewinnen, zugebracht hatte, nach Irland hinüberriefen! Und nun, als ob mit seiner Entfernung der Lampe deines Lebens das Öl gebräche, nun wurdest du krank, du weißt, wie krank! Ich pflegte dich, ich saß an deinem Lager, wenn, von den heißen Gluten des Fiebers erfaßt, finstere Schreckensgestalten dich umgaben; ich hielt dich in meinen Armen, wenn du, erschöpft von dem Wüten der Krankheit, blaß und matt wie eine Sterbende zusammenbrachst. Ich betete, ich rang die Hände, wenn du, bewußtlos in dumpfer Betäubung hinbrütend, dalagst, tage-, wochenlang dalagst! Es war eine harte, kummervolle Zeit! Darüber war Weihnachten herangekommen, als eines Tages spätabends Wilson, der Forstwart, mich von dem Lager, auf dem du stumm und regungslos dem Tode entgegenzuschlummern schienst, hinwegrufen ließ, um mir mitzuteilen, er — dein Verlobter, sei angekommen. Durch das Ausbleiben deiner Briefe

beunruhigt, war er von Irland herübergekommen und hatte kaum in London von deiner Erkrankung gehört, als er sich ungesäumt aufs Pferd warf und nach Eldon Manor eilte.

Es war eine rauhe, feindliche Nacht; wilder Sturm umbrauste in rasender Wut die Mauern des alten Schlosses und trieb den in dichten Flocken niederwirbelnden Schnee wolkengleich vor sich her. Der junge Mann sei ganz erstarrt, meldete Wilson, und lehne, zu Tode erschöpft, an der Parkmauer; die nächste Herberge liege noch fern genug, daß das abgemattete Roß wie der halberfrorene Reiter auf dem Wege dahin in diesem Unwetter umkommen könnten, und er stehe für nichts, wenn beide nicht wenigstens für ein paar Stunden im

Schlosse Unterkunft fänden! – Die Not des Augenblicks war groß! Mein Oheim war nicht nur zu Hause, sondern sogar noch wach; allein das Ansehen, in dem ich bei der Dienerschaft des Hauses stand, und die zärtliche Teilnahme, die alle für dein Schicksal empfanden, erlaubten mir dennoch, freilich ohne sein Wissen, ja gegen seine strenggemessenen Befehle, der Pflicht der Menschlichkeit zu genügen. Ich befahl, deinen Verlobten in einen selten betretenen Seitenflügel des Schlosses zu bringen, ihn mit Feuerung, Speise und Trank zu versehen, vor allem aber ihm als beste Herzstärkung Hoffnung auf deine baldige Genesung zu geben, eine Hoffnung, die ich selbst leider kaum mehr festzuhalten vermochte. Dann verfügte ich mich zu meinem Oheim, um durch meine Gegenwart und Gespräche über wirtschaftliche Gegenstände seine Wachsamkeit einzuschläfern, und erst, als ich ihn müde und schlaftrunken im Begriffe sah, sich zur Ruhe zu begeben, eilte ich an dein Krankenlager zurück. In dumpfer Betäubung hingestreckt, lagst du, als ich dich verließ. Wie erstaunte ich, als ich dich zwar erschöpft und hinfällig, aber bei voller Besinnung wiederfand. Noch heute weiß ich nicht, ob dir durch irgendeine unberufene Mitteilung die Ankunft deines Verlobten kund geworden oder ob deine ahnende Seele sie erraten hatte, genug, du wußtest von ihr, du strecktest mir schon von weitem die abgezehrten, zitternden Hände entgegen und riefst, indem seliges Lächeln deine Lippen umspielte: ›Er ist da! Der Treue! Er ist da! Durch Sturm und Wetter, mit Gefahr seines Lebens ist er zu mir gekommen!‹ Und als ich, einen neuen Fieberanfall besorgend, dich zu beschwichtigen und von diesem Gedanken abzubringen suchte, erwidertest du: ›Warum täuschest du mich? Ich weiß, er ist da! Drüben im weißen Turme, im Erkerzimmer ist er!‹ Und da ich zweifelhaft dastand, zu Tode erstaunt, dich, die fast totenähnlich hingelegen, um Dinge wissen zu sehen, die ich dir aus gutem Grunde verschwiegen hatte, fingst du an, mich mit Bitten zu bestürmen, ich möchte deinen Verlobten aufsuchen und ihn selbst sprechen. ›Tu mir's zuliebe‹, sagtest du. ›Er ist betrübt, er leidet! Geh, Isabella, tröste ihn! Sag ihm, daß mir seine Liebe wieder Leben gegeben habe: denn ich werde leben! Ich weiß es, ich bin genesen!‹ «

»Sprach ich wirklich so? Ich dachte, ich hätte nur so geträumt«, unterbrach sie hier die Gräfin, den Kopf nachdenklich in die Hand stützend.

»Leider sprachst du so«, fuhr Isabella fort, »und als ich dagegen mich sträubte und dir Vorstellungen machte, ja sogar mich erbot, ihn selbst an dein Lager zu bringen, wurdest du immer wilder und dringender! ›Geh‹, riefst du, ›oder ich sterbe! Geh, geh, ich will es!‹ Mit diesen Worten drängtest du mich in fieberhafter Heftigkeit von deinem Lager weg, und – ich ging! Gott weiß, daß nur die Furcht, dich noch mehr aufzuregen und eine vielleicht heilsame Wendung deiner Krankheit zu stören, mich forttrieb. Ohne irgendeine Leuchte, damit nicht der Lichtschimmer in einem fast unbetretenen Teile des Schlosses etwa die Aufmerksamkeit meines gerade gegenüber wohnenden Oheims auf sich ziehe, schritt ich schweren Herzens und zögernden Fußes die Hallen und Gänge entlang, die zu der in den weißen Turm emporsteigenden Wendeltreppe hinführten. Kaum aber hatte ich ihre ersten Stufen betreten, als mich eine seltsame Beklemmung befiel, die mich beinahe des Atems beraubte und zuletzt mich stillzustehen zwang! Die Luft, die mir entgegenströmte, schien mich mit einem feinen, betäubenden Duft anzuwehen, und ich war nahe daran umzukehren, wenn nicht der Wunsch, deinen Bitten zu genügen, plötzlich aufwallender Zorn über meine kindische Schwäche und die Hoffnung, alles in wenigen Worten abmachen zu können, mich bewogen hätte, meinen Weg fortzusetzen, und so erstieg ich hastig die Treppe und öffnete die Türe des Erkerzimmers.

Matter, unsicherer Lichtschimmer von einer halb erlöschenden Lampe und dumpfe Schwüle von dem überheizten Kamine her drang mir entgegen. Auf einen Stuhl sah ich Mantel und Hut hingeworfen und das Schwert daneben gelehnt, auf einem Tischchen stand neben einigen, wie es schien, unberührt gebliebenen Schüsseln ein zur Hälfte geleerter Krug Kanariensekt; er selbst aber, erschöpft von der Anstrengung des langen Rittes und den Unbilden des Wetters, lag auf einem Ruhebett hingestreckt und schlief. Sein Antlitz, obwohl von der Schärfe der Luft oder vielleicht nur von dem Widerschein der im

Kamin verglimmenden Kohlen leise gerötet, zeigte eingefallene Wangen und einen schmerzlichen Zug um die Lippen. Die Nachricht von deiner Erkrankung mochte ihn tief erschüttert und Wilsons tröstender Bericht, du seist auf dem Wege der Genesung, ihm nach mancher bang durchwachten Nacht zum ersten Male wieder einige Minuten erquickenden Schlafes gegönnt haben. Und ich sollte diesen stärkenden Schlummer stören? Mir gebrach der Mut dazu; ich wollte mich der Türe zuwenden, als der Fall seines Schwertes, das meine Gewänder anstreifend am Stuhle niedergleiten machten, ihn weckte! Er fährt auf, erblickt mich und: ›Elisabeth‹, ruft er, ›du lebst! Du bist genesen, mir wiedergegeben!‹ und springt auf mich zu! Mir aber versagen die Worte; kaum daß seine Stimme mein Ohr berührt, umfängt mich wieder der Nebel traumähnlicher Betäubung, in den sie stets mich einzuhüllen pflegte, und als er mich anfaßt, umschlingt, zum Ruhebett hinzieht, da zuckt es wie Feuerströme durch meine Glieder, ich taumle, meine Augen schließen sich; er aber küßt mich und kniet zu meinen Füßen und küßt mich wieder; Worte auf Worte, wie ebenso viele Zaubersprüche, quellen von seinen Lippen, und nun verlischt knisternd der matte Strahl der Lampe – und ich bin verloren! Als ich, aus bewußtlosem Taumel erwachend, halb wahnsinnig mich seinen Armen entwinde, schallen Schritte von der Treppe her; es ist Wilson, der ihn auf sein Geheiß zum Aufbruch zu mahnen kommt; durch die halboffene Türe bricht der Strahl seiner Lampe! Mein Verderber, noch mich zurückzuhalten bemüht, läßt mich plötzlich fahren, erkennt mich: ›Herr, mein Gott, Isabella!‹ ruft er und taumelt zurück, während ich betäubt, in wildem Entsetzen, die Treppe hinabfliege und durch Hallen und Gänge, meines Weges wie meines Zieles unkundig, forteile. Erst an deinem Krankenlager fand und erkannte ich mich wieder! Du lagst und schliefst den Schlaf der Genesung, wie du verheißen! Um dich her war Frieden, und selige Ruhe strahlten deine Züge, und ich hatte sie verloren, hatte sie verloren, hatte Frieden und Ruhe für Jahre hinaus verloren und Schmach und Schande und Selbstverachtung dafür eingetauscht!«

Isabella, in krampfhaftes Schluchzen ausbrechend, verbarg ihr Ant-

Watteau
A.D

litz in den Händen; die Gräfin aber, deren Stirne während ihres Berichtes Zweifel und Vertrauen, Unmut und Teilnahme abwechselnd wie Wolkenschatten verdunkelt oder wie Sonnenschein erhellt hatten, hielt ihre Blicke scharf beobachtend auf sie gerichtet, bis sie nach einer Pause gedankenvollen Schweigens, kurz, aber nicht hart, die Worte hinwarf: »Nun, und weiter!«

»Weiter«, rief Isabella, den tränenfeuchten Blick zu ihr erhebend, »weiter! Ja, weiter, weiter rauscht der Strom der Zeit und fragt nicht, was er nimmt und was er bringt! Weiter, weiter rollt die Erde ihren ewigen Lauf, ob Geschlechter auf ihr erblühen oder vergehen, und weiter, weiter treibt das Schicksal den Menschen auf seinem Pilgerpfade, ob er Blumen am Wege breche oder Dornen sich ins Herz drücke, und so lebte auch ich weiter, wenn atmen und sich eingesargt und begraben wünschen leben heißt. Mein Glück war, daß dir, obgleich du morgens, gekräftigt und entschieden deiner Genesung entgegengehend, erwachtest, keine Erinnerung an die Vorfälle der Nacht geblieben war, und daß du selbst später, als du von dem aufopfernden Besuche deines Verlobten erfuhrst, die Nachricht ruhiger, als ich erwartet, und ohne darüber in nähere Erörterungen einzugehen, hinnahmst; denn ich fühlte mich damals in meinem innersten Gemüte so vernichtet, so in den Staub getreten, so ratlos und hilfebedürftig, daß ein Wort von dir genügt hätte, mein unglückliches Geheimnis ohne irgendeinen Rückhalt mir zu entreißen. Du aber sprachst das Wort nicht, du genasest und lebtest in dem Wonnegefühl wiederkehrender Kraft nur der Gegenwart und der Erwartung der Zukunft und überließest es mir, verzagend und verzweifelnd, die Erinnerung an das Entsetzen der Vergangenheit in meiner Brust umherzuwälzen. So mochte eine Woche vergangen sein, als mir Wilson verstohlen einen Brief zusteckte; er war von seiner Hand! Ich schauderte, denn wenn sonst, was von ihm kam, was seine Hand berührt hatte, wie Zauber auf mich wirkte und die wunderbarsten Empfindungen hervorrief, so erfüllte mich seit jener grauenvollen Nacht die zufällige Begegnung solcher Dinge mit unwillkürlichem Abscheu und tödlichem Widerwillen, ja mit unsäglichem Ekel, und kalter Schweiß trat auf meine Stirne, wenn mein Gedächtnis mir jetzt den Klang seiner Stimme wachrief. Gleichwohl empfand ich, daß ich meinem Gefühle Gewalt antun und den Inhalt des Schreibens kennenlernen mußte, und so entfaltete ich das Blatt. Es enthielt eine leidenschaftliche Anklage seiner selbst und seines Schicksals, das ihn, der nur in dir, Elisabeth, und für dich lebe, durch eine dämonische Verkettung der Umstände, durch eine unselige Verblendung, wie nur Schlaftrunkenheit und zu rascher Genuß feurigen Weines sie herbeiführen könne, zu einer so sträflichen Verirrung hingerissen habe. Er empfinde, fügte er hinzu, in vollem Maße das Gewicht der Verantwortung, das er damit auf seine Seele geladen, wie die Heiligkeit der Verpflichtung, das an mir begangene Unrecht wiedergutzumachen, und sei daher entschlossen, mit seiner Vergangenheit rückhaltlos brechend, bei meinem Oheim um meine Hand anzuhalten, wozu er sich meine Zustimmung erbitte. Ich schleuderte den Brief mit Entsetzen von mir; aber nicht bloß der Gedanke, daß durch diesen Schritt dein, der eben Genesenden, Glück, ja vielleicht dein Leben gefährdet werden könnte, nicht bloß das demütigende Gefühl, einem Manne, der eine andere liebe, angehören zu sollen, es war vor allem die Abneigung, der Abscheu, mich ihm, dem Verderber, dem Räuber meiner Ehre, ja überhaupt einem Manne hinzugeben, es war noch mehr Haß gegen ihn als Liebe für dich, die meinen Zorn entflammte.

Seitdem ward ich ruhiger; das Elend, das er mir für die Zukunft bot, erleichterte mir den Druck der Gegenwart, und das erfreuliche Fortschreiten deiner Genesung machte mich milder und gefaßter, als ich in den ersten Tagen nach jenem unseligen Abend gewesen. Da kam ein zweiter Brief, der, in ernster, ruhiger Fassung zuerst die Nichtbeantwortung des ersten Schreibens beklagend, gleichwohl mein Stillschweigen durch die Bedenken gerechtfertigt erklärte, die sein Anerbieten um so mehr in mir erregen mußte, als ich sein bisheriges Verhältnis zu dir so genau kenne. Nach diesem Eingange jedoch wiederholt darauf hinweisend, daß die Verirrung jenes unseligen Abends nur als die Folge einer bis zur halben Bewußtlosigkeit gesteigerten Aufregung zu betrachten sei, bat er mich, sowohl die Überzeugung festzuhalten, daß sein Charakter der eines Mannes von Ehre wäre, welcher immer seine Neigung seiner Pflicht unterzuordnen verstanden habe, als in Erwägung zu ziehen, daß in der Ehe nicht bloß Liebe, daß auch gegenseitige Achtung und selbstverleugnende Hingebung zu beglücken vermöge. Er schloß mit der erneuerten Bitte, seiner Werbung meine Zustimmung nicht versagen und die Wahrung meiner Ehre jeder andern Rücksicht voranstellen zu wollen.

Dieser Brief machte mich nachdenkend, und obwohl ich meine Abneigung gegen den Urheber meines Unglücks, während ich sein Schreiben las, noch eher sich steigern als abnehmen fühlte, so erkannte doch mein Verstand, daß die Gesinnung eines Mannes, der einem fast armen und dabei ungeliebten Mädchen seine Hand anbiete, um ihre Ehre auf Kosten seines eigenen Lebensglückes wiederherzustellen, Achtung und sein Brief Beantwortung verdiene. Ich warf demnach einige Zeilen aufs Papier, mit denen ich, mich aller Ansprüche auf seine Hand begebend, ihm sogar aufrichtig Verzeihung des schweren Unrechts, das er an mir begangen, zusicherte, wenn er nur dich, Elisabeth, so glücklich mache und dir so treu anhänge, als du es in jedem Sinne verdientest. Um diese selbe Zeit gelang es mir, in einer Stunde traulichen Gespräches meinem Oheim die Kunde abzulocken, daß der König mit dem Widerstande, den er eurer Verbindung entgegensetze, im Grunde nur beabsichtige, deinen Verlobten zu irgendeinem Gewaltschritt zu drängen, der ihm als Vorwand zur Einziehung seiner Güter dienen könne, da einer seiner Günstlinge, Lord Duncaster, das eine derselben, Hawkesburg, sich anzueignen seit Jahren das Verlangen trüge. Er fügte hinzu, daß die Abtretung dieses Gutes an Lord Duncaster den König augenblicklich umstimmen würde, nahm mir jedoch ängstlich und zaghaft, wie er war, das Versprechen ab, dir von diesem Geheimnis nichts mitzuteilen. Dies Versprechen gab ich und hielt ich; dagegen setzte ich deinen Verlobten, da mir der Oheim in Beziehung auf ihn, den er mir völlig unbekannt glaubte, keine Verpflichtung auferlegt hatte, augenblicklich davon in Kenntnis. Ich bediente mich dazu eines Zettels mit verstellter Handschrift —«

»Wie, von dir kam der geheimnisvolle Zettel?« rief hier die Gräfin im höchsten Erstaunen aus, setzte aber gleich mit einem seltsam zweifelhaften, fast lauernden Blicke hinzu: »Von dir kam er, und Melvil, denk' ich, war er gezeichnet?«

»Nein! ›Burgoyne, ein treuer Freund‹, war er unterschrieben«, versetzte Lady Isabella, »denn wußte ich gleich, daß mein Name der Botschaft mehr Glauben verschaffen würde, so wollte ich doch nicht die Miene haben, Böses mit Gutem vergelten und feurige Kohlen auf das Haupt meines Feindes sammeln zu wollen. Auch blieb ich nicht lange im Zweifel, ob meine Mahnung die erwünschte Wirkung getan, denn dein Verlobter beschwor mich alsbald in einem neuerlichen Schreiben, nochmals sein Anerbieten in reifliche Erwägung zu ziehen und ihn binnen acht Tagen meinen Beschluß wissen zu lassen; nach Verlauf dieser Frist würde er sich jeder Verpflichtung gegen mich für entbunden erachten und keinen Anstand nehmen, seine Zukunft in deine Hand zu legen, da sich ihm nun ein sicherer Weg darzubieten scheine, die Einwilligung des Königs zu eurer Verbindung zu gewinnen. Der Empfang dieses Briefes – hier ist er, und hier sind auch die beiden früher erwähnten Briefe«, unterbrach sich Lady Isabella, indem sie hastig die vor ihr auf dem Tische stehende Reiseschatulle öffnete und der Gräfin einige vergilbte Blätter hinreichte –, »der Empfang dieses Briefes, den ich auf den ersten Blick hin nie zu beantworten beschloß, erfüllte zum ersten Male seit langen qualvollen Wochen mein wundes Herz mit hoher, reiner Freude und gab mir Mut und Fassung wieder. Du warst genesen und blühtest wieder wie eine Rose, dein Glück war gesichert, und meines – was lag an meiner Zukunft! Allein diese Aufwallung leichtsinniger Zuversicht war nur ein Sonnenblick vor dem Sturm. Noch ehe die Frist, die dein Verlobter mir zur Überlegung eingeräumt hatte, abgelaufen war, fühlte ich Unglückselige mich – Mutter! – Ich war der Verzweiflung nahe!

Die Hand deines Verlobten annehmen, hieß, mich mit dem Bewußtsein, nicht geliebt zu werden, fürs Leben einem ungeliebten Gatten hingeben; wenn ich sie verweigerte, so mußte ich, gelang es mir, meinen Fehltritt zu verbergen, lebenslang die Last eines unseligen Geheimnisses mit mir fortschleppen, mußte täuschen, heucheln und betrügen, oder, ward meine Verirrung offenkundig, mit dem Spott und der Verachtung der Welt beladen, in trostloser Vereinsamung meine Tage beschließen. Dort mit der Vernichtung deines Glückes bedroht, hier mit der Sorge für die Zukunft des unglücklichen Geschöpfes gequält, das ich unterm Herzen trug, gähnte hier und dort ein Abgrund mir entgegen. Entsetzliche Gedanken erwachten in meiner Seele! Immer stand das Bild des stillen, klaren Weihers vor mir, der, unfern von Eldon Manor gelegen, so oft das Ziel unserer Abendspaziergänge war, und Stimmen flüsterten in meinem Herzen, wie tief er sei und wie kühl und friedlich in seiner dunklen Tiefe sich's ruhen möge. Und dann ermannte ich mich wieder und warf mich auf die Knie und weinte und betete und flehte zum Himmel um Kraft, um Erleuchtung, um Rettung! Und ich ward erhört, denn eines Tages ward es licht in meiner Seele; ich erkannte, daß die Wurzel all meines Unglücks in dem Überwuchern meiner Phantasie, in ihrem krankhaften Drange nach Ungewöhnlichem und Abenteuerlichem liege, und daß ich diesen Drang, statt ihn zu zügeln, genährt und großgezogen habe, bis er nicht nur meinen Geist zur Empörung gegen alle Gesetze des Anstandes und der Sitte wie des Rechtes hingerissen, sondern durch Überreiz erschöpfend auch die Kraft meines Körpers abgeschwächt und entnervt habe. Ich begriff, daß Gott mich in den Abgrund meines Elends hinabgestoßen habe, damit die Bitterkeit des Schmerzes mich meinen Irrtum erkennen lehre, daß Reue läuternd aus Nacht mich zum Lichte führe; ich faßte, daß ich seiner strafenden Hand mich nicht entziehen noch fremdes Glück hinopfern dürfe, um meine Schande der Welt zu verbergen, sondern daß ich allein tragen müsse, was ich allein verschuldet. Von diesem Augenblicke an war ich gerettet; ich ließ die Frist ablaufen, die dein Verlobter mir anberaumt, und harrte gefaßt und ergeben der Zukunft entgegen, bereit, demütig büßend hinzunehmen, was sie auch bringe! — Aber Gott war gnädig, denn wenige Tage darauf berief mich ein Eilbote zu meiner sterbenden Base in die Niederlande, die mich zu ihrer Erbin eingesetzt hatte und der ich die Augen zudrücken sollte. Dort in der Fremde, durch die Trauer um die Hingeschiedene berechtigt, von aller Welt mich

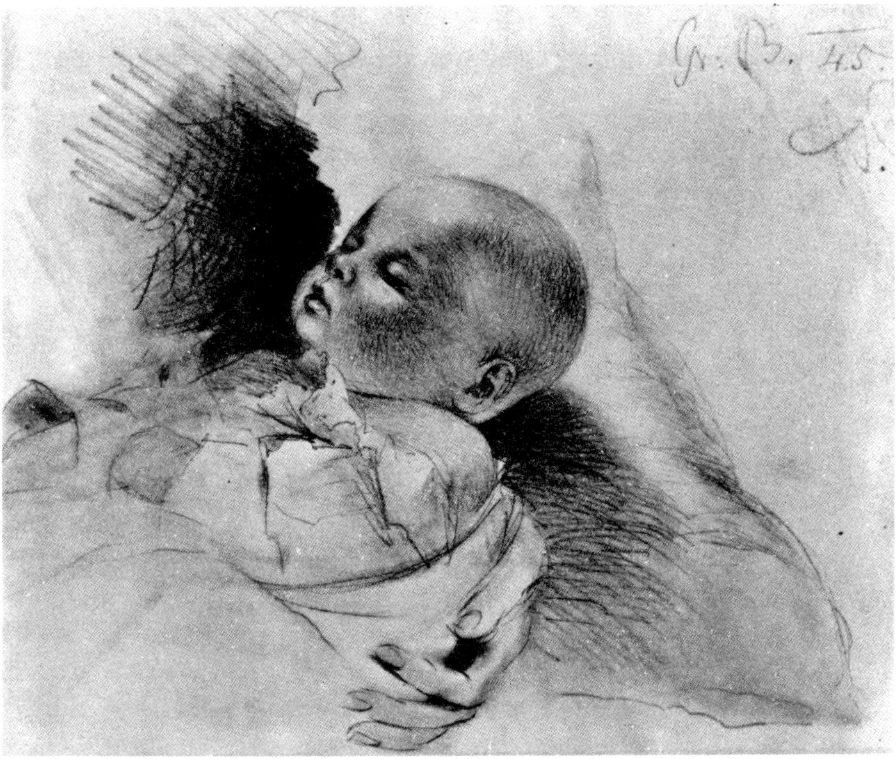

zurückzuziehen, genas ich in tiefer Einsamkeit meines Kindes, das ich erst nach Jahren, nachdem du längst eine glückliche Gattin geworden, seinem Vater, jeden weiteren Briefwechsel ablehnend, zur Obhut und Erziehung auf vaterländischem Boden und in vaterländischer Sitte übergab.

Und nun weißt du alles! Ohne Rückhalt und ohne Beschönigung habe ich dir das traurige Geheimnis meines Lebens enthüllt. Ich habe die Verirrung eines Augenblicks, die Verirrung unerfahrner Jugend und ungezügelter Phantasie durch lange Jahre der Reue, durch die Trennung von meinem Kinde, von dir gebüßt; ich glaube, sie durch mutige Verzichtleistung auf alle Lebensfreuden, die Haus und Familie gewähren können, durch beharrliche Abwendung meiner Seele von allem Irdischen, durch strenge Pflichterfüllung in dem Wirkungskreise, in dem es mir zu walten vergönnt war, gesühnt zu haben; das tiefe Gefühl der Beschämung aber, mit der ich ihrer gedenke, die folternde Unruhe, mit der ich jeden Tag das Kundwerden meiner Schande befürchtete, die namenlose Angst, mit der ich bis auf diesen Tag das Rätselhafte meiner Lebensweise zu bewahren trachten mußte, diese peinlichen Empfindungen werde ich erst überwinden können, wenn du, deren Rechte ich einst willenlos verletzt, wenn du, zugleich mein Anwalt und mein Richter, dein Verdikt über mich gesprochen, mich von der Anklage vorsätzlicher Untreue, bewußten Verrates losgezählt und den tiefinnersten Aufschrei meiner Seele: Nicht schuldig! bestätigt haben wirst.«

Lady Isabella hatte sich bei diesen Worten von ihrem Sitze erhoben und stand hochaufgerichtet, die eine Hand auf ihre Brust gelegt, die andere emporgehoben, als ob sie den Himmel zum Zeugen ihrer Unschuld anriefe; ihre Augen leuchteten, und ihre Züge strahlten in dem Glanze einer Verklärung, wie nur der höchste Aufschwung der Seele sie über ein Menschenantlitz ausgießt; bald erlag jedoch ihr zarter Körper der Erschütterung des in seinen geheimsten Tiefen bewegten Gemütes; zusammenbrechend, sank sie wieder auf das Taburett zurück und verbarg ihr von Tränen überströmtes Antlitz in den Händen. Die Gräfin aber, welche bisher gedankenvoll die ihr von Isabella dargereichten Briefe durchlesen hatte, erbrach nun auch das ihr früher abgenommene Schreiben. Nachdem sie seinen Inhalt durchflogen hatte, erhob sie sich schweigend, trat an ein in der Fensterwölbung angebrachtes Schreibpult, griff hastig zur Feder und warf in fliegender Eile einige Zeilen auf ein Blatt des dort zur Hand liegenden Papiers.

Als sie vollendet hatte, schritt sie auf Isabella zu und, die Hand auf das langsam sich erhebende Haupt der Freundin legend, sprach sie mit einer Stimme, in der Tränen zitterten: »Ich habe meinem Gemahl geschrieben; willst du nicht einige Zeilen hinzufügen?« Und damit reichte sie ihr das Blatt hin, dessen Inhalt so lautete:

»Mein Herr und Gemahl!

Die Schreiben, die Ihr durch Philipps hierhergesandt, sind angelangt; nur daß der Umschlag des Briefes, der meinen Namen trug, die an Lady Isabella gerichteten Zeilen enthielt, während sie diejenigen empfing, die für mich bestimmt waren. Erschreckt nicht über diese Verwechslung, die nur durch Gottes besondere Fügung einem so umsichtigen Geschäftsmanne wie Euch begegnen konnte! Ich meinesteils, wie schmerzlich der erste Eindruck der Nachrichten war, die ich auf diese Weise empfing, ich segne einen Vorfall, der meine Meinung von Eurem Charakter als dem eines echten Edelmannes, der zu jeder Zeit sein Lebensglück wie sein Leben der Erfüllung seiner Pflicht zu opfern bereit war, befestigt und mich in meiner Isabella die uneigennützigste, aufopferndste, in den schwersten Prüfungen treu bewährte Freundin kennengelernt hat.

In Erwiderung der guten Nachrichten, die Euch über unsere Söhne zugekommen, bitte ich Euch, daß Ihr ihnen ihren Bruder William, der zu Cambridge erzogen wird, nicht länger vorenthalten, sondern ehestens zu ihnen nach Oxford bringen möget, damit sie in brüderlicher Liebe aufwachsen, die fortan gemeinsam wie in Euch einen treuen fürsorgenden Vater, eine liebevoll zärtliche Mutter besitzen sollen, in Eurer

Elisabeth.«

Lady Isabella hatte das ihr dargereichte, in ihren Händen zitternde Blatt durchgelesen und ließ es nun ohne ein Wort der Erwiderung sinken; als aber nun die Gräfin, die Hand zutraulich auf ihre Schulter legend, die Frage wiederholte: »Willst du nicht einige Zeilen hinzufügen?«, heftete sie ihre noch tränenfeuchten Augen mit einem so scheu verlegenen, ängstlichen, fast um Hilfe flehenden Blicke auf die Gräfin, daß diese alsbald ausrief:

»Willst du nicht schreiben, oder zögst du wohl gar am Ende vor, daß auch mein Brief nicht abginge? Oh, ich verstehe dich; du willst

nicht, daß er von der Qual wisse, die dieser Tag dir bereitet; du errötest bei dem Gedanken, er könnte in einer vertraulichen Stunde des Vergangenen gegen mich erwähnen; du wünschest, mit deinem Bekenntnis jenes Fehltritts möge auch sein Gedächtnis auf immer verlöschen! Du hast recht, und so geschehe denn nach deinem Willen!« – Damit zerriß sie das Blatt, und die sie umschlingende Freundin liebevoll und innig ans Herz drückend, fügte sie hinzu: »Darum bleibst du doch jetzt und immer meine beste Freundin, du treue Seele, und dein wackerer William mein herzlieber Sohn!«

Und sie blieben Freundinnen! Als nach dem gewaltsamen Ende Karls I. der Graf von Ormonde, der treue Anhänger seines Königs, nach dem Kontinent flüchten, die Gräfin aber, um ihren Söhnen ihr Erbgut zu retten, sich entschließen mußte, zurückzubleiben, um während des Protektorates fern von ihren Lieben auf Kilkenny Castle zu verweilen, teilte Lady Isabella, die bis an ihr Lebensende unvermählt blieb, ihre Einsamkeit und ermutigte sie in ihren Nöten, wie die Gräfin dagegen ihr in ihrer Trauer um ihren im blühenden Jünglingsalter hingeschiedenen Sohn William teilnehmend und tröstend zur Seite stand.

Die Polizze

Von Ludwig Anzengruber

Laut schmetternd fährt der Postwagen die Straße dahin, als wollte er die klare Nacht aus ihrer Ruhe schrecken, was ihm aber nur bei seinen eigenen, über die beschwerliche Nachtfahrt eingeduselten Passagieren gelingt, die einen halbwachen Blick in die dunkle Nachtlandschaft werfen, über welcher die ewigen Sterne selbst flunkernd und flinkernd einzunicken schienen; zwei Häuschen liegen an der Straße, das eine, nachtschwarz, hebt sich eckig und dunkel in der Luft ab, das andere läßt ein dämmernd durchscheinendes Fenster sehen – als ob hinter seinen Scheiben ein gewecktes Gewissen nachlichtere oder ein Leben flackernd ausbrenne.

Dieses Haus, dessen Bewohner wohl oder übel zur Stunde des Schlafes wachten, es hob seinen Dachfirst wie im Hochmut bis zu den Giebeln der Schornsteine der Nachbarhütte, die sich, wie in unkräftiger Ohnmacht, an die Mauer des größeren Gebäudes geklebt und gelehnt hatte.

Wohnte Ruhe in der armen Hütte, und war Sorge in der reicheren eingekehret? – Sehen wir uns in beiden um. – Das Licht, das in der Stube des größeren Häuschens brennt, es ist, wie wir recht geraten haben, ein flackerndes Nachtlicht; wie käme ein Bauer dazu, ein Nachtlicht zu brennen, wenn nicht die Nacht zu durchwachen wäre? Das zeigen ja schon die nächsten Gegenstände, die um das Licht herum, in dessen zweifelhaft dämmernden Rändern, in dem Schatten des Glases selbst stehen – es sind Arzneiflaschen und Tiegel, Wasser und Waschbecken. In dem Bette, an das man das Tischchen mit den obigen Gegenständen gerückt hat, liegt eine männliche Gestalt, aber man könnte fast behaupten, ein altes Weib mit einem Bart, so weibisch, greinig und brummig sieht dies Antlitz selbst in dem kurzen Schlummer aus, dem der Kranke für eine Weile Erholung dankt.

Neben dem Bette zu Füßen des Kranken sitzt ein junges dralles Bauernweibchen und sucht sich den Schlaf von den Augen zu halten, indem es über die früheren und jetzigen Beziehungen zu dem Kranken ernstlich nachdenkt. Vor uns, alt, krank, liegt der reiche »Kagerbauer«, ihm gehört die Hütte, ihm, soweit du von der Hütte sehen magst, nach dem nächsten Bache die vielen Felder und Wiesen, die er nur von Taglöhnern unter seiner krittligen Aufsicht bearbeiten läßt, während er sonst kein Gesinde um sich duldet und nur einen Hund unterhält, ihm gehört endlich das Häufchen blanker Taler in der eisernen Truhe unter dem Bette, auf welche eben das Weibchen die

Füße stemmt, ohne zu denken, daß sie den Schatz des geizigen Alten mit Füßen tritt. Früh war sie in das Haus des Kagerbauern gekommen, sie war eine entfernte Anverwandte von ihm, früh verwaist, ward sie ihm von sorgsamen Freunden gleichsam hinaufdisputiert, und er nahm sie auf; ihm verdankte sie nichts als eine recht traurig verlebte Kindheit, und als sie zur schmucken Dirne herangereift war, da war's ein anderes, das sie ebenso bitter berühren mußte als die Gleichgültigkeit des Alten gegen ihre kindlichen Freuden und Leiden, die Strenge gegen kindliche Ungeduld und Übermut – es war seine Liebe.

Ja, der Alte, grämlicher Witwer seit Jahren, hatte in dem steten Umgang mit der schmucken Liese sich allerlei in den Kopf gesetzt, was nicht wohl wieder heraus wollte – es ist nicht gut, daß der Mensch allein sei, aber wenn zwei Menschen immer zusammen sein müssen, die sich nicht vertragen mögen noch können, ja nicht einmal sollen, das ist fast noch schlimmer.

Die Liebe eines alten Mannes zu einem jungen Mädel ist nicht viel wert, sag einer dagegen, was er wolle, es ist kein heilig' Feuer mehr, dazu ist's zu ausgebrannt im alten Herzen, es ist glühende Kohle, und das geht bald ab. Liese ließ sich's nicht träumen, wohnte doch in der armen Hütte nebenan der arme, rechtliche, überall gerngesehene Hanns, der »Rainbauer-Hanns«, wie er hieß, denn das meiste, was er besaß von Gründen, waren die Feldraine, die nicht zu bebauen waren, und was sie einschlossen, es war wenig, sehr wenig, doch hatte er eine treue Hand, ein gutes Herz, und da er selbst leutselig war, so kam's, daß ihn keiner im Ort fallen lassen mochte, keiner mochte ihm nachgehen mit etwas Üblem; er war gern gelitten und gesehen, und ach, nur zu gern von der Liesel.

Hei, was es für Donnerwetter gab, als dem Alten das Licht aufging über den Punkt, daß ihm die alten Augen überliefen!

»Nun, so nimm den Schlucker, den Nichtsnutz«, schrie er, als er sah, daß für ihn gar nichts mehr zu hoffen sei. »Nimm ihn; verhungert meinetwegen, aber dem Kagerbauer kommt nicht um eine trokkene Brotrinde, denn geben würde er sie euch nicht. Merkt's!«

Und sie merkten sich's! Sie heirateten, sie hatten Raum immer genug in dem kleinen Häuschen, und sie kamen nie dem Kagerbauer – nie –, auch nicht um eine trockene Brotrinde, diese hatten sie wenigstens bisher immer gehabt, wenn sie auch sonst nichts gehabt hatten. Walt's Gott! So ist's gewesen und geblieben viele Jahre. Der Kagerbauer hat Jahr' durch sich um seine Nachbarsleut' im guten nicht gekümmert und diese auch nicht um ihn, er hätte es ihnen auch nicht Dank gewußt.

Er dagegen hat sie verfolgt und ihnen weh getan, wie er konnte und wo er konnte; gab es wo ein Ackerstückchen, ein Vieh, das wohlfeil zu haben war, weil keiner im Orte es kaufte, da alle hatten, was sie wohl haben mochten, da langte der Kagerbauer in den Sack und kaufte es ihnen um paar Taler mehr vorweg vor der Nase.

Er kaufte Schriften, die Hanns in Not ausgestellt, und trieb sie ein, denn er hoffte auf Not und Elend, aber Ordnung und Vorsicht wachten in der kleinen Hütte, und Hanns kam mehr als einmal zum Kagerbauer vor dem Termin und löste die Schuldscheine ein. Wenn

das den Alten auch noch so sehr erboste, so zeigte er doch bei solcher Gelegenheit dem Hanns ein freundlich' Gesicht, denn es gefiel ihm doch, das mußte er sich selbst gestehn, und manchmal, wenn schon für einen Augenblick nur, dachte er an das liebe eigne Erworbene, wie dem wieder wohl sein würde in solchen Händen – aber er dachte es und entschlug sich schnell solcher Gedanken. So war's denn auch an einem solchen Tag, wo er Hanns freundlicher entließ als sonst und ihm das erste Mal, das einzige Mal seit Jahren, einen Gruß an Liesel auftrug.

Nun, seither hat sich's aufgehört mit Quälereien seitens des Alten, freilich war damit nichts gewonnen, denn die Quälereien und Sorgen blieben die alten, aber wohl tat's den Leutchen doch, daß sie sich bei ihrem erbittertsten Feinde Anerkennung verschafft hatten. Nun kam's, daß der Alte hin und wieder einen Dienst erheischte von Hanns, der auch, bereitwillig wie gegen jeden, es gegen ihn war – nun, er hatte wohl nichts davon, aber es geht an mit dem Bewußtsein, anderen gedient zu haben, man gilt sich doch selber mehr.

So kam die jüngste Zeit, und der Kagerbauer wurde plötzlich krank; jetzt rief er selbst die Liesel, die ihn pflegen sollte und warten.

Das war schon eine härtere Arbeit, die Liesel sollte das eigene Hauswesen lassen, und, weiß Gott, es ging nicht damit zum besten, es wurde, wie Hanns sagte, »allweg zuwenig«. Doch sagte auch Hanns: »Geh, in Gottes Namen, und pfleg ihn, haben wir auch keine Ursache zur Lieb', so haben wir doch auch keine zum Haß – und man tut's nicht der Aussicht wegen, daß es doch mit der Zeit vergolten werden könnte, man tut's aus Erbarmen mit dem Alten, der so allein wie ein Vieh verenden könnt' – wollt's doch keiner von uns –, also geh – tun sie uns anders, so verdienen wir's doch nicht, denn wir haben das Unsere an andern getan; weiß's doch einer, und geht etwas zurück im Hauswesen, so sieht er, daß wir's tun, auch wenn's uns schwer ankommt, und sein Segen wird nicht fehlen.«

»Amen«, sagte Liesel, ging und pflegte und pflegt seit der Zeit noch den kranken Kagerbauer.

Vor ein paar Tagen nun, als Liesel wieder an seinem Bette saß, da kam ein Mann, der sein Wägelchen vor der Türe stehen ließ, herein zum Kagerbauer, der mußte den Mann wohl kennen, er schien die Liesel aus dem Zimmer schicken zu wollen, aber er besann sich wieder, er legte dem Manne einen Betrag Geldes hin, ließ sich diesen in einem Büchel bestätigen, der Mann ging, und Kagerbauer gab der Liesel das Büchel. »Da«, sagte er, »Liesel, das ist für euch, will's Gott, daß ich sterben sollt', nun so ist das euer: es ist eine Polizze, 's ist mein Leben versichert drin, und der, der's vorzeigt, kriegt dafür fünfhundert Gulden; aber ihr müßt mich anständig begraben lassen; das sag ich euch!«

Liesel zeigte das Büchel dem Hanns, und der meinte, das wäre etwas, womit er uns wohl aneifern möcht', daß wir ihn fortpflegen, solang ihn noch Leib und Seel' zusammenhalten; lieber hat er uns um kein Haar gewonnen, das ist gewiß, ich denk', er hat nur sein Geld lieb und sich selbst erst danach; denn sonst gäb' er das nicht einmal aus den Händen.

So weit war's, und so saß Liesel in der stillen schweigenden Nacht, während die Uhr laut tickte, außen das Posthorn schmetterte, an dem Bette des Kagerbauern und dachte hin und her, ob er sie wohl ein bißchen lieb hätte, der Mann, dafür, daß sie ihm so treu und ehrlich beistände bis zu seiner letzten Not – greif' er doch ans Herz, ob er's verdient hätte!

Ein Husten erschütterte den Kranken, er hatte seine Lage geändert, und Liesel zog behutsam die Polster in die Höhe, legte ihm das Haupt zurecht – ob sie fragte, ob er's verdient hatte? Sie tat es und hatte, glaub' ich, nicht Zeit zum Denken, und wär' ihr der Mann unter den Händen gestorben, ich denk', sie hätte geweint, hatte er ihr doch vertraut, und sie hätt' sein Vertrauen und sein Leben zugleich fliehen lassen müssen – das tut weh! Sag einer, ob der Mensch, unverdorben, wie er ist, unserm Herrgott Schand' macht, oder ob er sich arg versündigt, wenn er sich sein Ebenbild nennt? Nun, wir denken nicht, daß wir zu ihm hinanreichen, aber meinen dürfen wir, daß er zu uns herunterreicht, und wenn uns nie so ist, so wird uns so nach einer guten Tat so wohl, daß wir nicht danach fragen, was gilt das, und was zählt es?

Indessen Liesel in dem größeren Häuschen an dem Bette des reichen Kagerbauern wachte, wachte in dem kleineren Häuschen Hanns. In der Küche, die rückwärts nach dem Hofe hinaussah mit dem einzigen kleinen Fenster, wie wenn sie spöttisch nach den Feldern schielte, als wäre sie recht froh, wenn diese nur den geringen Hausbedarf für ihren Herd alle Jahr' einheimsen ließen, was nachgerade auch nicht immer der Fall gewesen war – in dieser Küche saß Hanns auf dem Herde, den Rücken gegen das Feuer gekehrt, das längst schon ausgegangen war, in der Hand hatte er das Büchlein, das der Kagerbauer – wie erzählt – vor kurzem der Liesel gegeben.

»Fünfhundert Gulden«, murmelte er, »das wäre ein Geld! Wenn ich das in unsere kleine Wirtschaft stecken könnte, das hätte Sinn und

Verstand; fleißig wie ich und die Liese sind kaum ein paar Leute im Ort, wie sähe es wohl aus in Jahr und Tag – und jetzt? Nun, warten wir ab, der Alte hat uns das gegeben, 's ist rechtlich' Eigentum, stirbt

er heut oder morgen, so kann's uns nicht fehlen. – Warum sollte er nicht sterben, alt ist er, krank und hinfällig und wird's nicht mehr lange machen. Wir können's erwarten und wollen Gott bitten, daß er ihm das Ende leichtmacht. Im Grund vergütet er uns unser Pfleg' – und es dauert schon lange mit ihm, fast zu lange –, er war es uns schuldig, was für uns zu tun! Wer weiß, hätt' er's getan, wüßt' er nicht, wie er uns Jahr' durch gequält hat, jetzt geht er in sich; Lieb' ist's nicht, denn er konnte uns nie ausstehen, und hätten wir, ich oder er, unsere Hütten voneinanderrücken können, seine stünde drüben überm Bach und meine weit am andern Dorfende. Weiß Gott, um uns verdient er's nicht, daß er lebt, noch daß wir Mitleid mit ihm haben. Ich werd' die Liesel herüberrufen, sie soll ihn lassen; wie's Gott will, wird's! Wenn die Krankenwart noch lange dauert, versudelt unser Hauswesen, und kann ich dann den Termin einhalten, nächsten Ersten? Ich denk' kaum, könnt' ich ihm mit dem Geld da, das wir auf das Büchel kriegen sollen, einhalten – 's wär einfacher – wenn der Alte tot wäre – 's wär doch alles schöner.«

»Hanns! Hanns!« schrie es draußen.

Hanns sprang rasch vom Herd zur Erde und riß die Türe auf. »Nun, Liesel, was gibt's?« rief er hinaus.

»Komm schnell!«

»Ist der Alte etwa tot?« schrie Hanns hastig.

»Nein, Gottlob, das nicht«, war die Antwort, »aber du mußt rasch fort, die Christes (Krisis), oder wie's der Doktor heißt, ist eingetreten, wir müssen den Doktor holen, entweder der kommt und hilft ihm ganz auf, oder es ist vorbei mit ihm.«

»Was«, rief Hanns, »wenn der Doktor verabsäumt würde, ist's vorbei mit ihm?«

»Gewiß, spute dich, Hanns!«

Liesel schloß drüben das Fenster, und Hanns blieb in der Türschwelle stehen.

»Sei kein Narr«, sagte er zu sich, »wodurch hat's der Alte um uns verdient? Jetzt sollst du den Boten spielen, eine Stund' weit nach dem Doktor rennen, der kuriert ihn sicher, wenn er kommt, der Alte fordert sein Büchel zurück, und – das alte Elend, die alte Not ist wieder am Ort. – Denk, du könntest jetzt nicht gehen, wärest lahm ... dann müßtest du's der Liesel sagen ... aber wenn du dich verspätest, du darfst bloß den Arzt nicht treffen – und – die Sache liegt auf wie ein Spiel Karten, sei kein Narr!«

Mittlerweile hatte sich Hanns angekleidet, und zögernd trat er aus der Tür des Hauses.

»Langsam«, sagte er, »hübsch einen Fuß vor den andern gesetzt, sollt' es zu spät sein, so ist's Gottes Wille, ich kann nicht meine eigene Gesundheit opfern.«

Damit war er bis an die Scheiben des Nachbarhauses gelangt und sah durch diese in die Krankenstube, er sah, wie Liesel sich des Kranken erwehrte, der aus dem Bette zu wollen schien – er hörte, wie der Kagerbauer bat: »Laßt' mich nicht sterben! Ich bitt' euch! Noch wär's zu früh!«

»Noch wär's zu früh!« schlug es zündend in das Gewissen des Hanns.

»Nein, Kagerbauer«, bat und beschwor Liesel den Aufgeregten, »wir lassen Euch ja doch nicht sterben. Der Hanns ist schon nach dem Doktor. Ihr müßt wieder gesund werden!«

»Gesund werden«, lächelte der Kranke, »gesund – und wieder Luft und Vogelsang ...«

Das Weitere hörte Hanns nimmer, in eiligen Sätzen hatte er längst die Straße vor dem Hause hinter sich gelegt und war querfeldein gerannt. Hanns, sei kein Narr!

Hanns war aber ein Narr, denn wer um sich nichts frug, war Hanns, und kaum drei Viertelstunden später hielt das im Dorfe wohlbekannte Wägelchen des Doktors vor dem Häuschen. Die Nacht verging. Der Kagerbauer schlief ruhig dem neuen Tag und der Genesung entgegen. An seinem Bette saß wieder Liesel, und Hanns trat ruhig an den Herd seiner Hütte, er schichtete das Holz, machte Feuer, und als dieses emporloderte, setzte er das Frühstück zu, indem fiel sein Blick auf das Büchlein, das er vorigen Abend in Händen gehabt, er faßte es und sagte: »Du bübischer Fetzen Papier, du sollst keinen ehrlichen Christmenschen mehr in Versuchung führen!«

In fünf Minuten war von dem Büchlein nur ein Häufchen Asche mehr zu sehen, das im Hauch der Flammen hin und her wehte.

Paar Tage vergingen nach den erzählten Ereignissen, in des Kagerbauern Stube stand der Doktor und strich das Honorar für seine Visiten ein; der Bauer, das wußte er, gäbe ihm auch keinen Heller darüber.

»Nun Gott befohlen!« sagte der Doktor, ein freundlicher, alter Herr, nachdem er den Geldbetrag in der ziemlich geräumigen Westentasche untergebracht. »Nun, Kagerbauer, wie ist's, was werdet Ihr denn Euern braven Nachbarsleuten für die getreuliche Pflege und Wartung – das muß ich als Arzt anerkennend sagen – für einen Lohn geben?«

»Haben sie Euch vielleicht beauftragt, das auszumachen?« fragte bissig der Kagerbauer.

»Gott bewahre, ich habe mit den Leutchen keine Silbe davon gesprochen, ich denk' nur, sie sind arm und könnten's wohl gebrauchen.«

»Nun, dann schert Euch auch nicht weiter drum, Doktor, das ist nicht Eures Amtes. Gott befohlen.«

»Ei, ei, tut's mir doch fast leid, daß ich Euch wieder auf die Beine geholfen habe, Ihr seid der alte geblieben, ich dachte, die Krankheit würde Euch ein wenig mürber machen.«

»Hat's auch getan, Doktor«, sagte gutmütiger der Kagerbauer, als man es sonst von ihm gewohnt war, »werdet's schon merken.«

»Nun gut«, sagte der Doktor und drückte den Hut in die gefurchte Stirne.

»Glaubt's nur – nun ganz ein anderer sein, als er ist – das kann keiner, selbst der Eine nicht, unser Herrgott«, sagte der Kagerbauer und reichte die breite Hand dem Doktor zum Abschied.

Der sah ihn erstaunt an, drückte die dargebotene Rechte und meinte lächelnd:

»Tut das möglichste, es wird nicht zum Schaden sein.«

Damit ging er.

Der Kagerbauer aber, der diesen Tag das erstemal aufgestanden, schlich sich vorsichtig zur Tür hinaus und trat bei den Nachbarsleuten ein; er ward mit lautem Jubel empfangen, hatten sie doch mitgeholfen, ihn herzustellen.

»Kinder«, sagte er, »ich dank euch recht, ich weiß, ihr seid arm und werdet gern etwas von mir nehmen, denn umsonst plagt sich der arme Mensch nicht gern.«

»Aber, Kagerbauer«, sagte Liesel.

»Umsonst plagt sich der Arme nicht gern, das ist wahr«, sagte Hanns, »wenn es drauf ankommt, daß er was schafft und betreibt, was ihn erhalten soll und nähren. Was das betrifft, was wir an Euch getan ...«

»So tut's weh, Euch so reden zu hören«, ergänzte Liesel.

»Denn glaubt's und heißt uns dann in Gottes Namen hochmütig, aber«, fuhr Hanns fort, »das ist nicht zahlhaft.«

»Weißt, Hanns«, sagte der Kagerbauer, indem eine flüchtige Röte ihm ins Gesicht stieg, »ich denk', du bist ein kreuzbraver Mann.«

»Na, und ich?« lachte Liesel.

»Ein kreuzbraves Weib«, sagte der Kagerbauer, auf den Scherz eingehend. »Aber, Hanns«, fuhr er, ernst werdend fort, »ich mein' nur, du hast recht, was ihr an mir getan, ist nicht zahlhaft.«

Ein warmer, offener Blick von Hanns fiel hier auf den Sprecher.

»Vergelt's Gott«, sagte er, »die Reichen denken von den Armen nicht immer so billig.«

»Aber«, fuhr der Kagerbauer fort, »ich weiß dann nicht, wie ich's euch merken lassen soll, daß ich alles erkenne, was ihr getan. Offen 'raus, wir haben uns sonst vor Zeit nie gar zu gern gehabt.«

Hanns schmunzelte. Liesel meinte aber schmollend: »An uns hat's nicht gelegen.«

»Ich weiß«, sagte der Kagerbauer, »an mir! Hätt' ich mich früher um euch umgesehen, hättet ihr's auch getan. Nun, Menschenlieb' habt ihr mir genug erwiesen, das steht fest, und ich möcht' euch gern eine Freude machen, so daß die Sache auch in den Augen der Welt abgemacht ist. Hanns, ich denk', fürs erste hebst du dir das gewisse Büchel auf – immer ist es ein artiges Geld, und es kann unverhofft einmal kommen.«

Hanns fuhr mit dem Handrücken verlegen und verwirrt über die Stirne.

Der Kagerbauer aber fuhr fort: »Die Polizze bleibt in euren Händen, und ich zahle alle Jahr meinen Betrag ein.«

»Das werdet Ihr nicht nötig haben«, platzte Hanns heraus.

»Warum nicht?« fragte Kagerbauer höchlich überrascht.

»Weil – weil – nun, Ihr wolltet uns die Polizze schenken, uns gehört sie einmal, wir sind also jedenfalls quitt – ich habe sie verbrannt.«

»Du?!« stieß Liesel heraus.

»Verbrannt!« machte entsetzt der Kagerbauer, dann schöpfte er tief Atem, sah Hanns lange verwundert an, schlug dann mit geballter Faust auf den Tisch und schrie wie nicht gescheit: »Aber warum denn?«

Hanns erhob sich. »Nun«, sagte er, »Kagerbauer, da Ihr's wissen wollt, so sollt Ihr die Wahrheit haben; weil ich mich von einem solch nichtsnutzigen Fetzen Papier nicht verführen lassen will – ich will auf keines Menschen Ende rechnen – auf keines Menschen Ende! Das läßt die Ehrlichkeit und die Sorge einduseln, das drückt das bißchen Lieb' in unserm Herzen – es ist so wenig mehr in der Welt – zu nichts herunter und wischt uns die paar Tränen, die wir um andre weinen, mit schmutzigen Banknotenlappen aus den Augen. Da sei Gott für! Ich verlang' nichts, gar nichts von Euch, lebt und werdet so alt wie Methusalem, und wenn Euch was zustoßt, so schreit tags oder nachts nach uns, wir werden zu Euch kommen, nicht unserer Not gedenken, sondern nur der Euern! Aber verschont uns mit solchen Dingen, mit solchen Geschenken, die gar abscheuliche Gedanken erzeugen, so daß sie fast einem ehrlichen Kerl die Freud' versalzen könnten, Euch genesen zu sehen. Läget Ihr jetzt auf dem Laden, hätten wir fünfhundert Gulden. Nicht? – Doch nein, wir haben sie nicht, wir wollen sie nicht, denn das vermaledeite Büchel hab' ich verbrannt.«

Unmöglich ist es, den Eindruck dieser Rede auf den Kagerbauer zu beschreiben; er ängstete sich während der ganzen Dauer derselben, als überstände er wirklich alle Gefahren, die ihm hätten drohen können, und nach Hanns – der hochgerötet mitten in der Stube stand, während er sprach – sah er hin, bald wie nach einem Gespenste, bald wie nach einem Engel des Lichtes; erst beim Schluß der Rede gewann er seine Fassung wieder.

»Hanns«, sagte er anscheinend ganz ruhig, »du bist ein Mensch, der's ehrlich und treu mit Gott und der Welt meint, und die Liesel ist das rechte Weib, wie's zu dir paßt. Wenn euch nur ein klein wenig an mir gelegen ist, so tut mir die Freundschaft und laßt eure Hütte und zieht zu mir, wir wollen's halten, wie's vom Anfang hätt' sein sollen, ihr sollt meine Kinder sein, und 's wär mir recht lieb, ihr hieltet mich wie euren Vater.«

Überrascht standen die beiden armen Leutchen da und wußten nicht, was sie zu sagen hätten.

»Sagt ja oder nein«, drängte der Kagerbauer.

Die beiden standen festgebannt auf dem Fleck.

»Himmelkreuztausendelement!« fluchte plötzlich der Kagerbauer, »bin ich denn so ein alter Hund geworden, daß sich alle Welt vor meiner Räude fürchtet? Oder glaubt ihr denn, ich bin schon ganz siech geworden, daß ich nicht einmal wüßte, was ich jetzt geredet habe? Wenn ihr nicht wollt meine Kinder sein, nun so hättet ihr mich lieber auch können einsam versterben lassen, ich hätt' mich den Teufel darum gekümmert! Jetzt, wo mir 's Herz einmal nach Jahren aufgeht, wo ich mich vom Krankenlager heb' und Gott dank' und einmal doch Menschen gefunden habe, für die ich ihm auch Dank sage, wo

Sonst
Jetzt
GABER.

ich die um mich haben will, damit's einmal wieder grün wird nach meinen eisigen Winterjahren, jetzt – will keines.« Er sah jetzt auf die verdutzten Gesichter seiner Zuhörer, und einen andern Ton plötzlich anschlagend, fuhr er fort: »Wenn ihr nicht augenblicklich ja sagt, so – meiner Seel', ich klag's dem Doktor, ich hab' mir euch als Medizin verschrieben, und ich will euch einnehmen, in mein Haus und mein Herz, und wenn's im Dorf heißt, der Kagerbauer ist heut mit Zwillingen niedergekommen, so will ich niemandem widersprechen. Könnt ihr, junges Gesindel, denn niemand gern haben als nur euch? Nicht einmal den Kagerbauer, wie er vor Jahren war, als noch seine liebe Alte lebte, so kreuzfroh und kreuzbrav?! Kommt mit, macht keine Flausen.« Hier schlug er ein kurzes, herzliches Lachen auf und blickte die beiden mit leuchtenden, freundlichen Augen einladend an. Jetzt mußten sie reden, mochten sie oder nicht.

»Ihr wollt mir wieder Vater sein?« fragte Liesel.

»Ein besserer, als ich dir je gewesen.«

»Das ist Euch ernst?« fragte Hanns.

»Die Hand drauf!«

Hanns schlug in die Hand. »Kagerbauer«, sagte er, »merkt's, wenn die Hand nicht das Eure so rüstig schafft, als ob's das meine wär ...«

»Es soll 's Eure sein«, warf der Kagerbauer ein.

»Wenn mein Herz Euch nicht acht't als Vater, nehmt Euer Wort zurück und stoßt uns aus dem Haus wie Schelme, die's verdienen.«

»Ich weiß, daß's nie dazu kommt«, sagte der Kagerbauer, »mit deiner Ehrlichkeit kannst du großtun, wie du willst, es wird dich keiner zurechtweisen dürfen.«

»Aber Vater«, sagte Hanns, warm die Hand des Kagerbauern haltend und ihm voll ins Auge blickend, »was ist Euch, dem reichen Kagerbauer, denn abgegangen, daß Ihr immer so zuwider gewesen seid?«

»Ich will dir's sagen, Hanns«, sprach der Kagerbauer, »das, was ich gemeint hab', es wär' nicht zu finden und hab's jetzt doch gefunden: rechte Leut', die sich mein' annehmen, und ihr freundlich Lieb' und Treu'!«

Es geschah, wie es der Kagerbauer gewünscht. Erst hatten einige Bauern, welche die ziemlich lärmende Szene in der Hütte des Hanns halb erlauscht, aber mißverstanden hatten, im Dorfe das Gerücht verbreitet, der Kagerbauer sei kaum erstanden vom Krankenbett, so sei schon wieder der Teufel der Gehässigkeit in ihn gefahren, Hanns habe aus Versehen ein Schriftstück des Kagerbauern verbrannt, und da er es jetzt nicht ersetzen könne, so habe der Alte auf allen Dank und alle Rücksicht vergessen und wolle den Hanns aus dem Hause werfen.

Als dies dem Kagerbauern zu Ohren kam, lachte er: »Laßt sie nur; die lieben Leut' machen aus mir so'n Scheusal, wie im Herrschaftschloß oben am Berg eines das Dachrinnenwasser im Hofe in die Bottiche speit; desto größere Augen werden sie jetzt machen.«

So war's, erst mochte der Ort nicht glauben, es ging ihm wie dem Thomas, er sollte sehen.

Wohl meinten einige Mißgünstige, das werde keinen Halt haben, der Kagerbauer habe die jungen Leut' nur in sein Haus genommen, damit er ohne Dingung zu einem billigen Gesinde komme, er werde ihnen das schon einmal in böser Stunde merken lassen, und dann würden dem Hanns und der Liesel die Augen aufgehen und wieder das alte Spiel beginnen – das war aber nicht der Fall, die Eintracht herrschte unter den drei Leuten, und die Bauern begannen den Alten um die Kinder zu beneiden, die er, wie sie sagten, sich selbst aussuchen konnte und nicht, wie sie die ihren, ungeschaut nehmen mußte.

Wie früher aber kam der Mann mit dem Wägelchen, der das Geld abholte und im Büchel bestätigte, denn der Alte war nicht dazu angetan, sein Eingezahltes so mir nichts dir nichts fahren zu lassen, und die Versicherungsgesellschaft, gerührt durch das traurige Ende des ersten Büchleins, hatte ihm's durch ein zweites ersetzt. Wenn dieser Agent gerade beim Alten war und Hanns kam von ungefähr in die Stube, so versäumte jener nie, spaßhaft zu erschrecken und zu versichern, daß er Hanns nicht gern hier sähe, denn er wäre noch nicht dazu gekommen, das Büchel gegen Brandschaden zu versichern.

Und wenn der Mann am Abend mit seinem Gefährte den Ort verläßt, so begegnet er in der Nacht dem Postwagen, der auf dieser von allen modernen Verkehrsmitteln abseits liegenden Straße noch im alten Bewußtsein seiner Unentbehrlichkeit dahinfährt und mit seinen Posthornklängen die Reisenden aus der Ruhe schreckt, die einen halbwachen Blick auf die Nachtlandschaft werfen.

Zwei Häuschen liegen an der Straße still und friedlich, unter dem weiten Nachthimmel, still und friedlich wie ihre Bewohner, deren Geschichte (hier einfach, wie sie selbst darüber denken mögen, erzählt) der Reisende freilich nicht von den dunklen Scheiben herablesen kann, sein müdes Auge wendet sich daher wieder ab – und du, lieber Leser,

»Schläfst, Liebchen, oder wach'st du?«

Die Nottaufe

Von Peter Rosegger

Das Bachstoffel-Weib schickt zur heiligen Taufe. Sie atmet auf nach einer bangen Nacht, sie ist dem Leben wieder zugeteilt. Das Kindlein atmet, wimmert bisweilen ein wenig, ruht aber des weiteren noch tief im Nichts, und wenn die Welt mit allen Sternen des Himmelszeltes jetzt zusammenbricht, es ist ihm alles eins.

Und dieses gottlos gleichgültige Wesen soll nun zu einem Menschen gemacht werden, zu einem Erden- und zu einem Himmelsbürger. Anfängt man das mit der Taufe, und die Frau Sunnbergerin, die Gevatterin und Patin, ist der Meinung, es sei dazu hohe Zeit, denn der junge Wurm scheint über die gute Luft, die er nun atmet, und über das gepriesene Sonnenlicht, das ihn bescheint, nicht gar erbaut zu sein; vielleicht gefällt es ihm in der Kirche besser, denn wir haben auch Kirchen auf dieser Welt und daneben Wirtshäuser, und der Tafernenwirt in der Lusch hat ein gutes Weinlein.

Sollte sich nur ein Schöppel vergönnen, die Frau Gevatterin, meint die Wöchnerin, und Zucker hineintun; aber das solle sie, die Frau Gevatterin, ihr, der Bachstoffelin, nicht antun, daß sie selber wollt' zahlen.

Somit geht die Sunnbergerin mit dem Kindlein davon, geht über das Gebirge hin, ist munter und hat keine Ahnung, was ihr auf diesem Taufgang soll bevorstehen.

Die rot' Lenten hinauf sticht noch die heiße Sonne her, daß sich die Frau, weil sie keine Hand frei hat, mit dem ganzen Wickelkind über das Gesicht fährt, schweißtrocknend wie mit einem Sacktuch. Als sie oben über den Brandsteig hingeht, sieht sie schon allerhand Wolken aufsteigen, etliche so weiß wie lauter Milchrahm und etliche wieder so blaßblau wie Milch, bei der viel Wasser ist. Als sie auf die Höhe zu den Wetterkreuzen kommt, hört sie das Murren, und der Himmel verschmiert sich mit Grau, so daß die Sonne keinen Schatten mehr schlägt.

»Mag wohl sein, kleiner Binkel, daß sich's der lieb' Herrgott nicht nehmen laßt, dich zu taufen«, sagt die Frau Patin zum Kind, »wird auch gut sein, wenn's nur nicht etwan gar zu kräftig kommt.«

Das ließ sich der Himmel nicht zweimal sagen, Tropfen fielen, die so groß und schwer waren, daß jeder auf dem Erdboden sternartig auseinanderspritzte. Die Frau Sunnbergerin eilte gegen den Waldrand hin, dort stand das Häusel des »kleinen Urban«, in dem sie bekannt war. Der kleine Urban war nicht daheim, aber der Kleine des kleinen Urban – ihr könnt euch denken, wie klein der sein muß! – der war

daheim, hockte an der Schwelle der Haustür, hielt die Barfüßlein hinaus, und sooft ein scharfer Regentropfen daraufschlug, sagte er: »Patsch!«

Die Frau mit dem Kind schritt über das Knäblein hin schleunig in die Hütte. Weil der Kleine darauf etwas befremdlich tat, so sagte die Frau: »Wirst uns wohl nicht für übel haben, daß wir ein wenig unterstehen.«

»Wenn du kein Rauber bist!« rief der Knabe beherzt.

»Ist deine Mutter nicht daheim?«

»Die tut beim Schragenkern unten mähen und hat gesagt, ich soll haushüten, daß uns nicht wer was hereintragt.«

»Aber ich hab' dir jetzt grad was hereingetragen«, sagte die Frau, die sich auf eine Dengelbank hingesetzt hatte und nun die Tücher ihrer kleinen Last auseinandertat; »da schau her, was ich mitbracht hab'!«

Der Knabe watschelte hin, guckte zwischen das Tuchwerk hinein und fragte endlich völlig überrascht: »Was ist denn das?«

»Ja«, antwortete die Frau, »das ist ein kleines Kinderl, das erst heute der Himmelvater auf die Welt hat herabgeschickt. Und das wirst du doch nicht wollen hinauswerfen jetzt ins Gewitter. Schau, es kann noch nicht sprechen und laßt dich durch mich bitten, du sollst ihm Unterstand geben. Es ist so spatzenblutarm, daß es noch nicht einmal einen Namen hat, und du bist der erste fremde Mensch, dem es auf der Welt begegnet, und es ist auf der Reise.«

»Das da?« fragte der Knabe und tippte mit dem Zeigefinger auf das Gesichtlein hin.

»Ja freilich, es reist nach Lusch hinüber zur heiligen Taufe. Jetzt ist es noch ein kleiner Heide, ein winzig kleiner, und wenn es im Gewitter müßt' zugrund gehen, da könnt's dem lieben Gott nicht mehr vor Augen treten und müßt' für alle Ewigkeit in einer dunklen Kammer sitzen. Da muß man wohl recht achtgeben drauf. Ja, mein Kind, das sind Sachen! Heiliger Gott, jetzt hebt's auch zu schauern an draußen!«

Eiskörner prallten ans Fenster und flogen scharf ab auf die Halme, daß sie zwei- und dreimal schlagen konnten, bevor sie liegen blieben auf dem Rasen. Die Bäume bogen Ast und Wipfel alle rauschend nach einer Seite hin, und grauer Nebel flog sausend zwischen den Stämmen und wälzte sich am Boden fort. In der Hütte war es schier finster, nur die roten Scheine des Blitzes zuckten, und diese Scheine zeigten das treuherzige Gesicht des Knaben, des »kleinen Urban« Sohn, der sich an die fremde Frau schmiegte und durch ihre Gegenwart der Zuversicht war, daß nichts geschehen könne.

»Wie heißest du denn?« fragte ihn die Frau Sunnbergerin.

»Bub«, antwortete der Kleine.

»Mit deinem Namen, meine ich. Wirst wohl einen haben, denk nur nach. – Na, wenn er dir nicht einfällt, macht auch nichts. Ich

habe dir nur sagen wollen, Bub, daß du mit deiner Hütten heut' diesem armen Würmel sein Glück bist.«

»Laßt es jetzt da?« fragte der Bub.

Die Frau gab keine Antwort, sondern schaute zum Fenster hinaus, bis sich das Wetter endlich gelegt hatte. An dem Häuslein schoß jetzt ein brauner Gießbach vorüber. Die Frau war in Zwiespalt, was nun zu machen sei. Es wird die Wege zerrissen haben an der Scharwand hin, es kann den Steg über den Schlärmbach davongetragen haben, es kann sich im Krippental das Wasser stauen, wie es öfter vorkommt nach großem Regen. Wer soll da in die Lusch hinüberkommen? Und gar mit einem kleinen Kinde? – Soll sie es nicht lieber in der Hütte lassen und allein nachschauen gehen, ob die Wanderung zu wagen ist?

»Wann kommt deine Mutter heim?« fragte die Frau.

»Weiß nicht«, antwortete der Knabe.

»Aber wenn du hungrig wirst?«

»So darf ich röhren (weinen).«

»Schön, wer satt wird davon«, sagte die Frau, »und wenn du schläfrig wirst?«

»Die Mutter hat gesagt«, berichtete der Knabe, »wann sie noch nicht da ist, sobald's finster wird, soll ich die Milch austrinken, die im Häferl steht, und ins Nest krauchen.«

»Und dein Vater, wann kommt der heim?«

»Am Samstag, wann er nicht im Raithschlag bleibt.«

Was ist da zu machen? Auch das Wetter ist noch nicht geheuer. Mit dem zarten Wesen so im ungewissen herumlaufen, wer verantwortet es?

»Wenn ich jetzt ein bissel hinausgeh' nachschauen, wie es mit dem Wetter ist«, sagte die Frau, »und das Kinderl dieweil da lass', wirst schön Achtung geben drauf?«

Der Kleine nickte lebhaft mit dem Kopf, mit leuchtenden Äuglein lugte er auf das Kind. Die Frau legte dieses jetzt auf das Stroh, das in einem Holzverschlag hinter dem Ofen war.

»Da darf es schon liegen drin«, sagte der Knabe, »es ist eh mein Bett.«

»Tu schön sitzen bleiben dabei«, belehrte die Frau den Knaben, »aber anrühren mußt es nicht, weil es schlaft. Sein Schutzengel ist auch bei ihm, und wenn du es tätest anrühren, so möcht er es gleich hernehmen und forttragen, und wir hätten nichts. Gelt, Bübel, du merkst es, was ich dir gesagt hab', bist ja so viel ein braver Bub, ich komm' recht bald zurück, und nachher kriegst was von mir.«

So ward es ausgemacht, und dann legte die Frau noch einmal sorgfältig das Kind zurecht, zog ihm das rotseidene Tuch, welches um den Kopf gewickelt war, leicht über das winzige Gesicht herab, machte mit dem Daumen flüchtig ein Kreuz über das armselige Gestaltlein und eilte davon.

Eine scharfe Luft schlug an ihr Gesicht, als sie ins Freie trat, und ein Sausen und Brausen war's, obzwar der Sturm sich schon gelegt hatte. Die Bächlein, die da niederschossen vom Berg und sich hastig Rinnen gruben und Furchen wühlten, schwemmten Erde, Reisig und Eiskörner mit sich. An der Scharwand war nichts geschehen, im Krippental war wohl ein trüber See, aus welchem Vogelbeersträucher und Heuschober emporstanden, aber er war leicht zu umgehen. Der Schlärmbach tat zwar schrecklich wild, wie Böcke rannten seine Wogen an die Felsklötze, und wo er nur was durchbrechen konnte, da schoß er auf die Wiese hinaus, daß es war, als bebe davon die Erde. Aber der Steg war unversehrt. Die Frau Sunnbergerin rüttelte noch am Geländer, um sich zu überzeugen, ob wohl auch alles fest sei, dann kehrte sie beruhigt um, das Kind zu holen und es vollends in die Lusch hinüberzutragen. Als sie zur Scharwand kam, konnte sie plötzlich nicht weiter, eine Lawine war eben niedergegangen und hatte den Steig mit sich gerissen. Ein Abgrund gähnte, in welchem noch immer Steine und Erdstücke niederbröckelten.

Die Frau wollte vor Schreck erstarren. Sie konnte nicht mehr zurück zu dem ihr anvertrauten Kinde, das in einer einsamen Waldhütte der Obhut eines fünf- oder sechsjährigen Knaben anheimgegeben war. Nach der ersten Erstarrung hub sie in ihrer Verzweiflung an zu schreien, aber das Brausen der Gewässer in den Schluchten ließ ihren Schall nicht aufkommen. Wer sollte sie überhaupt hören in dieser Wildnis? Wenn sie sich umwendete: zwei Bergrücken waren dazwischen, und erst auf dem dritten stand aus Nebelfetzen ragend das Kirchtürmchen der Lusch. Und da hinüber muß sie nun, um auf Umwegen das Häusel des kleinen Urban zu erreichen. Was kann dieweilen dort geschehen? »O Unglückstag!« rief die Frau ein ums anderemal, indem sie den steinigen Fußsteig dahinlief, dort und da über eine Baumwurzel stolperte, dort und da in eine Wasserlache trat. »O Unglückstag! Und wenn der Teufel sein Spiel hat, so kann es sterben ohne Taufe, so viel Wasser auch vom Himmel fällt. Es kommt noch was heut'; es wird schon wieder finster! 's ist eh schwach genug, das Würmel; jetzt kann's auch noch verhungern und als Heidenkind hinfahren! – Na, jetzt kenn' ich mich fünfzig Jahr oder länger und hab' schon manches Neugeborene zur Tauf' getragen, und heut' erst weist sich's, was ich doch für eine unverläßliche Person bin. – Du tragst mir kein Kind mehr in die Kirchen, das sag' ich dir!« So redete sie mit sich selbst und eilte weiter im Gebirge.

Dem kleinen Buben im Häusel des kleinen Urban wurde die Zeit lang. Er mußte ja oft allein das Haus hüten und die Ziege draußen auf dem Anger. Die Ziege treibt allerhand Sachen, wenn sie satt ist, aber das da liegt wie ein Stück Holz und rührt sich nicht. Es ist gewiß recht krank. Eine Weile war er neben dem Bette fast unbeweglich dagesessen und hatte auf das Kindlein geblickt und sich scharf zu Gemüte

gehalten, daß er es nicht anrühren dürfe. Als sich das Kleine ein wenig bewegte, freute er sich, wollte jedoch vor lauter Gewissenhaftigkeit, ja recht ruhig zu sein, sogar das Atmen einstellen; es zeigte sich aber bald, daß im Menschen ein Atemhauch stärker ist als der Wille, und selbst wenn's ein so opferfreudiger wäre, als der des Knaben vom kleinen Urban, der ganz aufging in seinem wichtigen Amte. Das Kind hub nun an zu nutschen, da zog er ihm das Tuch vom Gesichtlein weg und sagte: »Gugu!« Denn das Kleine tat die Augen auf. Da drinnen war freilich nichts als zwei schwarze Tümplein ohne Stern und Glanz, aber der Knabe war der Meinung, es blickte ihn an, daher wollte er eine Unterhaltung beginnen. »Ich bin der Bub«, sagte er. »Die Frau ist fort und kommt bald. Wir haben auch eine Katz'. Die hat gestern einen jungen Vogel gefressen, weil er aus dem Nest gefallen ist vom Dach herab. Wart, ich zeig' sie dir.«

Der Knabe ging die Katze suchen und fand sie im Ziegenstall. Sie pfauchte, als er ihr in die Nähe kam, ließ sich aber fangen, und er trug sie in die Stube, um seinem Schutzbefohlenen damit die Zeit zu vertreiben. Das schwarze Tier schaute mit seinem dreieckigen Kopf und mit seinen grünen, funkelnden Augen auf das Kindlein hin, geradeso gierig, als gestern auf den Vogel, bevor es ihn gefressen. Der Bub hielt es fest im Arm und ergötzte sich an dem Spinnen desselben. Er war vor der Katze stolz, daß er ein solches Kindlein zu hüten hatte, und vor dem Kindlein war er stolz, daß er die große schwarze Katze besaß und sich vor ihr nicht fürchtete, trotzdem sie mehrmals versuchte, ihn zu kratzen. Er hub mit ihr sogar Händel an, schlug sie auf die Tatze, und sie mit der Tatze wieder auf seinen Arm und pfauchte fort und fort. Als sie ihm plötzlich listigerweise ins Gesicht fuhr, schleuderte er sie zu Boden; sie hatte sich mit ihren Pranken noch an seinem Jöppel festzuhalten versucht und fiel trotzdem nicht auf den Rücken, sondern auf die Pfoten. Sie lief nicht davon, sondern blieb jetzt im Ofenwinkel hocken und starrte mit racheglühenden Augen auf die Kinder.

»Das ist ein Rabenvieh«, sagte der Knabe zum Kleinen, »ich muß ein Schnürl haben über das ganze Gesicht. Ich will dem Vater sein Holzbeil suchen und ihr den Kopf abhacken.«

Das Kleine begann zu wimmern, da wurde der Knabe ganz ratlos, denn er hatte wenige Tage früher das kranke Kind einer Kohlenbrennerin gesehen, das auch ein wenig so gewimmert hatte, das eilig getauft und dann in einem weißen Trüchlein in die Lusch hinübergetragen worden war. – Er schlich jetzt um das Bett herum, entfernte sich ein wenig und fragte dann auf das Kind hin:

»Stirbst du jetzt?«

Da keine Antwort war, sondern das Wimmern verstummte, so fuhr der Knabe fort: »Wenn du groß wirst, dann will ich dir Kirschen vom Baum tun, jetzt sind sie aber noch nicht zeitig, du mußt warten.«

Die Katze hockte unbeweglich in ihrem Winkel und funkelte, jede Bewegung beobachtend, auf die Kinder hin.

»Wenn du durstig bist«, sagte der Knabe, »es ist Milch da.« Er brachte das Töpflein und stand damit ein Weilchen vor dem Bett; als jedoch das Kleine keine Miene machte, sich aufzurichten oder nach der Milch zu greifen, sondern quakte, rief er: »Also das nicht. Was denn? Mit den Kindern ist ein rechtes Kreuz. Ich werd's dem Mann-Mann sagen, daß er dich mitpackt, wann du nicht brav bist!«

Er gab sich eine rechte Wichtigkeit. Dann schien es ihm doch wieder ein wenig unheimlich.

»Ist es wahr«, fragte er das Kind und streichelte die Windeln, in die es gewickelt war, »die Frau hat gesagt, daß du noch nicht getauft bist! Meine Mutter hat gesagt, die nichtgetauften Leut' mag der Himmelvater nicht leiden, und stirbst jetzt, so sperrt er die Himmelstür zu, und du mußt in der finsteren Kammer bleiben, und es kommen die Mäuse und beißen dir die Nase weg. Der Köhlerin ihr Jackerl, der hat leicht lachen, der ist notgetauft worden.«

Weil das Kind so dahinlag, fuhr der Knabe fort: »Ich taufe dich auch not. Ist's dir recht? Ich weiß schon, wie man's macht. Wenn ich nur wüßt', wie du heißen willst. Magst ein Jackerl sein? Die Jackerln, die tun alle in den Himmel kommen.«

Er holte vom Wasserkübel, der am Herde stand, eine Schöpfwanne voll Wasser. Nun aber mußte er doch darüber nachdenken – es ist was dabei zu sagen, wenn man die Schöpfwanne über das Gesicht hingießt ... Jackerl, ich taufe dich im Namen des ...

In demselben Augenblicke schoß die Katze auf das Kind los. Der Knabe hieb ihr die Pfanne an den Kopf, daß das Wasser nach allen Seiten hinflutete. Mit zwei Sätzen war das Tier zur Stube hinaus, in welche nun die Frau Sunnbergerin keuchend hereintrat.

Schreiend und über und über mit Wasser begossen, so fand sie das Kind. Erhitzt von dem Laufen, ward sie nun obendrein glühend vor Wut, die sie über den Knaben losließ. »Du Balg! Du Racker! Was hast denn gemacht? Angossen? Angossen! Wart, Fratz, ich will dir zeigen, das arme Würmel –«

»Die Katz!« ächzte der erschreckte Bub.

»Die Katz hat Wasser draufgossen aus dem Pfandel! So! Lügen auch noch, Wicht, ungeratener. In dir wachst ein sauberes Früchtel auf! Mein solltest sein, ich wollt' dir's zeigen! Da hast eins dieweil, Waldzwergel, verdächtiger!«

»Not hab' ich's –«, wimmerte der Knabe.

»Na ich glaub's, daß du sie Not hast, die Strafe!«

»Not hab' ich's getauft.«

» – notgetauft?« hauchte die Frau auf. »Und das hättest? Das? Notgetauft? Im Ernst auch? Und das wär' dir eingefallen?«

Der Knabe neigte den Kopf und weinte.

»Alsdann hätt' ich dir unrecht getan – komm her!«

Mit der einen Hand umschlang sie den Knaben, im anderen Arm

schaukelte sie das schreiende Kind, dabei weinte sie selbst und lachte wieder und rief: »Da hat Gott wieder einmal ein Wunder gewirkt. Ein kleines Kind tauft das andere. Die Christenheit stirbt noch lang' nicht aus. Na, Bübel, gescheites, braves, gutes Bübel, wie hast ihn denn geheißen deinen Täufling?«

»Jackerle!«

»Jesus und Josef!« rief die Frau und machte einen Sprung. »'s ist ja ein Mädel!«

Das konnte der Knabe wieder nicht begreifen. Wenn's Jackerl heißt, so ist's halt jetzt ein Bub. Was es da so viel zu schreien und zu springen gibt!

Wir springen aber auch und berichten, daß es dieser Bub zwanzig

Jahre später etwas genauer nahm. Der Jackerl ist dem Kinde noch am selben Tage mit Kirchwasser abgewaschen worden.

»Für den Todesfall«, sagte da die Frau Sunnbergerin zum Kaplan, »wäre es doch zur Not ein Christ gewesen.«

»Das wäre es leider nicht gewesen«, belehrte der Kaplan, »und wenn die Frau ihr Lebtag schon mehrere Kinder aus der Taufe gehoben hat, so soll sie wissen, daß die Nottaufe nicht gültig ist, wenn sie von Kindern unter sieben Jahren verrichtet wird.«

»So«, antwortete die Frau, »das wäre! Das wäre! Und die Nottauf' von diesem lieben Bübel wär' für die Katz gewesen! – Ja, warum denn, möcht' ich wissen! Etwa, weil das Kind unter sieben Jahren noch in der Unschuld ist? Oder weil –«

»Wie soll es heißen?« unterbrach sie der Priester. Hierauf ist das Mädchen regelrecht auf den lieblichen Namen Agnes getauft worden.

Nach zwanzig Jahren, als aus dem Buben des »kleinen Urban« ein großer Bauer geworden war, ging er an manchem stillen Abend und in mancher verschwiegenen Nacht hinab zu einem Fenster des Bachstoffel-Hauses. Und einmal auch am hellen Tage. Da nahm er die schöne Agnes an der Hand und sagte: »Agnes, ich habe dir schon einmal einen Namen gegeben, der dir nicht recht gewesen ist. Jetzt möcht' ich's ein zweitesmal probieren. Willst du den meinen haben?«

»Ja«, sagte das Mädchen ganz leise, und er taufte sie am Altare mit seinem Namen.

Boshafte Leute behaupteten damals, auch das wäre eine Nottaufe gewesen – die Folge hat gelehrt, daß dem nicht so war.

CERINGSWALD

Das Erlebnis des Marschalls von Bassompierre

Von Hugo von Hofmannsthal

Zu einer gewissen Zeit meines Lebens brachten es meine Dienste mit sich, daß ich ziemlich regelmäßig mehrmals in der Woche um eine gewisse Stunde über die kleine Brücke ging (denn der Pont neuf war damals noch nicht erbaut) und dabei meist von einigen Handwerkern oder anderen Leuten aus dem Volk erkannt und gegrüßt wurde, am auffälligsten aber und regelmäßigsten von einer sehr hübschen Krämerin, deren Laden an einem Schild mit zwei Engeln kenntlich war, und die, sooft ich in den fünf oder sechs Monaten vorüberkam, sich tief neigte und mir so weit nachsah, als sie konnte. Ihr Betragen fiel mir auf, ich sah sie gleichfalls an und dankte ihr sorgfältig. Einmal, im Spätwinter, ritt ich von Fontainebleau nach Paris, und als ich wieder die kleine Brücke heraufkam, trat sie an ihre Ladentür und sagte zu mir, indem ich vorbeiritt: »Mein Herr, Ihre Dienerin!« Ich erwiderte ihren Gruß, und indem ich mich von Zeit zu Zeit umsah, hatte sie sich weiter vorgelehnt, um mir so weit als möglich nachzusehen. Ich hatte einen Bedienten und einen Postillion hinter mir, die ich noch diesen Abend mit Briefen an gewisse Damen nach Fontainebleau zurückschicken wollte. Auf meinen Befehl stieg der Bediente ab und ging zu der jungen Frau, ihr in meinem Namen zu sagen, daß ich ihre Neigung, mich zu sehen und zu grüßen, bemerkt hätte; ich wollte, wenn sie wünschte, mich näher kennenzulernen, sie aufsuchen, wo sie verlangte.

Sie antwortete dem Bedienten: er hätte ihr keine erwünschtere Botschaft bringen können, sie wollte kommen, wohin ich sie bestellte.

Im Weiterreiten fragte ich den Bedienten, ob er nicht etwa einen

Ort wüßte, wo ich mit der Frau zusammenkommen könnte. Er antwortete, daß er sie zu einer gewissen Kupplerin führen wollte; da er aber ein sehr besorgter und gewissenhafter Mensch war, dieser Diener Wilhelm aus Courtrai, so setzte er gleich hinzu: da die Pest sich hie und da zeige und nicht nur Leute aus dem niedrigen und schmutzigen Volk, sondern auch ein Doktor und ein Domherr schon daran gestorben seien, so rate er mir, Matratzen, Decken und Leintücher aus meinem Hause mitbringen zu lassen. Ich nahm den Vorschlag an, und er versprach, mir ein gutes Bett zu bereiten. Vor dem Absteigen sagte ich noch, er solle auch ein ordentliches Waschbecken dorthin tragen, eine kleine Flasche mit wohlriechender Essenz und etwas Backwerk und Äpfel; auch solle er dafür sorgen, daß das Zimmer tüchtig geheizt werde, denn es war so kalt, daß mir die Füße im Bügel steif gefroren waren, und der Himmel hing voll Schneewolken.

Den Abend ging ich hin und fand eine sehr schöne Frau von ungefähr zwanzig Jahren auf dem Bette sitzen, indes die Kupplerin, ihren Kopf und ihren runden Rücken in ein schwarzes Tuch eingemummt, eifrig in sie hineinredete. Die Tür war angelehnt, im Kamin lohten große frische Scheiter geräuschvoll auf, man hörte mich nicht kommen, und ich blieb einen Augenblick in der Tür stehen. Die Junge sah mit großen Augen ruhig in die Flamme; mit einer Bewegung ihres Kopfes hatte sie sich wie auf Meilen von der widerwärtigen Alten entfernt; dabei war unter einer kleinen Nachthaube, die sie trug, ein Teil ihrer schweren dunklen Haare vorgequollen und fiel, zu ein paar natürlichen Locken sich ringelnd, zwischen Schulter und Brust über das Hemd. Sie trug noch einen kurzen Unterrock von grünwollenem Zeug und Pantoffeln an den Füßen. In diesem Augenblick mußte ich mich durch ein Geräusch verraten haben: Sie warf ihren Kopf herum und bog mir ein Gesicht entgegen, dem die übermäßige Anspannung der Züge fast einen wilden Ausdruck gegeben hätte, ohne die strahlende Hingebung, die aus den weit aufgerissenen Augen strömte und aus dem sprachlosen Mund wie eine unsichtbare Flamme herausschlug.

Sie gefiel mir außerordentlich; schneller, als es sich denken läßt,

war die Alte aus dem Zimmer und ich bei meiner Freundin. Als ich mir in der ersten Trunkenheit des überraschenden Besitzes einige Freiheiten herausnehmen wollte, entzog sie sich mir mit einer unbeschreiblich lebenden Eindringlichkeit zugleich des Blickes und der dunkeltönenden Stimme. Im nächsten Augenblick aber fühlte ich mich von ihr umschlungen, die noch inniger mit dem fort und fort empordrängenden Blick der unerschöpflichen Augen als mit den Lippen und den Armen an mir haftete; dann wieder war es, als wollte sie sprechen, aber die von Küssen zuckenden Lippen bildeten keine Worte, die bebende Kehle ließ keinen deutlicheren Laut als ein gebrochenes Schluchzen empor.

Nun hatte ich einen großen Teil dieses Tages zu Pferde auf frostigen Landstraßen verbracht, nachher im Vorzimmer des Königs einen sehr ärgerlichen und heftigen Auftritt durchgemacht und darauf, meine schlechte Laune zu betäuben, sowohl getrunken als mit dem Zweihänder stark gefochten, und so überfiel mich mitten unter diesem reizenden und geheimnisvollen Abenteuer, als ich von weichen Armen im Nacken umschlungen und mit duftendem Haar bestreut dalag, eine so plötzliche heftige Müdigkeit und beinahe Betäubung, daß ich mich nicht mehr zu erinnern wußte, wie ich denn gerade in dieses Zimmer gekommen wäre, ja sogar für einen Augenblick die Person, deren Herz so nahe dem meinigen klopfte, mit einer ganz anderen aus früherer Zeit verwechselte und gleich darauf fest einschlief.

Als ich wieder erwachte, war es noch finstere Nacht, aber ich fühlte sogleich, daß meine Freundin nicht mehr bei mir war. Ich hob den Kopf und sah beim schwachen Schein der zusammensinkenden Glut, daß sie am Fenster stand: Sie hatte den einen Laden aufgeschoben und sah durch den Spalt hinaus. Dann drehte sie sich um, merkte, daß ich wach war, und rief (ich sehe noch, wie sie dabei mit dem Ballen der linken Hand an ihrer Wange emporfuhr und das vorgefallene Haar über die Schulter zurückwarf): »Es ist noch lange nicht Tag, noch lange nicht!« Nun sah ich erst recht, wie groß und schön sie war, und konnte den Augenblick kaum erwarten, daß sie mit wenigen der ruhigen großen Schritte ihrer schönen Füße, an denen der rötliche Schein emporglomm, wieder bei mir wäre. Sie trat aber noch vorher an den Kamin, bog sich zur Erde, nahm das letzte schwere Scheit, das draußen lag, in ihre strahlenden nackten Arme und warf es schnell in die Glut. Dann wandte sie sich, ihr Gesicht funkelte von Flammen und

Freude, mit der Hand riß sie im Vorbeilaufen einen Apfel vom Tisch und war schon bei mir, ihre Glieder noch vom frischen Anhauch des Feuers umweht und dann gleich aufgelöst und von innen her von stärkeren Flammen durchschüttert, mit der Rechten mich umfassend, mit der Linken zugleich die angebissene kühle Frucht und Wangen, Lippen und Augen meinem Mund darbietend. Das letzte Scheit im Kamin brannte stärker als alle anderen. Aufsprühend sog es die Flamme in sich und ließ sie dann wieder gewaltig emporlohen, daß der Feuerschein über uns hinschlug, wie eine Welle, die an der Wand sich brach und unsere umschlungenen Schatten jäh emporhob und wieder sinken ließ. Immer wieder knisterte das starke Holz und nährte aus seinem Innern immer wieder neue Flammen, die emporzüngelten und das schwere Dunkel mit Güssen und Garben von rötlicher Helle verdrängten. Auf einmal aber sank die Flamme hin, und ein kalter Lufthauch tat leise wie eine Hand den Fensterladen auf und entblößte die fahle widerwärtige Dämmerung.

Wir setzten uns auf und wußten, daß nun der Tag da war. Aber das da draußen glich keinem Tag. Es glich nicht dem Aufwachen der Welt. Was da draußen lag, sah nicht aus wie eine Straße. Nichts einzelnes ließ sich erkennen: es war ein farbloser, wesenloser Wust, in dem sich zeitlose Larven hinbewegen mochten. Von irgendwoher, weither, wie aus der Erinnerung heraus, schlug eine Turmuhr, und eine feuchtkalte Luft, die keiner Stunde angehörte, zog sich immer stärker herein, daß wir uns schaudernd aneinanderdrückten. Sie bog sich zurück und heftete ihre Augen mit aller Macht auf mein Gesicht; ihre Kehle zuckte, etwas drängte sich in ihr herauf und quoll bis an den Rand der Lippen vor: es wurde kein Wort daraus, kein Seufzer und kein Kuß, aber etwas, was ungeboren allen dreien glich. Von Augenblick zu Augenblick wurde es heller und der vielfältige Ausdruck ihres zuckenden Gesichts immer redender; auf einmal kamen schlurfende Schritte und Stimmen von draußen so nahe am Fenster vorbei, daß sie sich duckte und ihr Gesicht gegen die Wand kehrte. Es waren zwei Männer, die vorbeigingen: einen Augenblick fiel der Schein einer kleinen Laterne, die der eine trug, herein; der andere schob einen Karren, dessen Rad knirschte und ächzte. Als sie vorüber waren, stand ich auf, schloß den Laden und zündete ein Licht an. Da lag noch ein halber Apfel: wir aßen ihn zusammen, und dann fragte ich sie, ob ich sie nicht noch einmal sehen könnte, denn ich verreiste erst Sonntag. Dies war aber die Nacht vom Donnerstag auf den Freitag gewesen.

Sie antwortete mir, daß sie es gewiß sehnlicher verlange als ich; wenn ich aber nicht den ganzen Sonntag bliebe, sei es ihr unmöglich; denn nur in der Nacht vom Sonntag auf den Montag könnte sie mich wiedersehen.

Mir fielen zuerst verschiedene Abhaltungen ein, so daß ich einige Schwierigkeiten machte, die sie mit keinem Worte, aber mit einem überaus schmerzlich fragenden Blick und einem gleichzeitigen fast unheimlichen Hart- und Dunkelwerden ihres Gesichts anhörte. Gleich darauf versprach ich natürlich, den Sonntag zu bleiben, und setzte hinzu, ich wollte also Sonntag abend mich wieder an dem nämlichen Ort einfinden. Auf dieses Wort sah sie mich fest an und sagte mir mit einem ganz rauhen und gebrochenen Ton in der Stimme: »Ich weiß recht gut, daß ich um deinetwillen in ein schändliches Haus gekommen bin; aber ich habe es freiwillig getan, weil ich mit dir sein wollte, weil ich jede Bedingung eingegangen wäre. Aber jetzt käme ich mir vor wie die letzte, niedrigste Straßendirne, wenn ich ein zweites Mal hierher zurückkommen könnte. Um deinetwillen hab' ich's getan, weil du für mich der bist, der du bist, weil du der Bassompierre bist, weil du der Mensch auf der Welt bist, der mir durch seine Gegenwart dieses Haus da ehrenwert macht!« Sie sagte: »Haus«; einen Augenblick war es, als wäre ein verächtlicheres Wort ihr auf der Zunge; indem sie das Wort aussprach, warf sie auf diese vier Wände, auf dieses Bett, auf die Decke, die herabgeglitten auf dem Boden lag, einen solchen Blick, daß unter der Garbe von Licht, die aus ihren Augen hervorschoß, alle diese häßlichen und gemeinen Dinge aufzuzucken und geduckt von ihr zurückzuweichen schienen, als wäre der erbärmliche Raum wirklich für einen kurzen Augenblick größer geworden.

Dann setzte sie mit einem unbeschreiblich sanften und feierlichen Tone hinzu: »Möge ich eines elenden Todes sterben, wenn ich außer meinem Mann und dir je irgendeinem andern gehört habe und nach irgendeinem anderen auf der Welt verlange!«, und schien, mit halboffenen, lebenhauchenden Lippen leicht vorgeneigt, irgendeine Antwort, eine Beteuerung meines Glaubens zu erwarten, von meinem Gesicht aber nicht das zu lesen, was sie verlangte, denn ihr gespannter, suchender Blick trübte sich, ihre Wimpern schlugen auf und zu, und auf einmal war sie am Fenster und kehrte mir den Rücken, die Stirn mit aller Kraft an den Laden gedrückt, den ganzen Leib von lautlosem, aber entsetzlich heftigem Weinen so durchschüttert, daß mir das Wort im Munde erstarb und ich nicht wagte, sie zu berühren. Ich erfaßte endlich eine ihrer Hände, die wie leblos herabhingen, und mit den eindringlichsten Worten, die mir der Augenblick eingab, gelang es mir nach langem, sie so weit zu besänftigen, daß sie mir ihr von Tränen überströmtes Gesicht wieder zukehrte, bis plötzlich ein Lächeln, wie ein Licht zugleich aus den Augen und rings um die Lippen hervorbrechend, in einem Moment alle Spuren des Weinens wegzehrte und das ganze Gesicht mit Glanz überschwemmte. Nun war es das reizendste Spiel, wie sie wieder mit mir zu reden anfing, indem sie mit dem Satz: »Du willst mich noch einmal sehen? So will ich dich bei meiner Tante einlassen!« endlos herumspielte, die erste Hälfte zehnfach aussprach, bald mit süßer Zudringlichkeit, bald mit kindischem, gespieltem Mißtrauen, dann die zweite mir als das größte Geheimnis zuerst ins Ohr flüsterte, dann mit Achselzucken und spitzem Mund, wie die selbstverständlichste Verabredung von der Welt, über die Schulter hinwarf und endlich, an mir hängend, mir ins Gesicht lachend und schmeichelnd wiederholte. Sie beschrieb mir das Haus aufs genaueste, wie man einem Kind den Weg beschreibt, wenn es zum erstenmal allein über die Straße zum Bäcker gehen soll. Dann richtete sie sich auf, wurde ernst – und die ganze Gewalt ihrer strahlenden Augen heftete sich auf mich mit einer solchen Stärke, daß es war, als müßten sie auch ein totes Geschöpf an sich zu reißen vermögend sein – und fuhr fort: »Ich will dich von zehn Uhr bis Mitternacht erwarten und auch noch später und immerfort, und die Tür unten wird offen sein. Erst findest du einen kleinen Gang, in dem halte dich nicht auf, denn da geht die Tür meiner Tante heraus. Dann stößt dir eine Treppe entgegen, die führt dich in den ersten Stock, und dort bin ich!« Und indem sie die Augen schloß, als ob ihr schwindelte, warf sie den Kopf zurück, breitete die Arme aus und umfing mich, und war gleich wieder aus meinen Armen und in die Kleider eingehüllt, fremd und ernst, und aus dem Zimmer; denn nun war völlig Tag.

Ich machte meine Einrichtung, schickte einen Teil meiner Leute mit meinen Sachen voraus und empfand schon am Abend des nächsten Tages eine so heftige Ungeduld, daß ich bald nach dem Abendläuten mit meinem Diener Wilhelm, den ich aber kein Licht mitnehmen hieß, über die kleine Brücke ging, um meine Freundin wenigstens in ihrem Laden oder in der anstoßenden Wohnung zu sehen und ihr allenfalls ein Zeichen meiner Gegenwart zu geben, wenn ich mir auch schon keine Hoffnung auf mehr machte, als etwa einige Worte mit ihr wechseln zu können.

Um nicht aufzufallen, blieb ich an der Brücke stehen und schickte den Diener voraus, um die Gelegenheit auszukundschaften. Er blieb längere Zeit aus und hatte beim Zurückkommen die niedergeschlagene und grübelnde Miene, die ich an diesem braven Menschen immer kannte, wenn er einen meinigen Befehl nicht hatte erfolgreich ausführen können. »Der Laden ist versperrt«, sagte er, »und scheint auch niemand darinnen. Überhaupt läßt sich in den Zimmern, die nach der Gasse zu liegen, niemand sehen und hören. In den Hof könnte man nur über eine hohe Mauer, zudem knurrt dort ein großer Hund. Von den vorderen Zimmern ist aber eines erleuchtet, und man kann durch einen Spalt im Laden hineinsehen, nur ist es leider leer.« Mißmutig wollte ich schon umkehren, strich aber doch noch einmal langsam an dem Haus vorbei, und mein Diener in seiner Beflissenheit legte nochmals sein Auge an den Spalt, durch den ein Lichtschimmer drang, und flüsterte mir zu, daß zwar nicht die Frau, wohl aber der Mann nun in dem Zimmer sei. Neugierig, diesen Krämer zu sehen, den ich mich nicht erinnern konnte, auch nur ein einziges Mal in seinem Laden erblickt zu haben und den ich mir abwechselnd als einen unförmlichen dicken Menschen oder als einen dürren gebrechlichen Alten vorstellte, trat ich ans Fenster und war überaus erstaunt, in dem guteingerichteten vertäfelten Zimmer einen ungewöhnlich großen und sehr gut gebauten Mann umhergehen zu sehen, der mich gewiß um einen Kopf überragte und, als er sich umdrehte, mir ein sehr schönes, tiefernstes Gesicht zuwandte, mit einem braunen Bart, darin einige wenige silberne Fäden waren, und mit einer Stirn von fast selt-

samer Erhabenheit, so daß die Schläfen eine größere Fläche bildeten, als ich noch je bei einem Menschen gesehen hatte. Obwohl er ganz allein im Zimmer war, so wechselte doch sein Blick, seine Lippen bewegten sich, und indem er unter dem Aufundabgehen hie und da stehenblieb, schien er sich in der Einbildung mit einer anderen Person zu unterhalten: Einmal bewegte er den Arm, wie um eine Gegenrede mit halb nachsichtiger Überlegenheit wegzuweisen. Jede seiner Gebärden war von großer Lässigkeit und fast verachtungsvollem Stolz, und ich konnte nicht umhin, mich bei seinem einsamen Umhergehen lebhaft des Bildes eines sehr erhabenen Gefangenen zu erinnern, den ich im Dienst des Königs während seiner Haft in einem Turmgemach des Schlosses zu Blois zu bewachen hatte. Diese Ähnlichkeit schien mir noch vollkommener zu werden, als der Mann seine rechte Hand emporhob und auf die emporgekrümmten Finger mit Aufmerksamkeit, ja mit finsterer Strenge hinabsah.

Denn fast mit der gleichen Gebärde hatte ich jenen erhabenen Gefangenen öfter einen Ring betrachten sehen, den er am Zeigefinger der rechten Hand trug und von welchem er sich niemals trennte. Der Mann im Zimmer trat dann an den Tisch, schob die Wasserkugel vor das Wachslicht und brachte seine beiden Hände in den Lichtkreis, mit ausgestreckten Fingern: er schien seine Nägel zu betrachten. Dann blies er das Licht aus und ging aus dem Zimmer und ließ mich nicht ohne eine dumpfe, zornige Eifersucht zurück, da das Verlangen nach seiner Frau in mir fortwährend wuchs und wie ein um sich greifendes Feuer sich von allem nährte, was mir begegnete, und so durch diese unerwartete Erscheinung in verworrener Weise gesteigert wurde, wie durch jede Schneeflocke, die ein feuchtkalter Wind jetzt zertrieb und die mir einzeln an Augenbrauen und Wangen hängenblieben und schmolzen.

Den nächsten Tag verbrachte ich in der nutzlosesten Weise, hatte zu keinem Geschäft die richtige Aufmerksamkeit, kaufte ein Pferd, das mir eigentlich nicht gefiel, wartete nach Tisch dem Herzog von Nemours auf und verbrachte dort einige Zeit mit Spiel und mit den albernsten und widerwärtigsten Gesprächen. Es war nämlich von nichts anderem die Rede als von der in der Stadt immer heftiger um sich greifenden Pest, und aus allen diesen Edelleuten brachte man kein anderes Wort heraus als dergleichen Erzählungen von dem schnellen Verscharren der Leichen, von dem Strohfeuer, das man in den Totenzimmern brennen müsse, um die giftigen Dünste zu verzehren, und so fort; der Albernste aber erschien mir der Kanonikus von Chandieu, der, obwohl dick und gesund wie immer, sich nicht enthalten konnte, unausgesetzt nach seinen Fingernägeln, hinabzuschielen, ob sich an ihnen schon das verdächtige Blauwerden zeige, womit sich die Krankheit anzukündigen pflegt.

Mich widerte das alles an, ich ging früh nach Hause und legte mich zu Bette, fand aber den Schlaf nicht, kleidete mich vor Ungeduld wieder an und wollte, koste es, was es wolle, dorthin, meine Freundin zu sehen, und müßte ich mit meinen Leuten gewaltsam eindringen. Ich ging ans Fenster, meine Leute zu wecken, die eisige Nachtluft brachte mich zur Vernunft, und ich sah ein, daß dies der sichere Weg war, alles zu verderben. Angekleidet warf ich mich aufs Bett und schlief endlich ein.

Ähnlich verbrachte ich den Sonntag bis zum Abend, war viel zu früh in der bezeichneten Straße, zwang mich aber, in einer Nebengasse auf Leute, welche Bettstroh verbrannten, und bei der Flamme, die das ganze Zimmer erleuchtete, abgekratzte Wände, deren Schutt auf dem Boden lag, und an einer Wand einen Tisch, auf dem zwei nackte Körper ausgestreckt lagen, der eine sehr groß, mit zugedecktem Kopf, der andere kleiner, gerade an der Wand hingestreckt, und daneben der schwarze Schatten seiner Formen, der emporspielte und wieder sank. Ich taumelte die Stiege hinab und stieß vor dem Haus auf zwei Totengräber: der eine hielt mir seine kleine Laterne ins Gesicht und fragte mich, was ich suche, der andere schob seinen ächzenden, knirschenden Karren gegen die Haustür. Ich zog den Degen, um sie mir vom Leib zu halten, und kam nach Hause. Ich trank sogleich drei oder vier große Gläser schweren Weins und trat, nachdem ich mich ausgeruht hatte, den anderen Tag die Reise nach Lothringen an.

Alle Mühe, die ich mir nach meiner Rückkunft gegeben, irgend etwas von dieser Frau zu erfahren, war vergeblich. Ich ging sogar nach dem Laden mit den zwei Engeln; allein, die Leute, die ihn jetzt innehatten, wußten nicht, wer vor ihnen darin gesessen hatte.

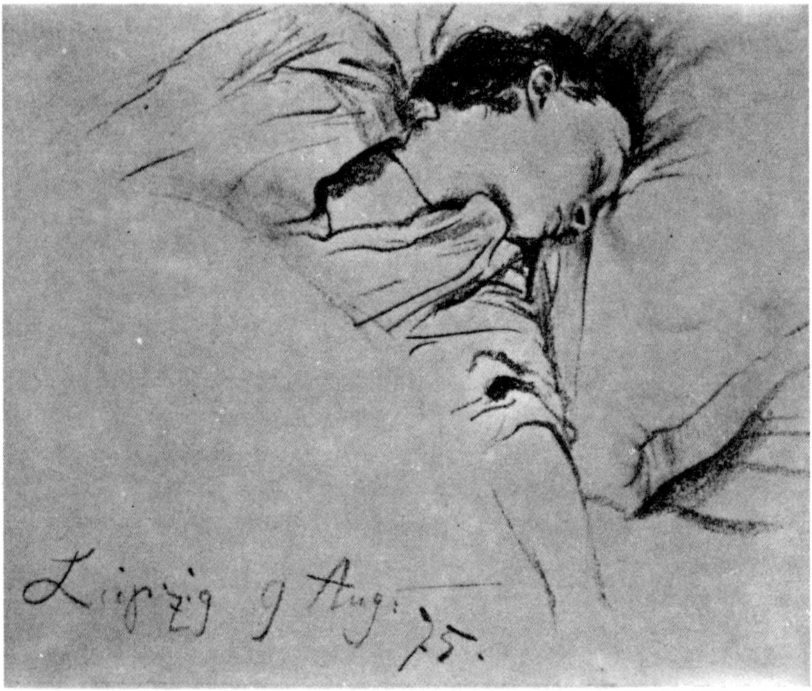

Die Furcht vor dem Messer

Von Rudolf Greinz

Sorrent.

Ein warmer Frühlingsabend. Das Meer weit hinaus ruhig unter den Purpurgluten des versinkenden Sonnenballs. Kaum daß ein leichter Wind die Wellen rührt. Nur wo sich die unendliche Flut an den jähen, steil abstürzenden Felsen Sorrents bricht, energischere Bewegung in den Wassern.

Rasche Dämmerung zieht herauf über den reichen Zitronen- und Orangengärten, über den ausgedehnten Pflanzungen der Oliven- und Maulbeerbäume, über den Mauern und flachen Dächern der alten Stadt am Meer, die wie ein schimmerndes Juwel hingebaut ist unter den heiteren Himmel ... in einer üppigen Natur, umspielt vom Meere und umwoben von der Erinnerung.

Im Park der Villa Angeloni dunkelt es unter den hochragenden Zypressen und Pinien. Die Wedel der Palmen bewegen sich kaum. Ein süßer Geruch von Blüten in der Luft. Schneeweiße und blutrote Rosen. Die in eigenen Beeten zu berauschender Farbenpracht gleich orientalischen Teppichen gezogenen Hyazinthen. Dann die herrlichen, alten Magnolienbäume, von denen Kenner behaupten, daß sie an Schönheit den weltberühmten Magnolien im Giardino Boboli zu Florenz nicht nachstehen.

Ein Bild friedlicher Ruhe und beschaulichen, fast schläfrigen Glükkes. Alles in diesem Park so sanft und weich und träumerisch. So jedem Lärm und aller Hast entrückt.

Durch die gleich grünen Schutzmauern emporstrebenden, sorgfältig gepflegten Hecken, zwischen dem Gezweig der Bäume blinkt die weiße Fassade der Villa. Wohl glückliche Leute, die hier wohnen. Vornehm abgesondert von ihrer Mitwelt. Auf einem der herrlichsten Erdenflecke. Umgeben von Blumenduft, Schatten und Meeresrauschen.

Vom äußersten Ende des Parkes ist eine Terrasse in das Meer hinausgebaut. Schwindelnd hoch sieht man über die steinerne Balustrade hinab auf das Meer, das gegen die Felsen Sorrents schäumt.

Gerade auf einem der mächtigsten Felsenstürze liegt die Terrasse. Unter dem Bau der Menschenhände hat die Natur wildes Gezack, enge Schrunden, spiegelblanke Steinplatten geschaffen. Ein Gemisch des Unwirklichen, ja fast Unheimlichen.

Wer nicht ganz schwindelfrei ist, mag es nicht wagen, sich auf die Balustrade zu setzen und so seinen Blick unmittelbar in die gewaltige Tiefe schweifen zu lassen.

Wenn die schöne Contessa Beatrice Angeloni ihren kleinen Seidenpinscher für irgendeine Untat empfindlich strafen wollte, dann stellte sie das furchtsame Tierchen auf die Brüstung des Steingeländers, wo es zitternd stehenblieb und ängstlich zu winseln begann. Verwirrt und schaudernd vor der unendlichen Tiefe, wagte es nicht einmal mehr, sich durch einen Sprung auf den sicheren Boden der Terrasse zu retten.

In lauen Nächten war es ein besonderes Vergnügen der Contessa, riesige lodernde Kienspanfackeln von dem Geländer aus ins Meer zu schleudern, die Zeit ihres Falles zu beobachten, bis sie in der Flut verzischten.

Da und dort schlugen die Brände an vorspringenden Felsen auf und erzeugten einen Funkenregen gleich einem prächtigen Feuerwerk. Da konnte die junge Frau jubeln wie ein Kind und glückselig in die Hände klatschen.

Eine alte steinerne Rundbank mit hohen Rückenmauern aus Qua-

dern schloß die Terrasse gegen den Park ab. Eine Gruppe herrlicher Pinien erhob ihre Wipfel über der Mauer. An einer Seite der Bank war ein Magnolienbaum emporgewachsen, der im schönsten Blütenschmuck stand.

Den lebhaftesten Gegensatz bildete eine antike Faunbüste in seiner unmittelbaren Nähe. Das Gesicht des Bockfüßlers schien in den huschenden Schatten der Dämmerung nur noch höhnischer und boshafter zu grinsen als im hellen Sonnenlicht. Ein Schlinggewächs mit ockergelben Blüten hatte den hohen und schmalen Sockel der Statue umsponnen und sandte seine neugierigen Ausläufer bis zu dem Bart des Fauns empor. Ein keckes Zweiglein hatte sich sogar bis hinter eines der spitzen Ohren der antiken Waldgottheit gewagt, so daß der satyrische Dämon wie ein Geck vom Lande eine Blüte hinter das Ohr gesteckt zu tragen schien. An dem schmalen Sockel lehnten zwei schwere Fackeln, die aufrecht stehend wohl noch das Haupt des Fauns überragt hätten.

Die Contessa saß in der Ecke der Bank gegen den Magnolienbaum. Das Hündchen lag knapp neben ihr und schmiegte sein zottiges Fell an ihr lichtes, mit kostbaren Spitzen besetztes Kleid. Die junge Gräfin war eine schlanke, ebenmäßige Erscheinung. Das Gesicht von überraschender Schönheit, aber auch von auffallender Blässe. Ihr Haar von jenem warmtönigen und glänzenden van Dyckschen Braun, das ebenso selten ist, als es eine Frauenschönheit noch wesentlich erhöhen hilft. Eine einschneidende Falte an der Nasenwurzel war wohl der einzige Schönheitsfehler in diesem Antlitz mit dem klassischen Profil und den großen fragenden Augen, die von langen dunklen Wimpern beschattet wurden.

Sie war schön. Sie wußte es aber auch. Doch in der Falte lag ein gewisser Zug von Verdrossenheit, vielleicht auch schweres seelisches Leid.

Die Contessa tändelte mit einem kostbaren Marabufächer, mit dem sie sich Kühlung zugeweht hatte, als die Sonne noch auf die Terrasse strahlte. Sie saß schon seit dem späteren Nachmittag in der grünen Einsamkeit.

Jetzt strich eine frische Luft vom Meere her. Es erquickte sie sichtlich. Sie hob das Haupt und schöpfte tief Atem. Dann legte sie den Fächer beiseite und pflückte eine der prachtvollen weißen Blüten von dem Magnolienbaum.

Es war gerade noch licht genug, daß sie jede Einzelheit der Blüte erkennen konnte. Schon öfters war es ihr aufgefallen, daß der Stempel der Blüte, der sich massig im Grunde der wachsglänzenden Blätter erhob, ganz einem phantastischen indischen Pagodenbau glich.

Vielleicht bildete sie sich's nur ein. Sie hatte sich viel mit Buddhismus beschäftigt. Es war so Mode.

Und es zog sie auch innerlich zu dieser Lehre hin. Sie war nie fromm im kirchlichen Sinn gewesen. Und immer mehr hatte sie sich ihr eigenes Reich für diesseits und jenseits gebildet.

Sie liebte die Magnolien vor allen Blumen. Ein eigener Zauber lag für sie in diesen stolzen, zarten, bleichen Blüten, die wie ausgeglühte Rosen die Blumenmär des Orients zu entzückender Schau trugen.

Während die Dämmerung immer mächtiger wurde und die einzelnen Fäden im Grunde der Blüte nicht mehr erkennen ließ, träumte die schöne Contessa in dem berauschenden Duft des Magnolienbaums einen Traum, der ihr aus der eigenartigen Gestalt der Blüte schon öfters entgegengestiegen war ...

Sie sah des großen Brahma Priester vom Tempel singend mit gemessenem Gange schreiten. Die Blüte wollte wachsen zu einem ganzen Hain, unter dessen leise wehenden Kronen die Bajaderen ihren berückenden Reigen schlangen. Die pittoresken Giebel zierlicher Pagoden erhoben sich über den Bäumen, zwischen denen uralte heidnische Götterbilder standen ... Wie herrlich wäre es da, in seliger Wonne, der engen Haft des Erdendaseins entflohen, befreit vom allerletzten Funken der Leidenschaft, still und schmerzlos hinzusinken für ewige Zeit in des Nirwana Schoß ...

Nirwana ... das Wort hatte für die schöne Frau etwas eigen Bestrickendes ... Losgelöst sein von allem Irdischen ... nichts mehr zu wissen, nichts mehr zu fühlen ... kein Gedanke, kein Traumbild mehr ... für ewig versunken in das ungeheure Nichts ... Wie herrlich, wie ganz anders tröstlich als das Bewußtsein, nach diesem Leben noch vor einen strengen, ewigen Richter treten zu müssen, Rechenschaft abzulegen über jeden Gedanken, jede Leidenschaft, jede Sehnsucht ... mit splitternackter Seele seinen forschenden Blicken ausgesetzt zu sein ... abermals einem Leben entgegenzugehen, da doch dieses Leben ...

Die Contessa schauerte zusammen, wenn sie sich das näher ausmalte. Nur nicht ewiges Leben! Nur Ruhe, Friede, ewiges Nichts! Sie schwärmte für das Nirwana, wie ein Kranker sich nach seinem Betäubungsmittel sehnt, das ihn aller Last für eine Zeit entrückt. Und sie glaubte daran. Es mußte ja so sein. Fand sie doch in dieser Lehre unsäglichen Trost. Und glaubten doch seit Jahrtausenden Millionen daran, mehr Millionen von Bekennern, als die Priester zählen konnten, die sie in der Schule gelehrt hatten.

Sie glaubte nicht mehr an eine Erlösung, wie man sie ihr gepredigt hatte. Sie hatte einmal gebetet. Inbrünstig und verzweifelten Herzens gebetet. Hatte sie Erhörung gefunden? Nein! Der Himmel war kalt, stumm und mitleidslos geblieben bei all ihrem Elend. Ohne Gnade. Ohne Zeichen . . .

Es war fast dunkel geworden. Sie begann die Magnolie zu entblättern. Ein müßiges Spiel. Ihre Gedanken waren wieder ganz woanders. Sie galten der unmittelbaren Zukunft. Sie erinnerte sich der Fackeln, die am Sockel des antiken Bildes lehnten. Die hatte sie sich heraus auf die Terrasse bringen lassen. Sie wollte heute noch einmal, wenn es vollständig Nacht geworden war, das Schauspiel genießen.

Wer weiß, ob es nicht das letztemal war. Die Contessa war schwer krank. So schwer, daß sie nach dem Ausspruch der Ärzte nur mehr durch eine gefährliche Operation gerettet werden konnte.

Morgen sollten mit dem ersten Dampfer zwei Professoren der Klinik und ein deutscher Spezialist aus Neapel kommen. Und dann . . . Es schauderte sie, wenn sie daran dachte. Und doch sollte keine andere Rettung mehr sein. Der sichere Tod in ziemlich kurzer, absehbarer Frist . . . oder das Messer.

Der alte Hausarzt in Sorrent hatte ihr das zwar in der schonendsten Form, aber doch so deutlich beigebracht, daß sie genau wußte: es blieb ihr nur die eine Wahl. Es war die zwölfte Stunde. Die äußerste Frist. Noch eine Woche Verzug . . . und eine Rettung war überhaupt ein Ding der Unmöglichkeit.

Seit den wenigen Tagen, als ihr diese Gewißheit wurde, zählte sie die Stunden bis zu dem letzten Tag, bis morgen. Wie ein Verurteilter, der keine Begnadigung mehr zu hoffen hat und dem Tage des Gerichts entgegensieht. Die Zeit verging so merkwürdig rasch. Viel rascher als sonst. Schien sie doch sonst bleierne Gewichte an ihren Flügeln zu tragen.

Nun war es Nacht. Und wenn es morgen wieder Nacht würde, dann sollte alles vorüber sein. Glücklich vorüber sein, wie sie die Ärzte versicherten. Ein kalter Frost überlief den Körper der schönen Frau. Wie sie diese Ärzte haßte, seit sie ihnen erbarmungslos ausgeliefert war. Selbst der alte, harmlose Chirurg von Sorrent erschien ihr plötzlich wie ein böser Dämon.

Eine jähe Angst hatte sie ergriffen. Ein unsäglich beklemmendes Gefühl. Während der letzten Tage kroch es in all ihre Gedanken und Empfindungen gleich einer eklen Raupe, wie eine große, dickleibige Kreuzspinne ... Spinnen scheute sie am meisten ... und machte sie in der wärmsten Sonnenglut erschauern. Es raubte ihr in der Nacht den erquickenden Schlaf. Und wenn sie nach einem kurzen, unruhigen Schlummer voll beängstigender Träume wieder erwachte, da stand es vor ihrem Lager. Unheimlich, drohend, unabwendbar ... die Furcht vor dem Messer.

Es war nicht so sehr Feigheit. Nicht die Furcht vor Schmerz. Denn sie würde ja nichts fühlen. Eine tiefe Narkose sollte sie in das Reich der Empfindungslosigkeit bringen. Auch eine Art Nirwana. Sie hatte aus der kleinen medizinischen Bibliothek ihres Hausarztes in den letzten Tagen alles gelesen, was dort über die Narkose zu finden war. Es klang entschieden beruhigend.

Nicht die Furcht vor Schmerz war es also, was alle ihre Nerven erzittern machte. Es war der schaudernde Widerwille gegen den gewalttätigen Eingriff in ihr junges Leben. Ihr ganzer Körper bäumte sich auf gegen die brutale Gewalt. Es war die Furcht vor dem Messer an und für sich. Vor dem kalten, scharfen Eisen, das da schnitt, ohne lange zu fragen, ob es ein Blütenzweig war oder warmes junges Leben.

Wenn es Feuer gewesen wäre. Eher noch. Es lag etwas Heiliges in der lodernden Flamme. Ein lebendes, mitfühlendes Element. Nicht etwas so Kaltes, Starres, Brutales wie in geschliffenem, blitzendem Stahl ...

Contessa Beatrice Angeloni hatte nicht aus Liebe geheiratet. Sie war denselben Weg gegangen wie viele andere. Die breite bequeme Fahrstraße nach dem Geld, sorgloser Existenz, Glanz und Pracht dieser Erde.

Allerdings fiel bei ihr ein edleres Motiv noch wesentlich in die Waagschale. Sie stammte aus einer adeligen, aber gänzlich verarmten Familie. Durch ihre reiche Heirat bewahrte sie ihre Familie vor dem

totalen Zusammenbruch. Ein Bruder, der Offizier war und Ehrenschulden in beträchtlicher Höhe kontrahiert hatte, war durch die glänzende Partie Beatrices sogar vor einem schimpflichen Quittieren gerettet worden.

Ob ihr ihre Familie für das Opfer, welches sie brachte, besonders dankbar war, erfuhr sie nie. Jedenfalls glaubten sie, ihre schöne Tochter habe das beste Los von allen gezogen. Und doch war es das unglückseligste Los.

Ja, wenn ihr Herz noch frei gewesen wäre. Wenn sie gleichgültig und von anderen Empfindungen unberührt in diese Ehe getreten wäre. Ihr Mann war ja ein vollendeter Kavalier. Sie hätte ihr Schicksal vielleicht auch ohne Liebe erträglich finden können. So lastete aber die Erinnerung an einen sonnigen Jugendtraum, der jähen Abschluß gefunden hatte, auf ihrer Seele ...

Sie galten entschieden durch einen ganzen Karneval als das stattlichste und schönste Paar in der feineren Gesellschaft Neapels. Die wie eine eben aufgeblühte Knospe in jugendlichem Liebreiz prangende Contessina Beatrice Frugi und der Kavaliere Attilio Baratesta. Als sie zusammen auf einem der Elitebälle im Nationalkostüm die Tarantella tanzten, sprach man mehrere Tage von dem unwiderstehlichen Eindruck, den das junge Paar gemacht hatte. Attilio Baratesta mit seiner herkulisch gebauten und doch schlanken und geschmeidigen Gestalt und dem geistvollen Kopf konnte unbedingt als ein Bild männlicher Schönheit gelten.

Trotzdem dachte niemand ernstlich daran, daß aus Attilio und Beatrice jemals ein Paar werden könnte. Die trostlosen Verhältnisse der Familie Frugi waren ja allgemein bekannt. Ebenso galt es als ausgemachte Tatsache, daß die Schönheit der Contessina den Preis für die Rettung der Familie bezahlen sollte. Und Attilio Baratesta war ein blutarmer Teufel, der an der Universität die Rechte studierte, um sein Brot im Staatsdienste zu finden.

Um so mehr heftete sich der Klatsch an das auffallend schöne Paar, da die Schwierigkeit, ja Unmöglichkeit einer Verbindung von vornherein feststand. Die verschiedensten Gerüchte setzten sich an ihre Namen, so dicht wie Beeren an einen Busch. Ob sie sich liebten? Ob sie sich innerlich gleichgültig waren? Ob die Contessina nur ein kokettes Spiel mit Attilio trieb? Oder vielleicht spielte nur er allein mit dem Feuer und war im Herzen so kalt wie der Nordwind, der über die Eisfelder fegt?

Sie liebten sich. Mehr als jemand ahnte. Schon von allem Anfang an, da sie sich gesehen hatten. Wenn die Herren der Gesellschaft der jungen Contessina Schmeicheleien sagten, so machte ihr das stets einen so nichtigen Eindruck wie das leere Geschwätz des über Steine rieselnden Wassers. Als ihr jedoch Attilio Baratesta zum erstenmal

vorgestellt wurde und sie seine tiefe, zu Herzen gehende Stimme hörte, da war es ihr, als ob jedes Wort für sie die ganze Welt erfüllen würde, als ob sie immerwährend von diesen Schallwellen umschmeichelt zu sein wünschte. Sie hatten es sich auch bald eingestanden, was sie einander waren. Alles. Himmel und Erde. Sonne und Mond. Blütenschnee und Blumenduft. Gott und Welt.

Es war mit großen Schwierigkeiten verbunden, daß sie sich von da ab regelmäßig trafen. Sie hatten sich so unendlich viel zu sagen. Jedesmal wieder was Neues. Und wenn sie von ihren kurzen, flüchtigen und von fortwährender Angst der Entdeckung bedrohten Zusammenkünften schieden, dann glaubten sie sich doch das Wichtigste wieder nicht gesagt zu haben.

Heute noch überlief ein seliger Schauer die Contessa, wenn sie daran dachte, wie der Geliebte zu ihr schlich, ungesehen, heiß erwartet, pochenden Herzens begrüßt. Der große, starke junge Mann konnte seine Schritte unhörbar machen, als ob er auf Flügeln käme. Nicht einmal das Gartenpförtlein schien unter seinem Druck zu knarren, der Kies der Wege unter seinen Sohlen nicht zu knirschen. Leise, wie von einem Bergesgipfel zum anderen im Himmelsblau die Wolken gehen, kam er zu ihr.

Wenn sie auch zusammen in Gesellschaft waren, sie waren doch allein. Er verstand es so prächtig, sich mit der gleichgültigsten Miene von der Welt über ihre Sessellehne zu beugen und ihr dabei leise, ganz leise und für sie doch so laut, so stürmisch, so allgewaltig wie ein die ganze Welt durchbrausender Orkan, eine liebe, süße Botschaft ins Ohr zu schwärzen. Und niemand hatte eine Ahnung von dieser Konterbande, wenn sie auch fortwährend von vielen Augen beobachtet wurden. Das war für das junge Mädchen der größte Triumph. Oh, wie sie alle übrigen verachtete! Eine Menagerie von Gesellschaftstieren. Ohne Herz, ohne Geist, ohne Gemüt.

Sie wußten ja alle nicht, was Liebe war. Sie aber wußte es. Sie ganz allein und noch wer auf Erden. Hatte er es ihr doch soeben gesagt, während sie von dem goldgelben Fraskatiwein nippte und Attilio mit vollendeter Galanterie der ihr gegenübersitzenden Fürstin Montenuovo eine Schale mit Früchten präsentierte ... »Dich wieder küssen, Beatrice ... den dunklen, schweren Wein von deinen Lippen

trinken ... und vergehen ... Noch diese herrliche Malagatraube, Principessa!«

Es war kurz vor Ostern, als der Graf Angeloni bei ihren Eltern um Beatrices Hand anhielt. Er war einer der angesehensten und reichsten Kavaliere. Sein Palazzo an der Via Vittorio Emanuele zu Neapel und seine Besitzung zu Sorrent waren als Sehenswürdigkeiten bekannt. Der Graf war ein Vierziger geworden. Ein vornehmer Weltmann, der allgemein als Ehefeind galt, bis es die schöne Contessina auch ihm angetan hatte. Er zweifelte keinen Augenblick daran, daß seine Bewerbung Gehör finden würde. Von seiten der Eltern natürlich sofort. Und Beatrice ... Eine solche Partie machte das Mädchen wohl zeitlebens nicht mehr.

Es gab stürmische Szenen in der Familie Frugi, von denen der Graf freilich nie das geringste erfuhr. Er wurde stets mit der ausgesuchtesten Höflichkeit empfangen. In seiner Gegenwart schien alles glattes Glück zu sein. Ja sogar die Gläubiger und Gerichtsvollzieher waren ausgeblieben, seit der Conte in der Familie verkehrte und offen als Bewerber um die Hand Beatrices galt.

Das junge Mädchen hatte sich anfangs gewehrt. Gewehrt wie ein wildes, freies Tier des Waldes, dem man gewaltsam Schlingen um die flüchtigen Glieder geworfen hat. Und sie hatte doch schließlich nachgegeben. Die Schande des Bruders. Der greise Vater, der nie zu wirtschaften verstanden hatte. Die Tränen der Mutter, die Beatrice über alles liebte.

Sie gab ihr Jawort. Mit einem liebenswürdigen Lächeln. Sie fühlte es aber im Innern, daß jetzt alles gestorben war, daß sie kein Herz mehr besaß. Denn sonst hätte es ja aufschreien müssen bei diesem Wort.

Es war so öde und leer in ihr. Sie hatte ihre Pflicht getan. Was weiter folgen sollte, wußte sie nicht. Und Attilio ... Sie hatte es in der letzten Zeit vermieden, ihn zu treffen. Er hatte ihr geschrieben. Flehend, voll Angst und Verzweiflung. Was sollte sie ihm antworten?

Endlich setzte sie sich hin und schrieb an ihn. Mit trockenen, dürren Worten den wahren Sachverhalt. Ungefähr so dürr und sachlich und mit den Ausdrücken höflichen Bedauerns, wie ein Advokat an seinen Klienten über einen verlorenen Prozeß berichtet.

Ihr Herz war ja tot. Wenigstens glaubte sie es. Woher sollte sie da Gefühle für ihren Brief nehmen und Trost spenden? ... Sie besaß ja selbst keinen Trost ...

Er wußte wieder ein Schreiben in ihre Hände zu schmuggeln. Nur einmal wollte er sie noch sehen. Nur ein einziges Mal im Leben … Nein! Sie konnte ihn nicht sehen. Sie fühlte es instinktiv, daß ein einziges Wort von ihm alle ihre Entschlüsse fortgewirbelt hätte wie Spreu, die im Winde fliegt. Und sie mußte doch den vorgezeichneten Weg gehen. Es war zu spät. Es gab kein Zurück mehr. Sie mußte.

Dann erhielt sie nur noch ein kurzes Billett von ihm … An dem Tage, da sie eines anderen Weib würde, habe er zu leben aufgehört.

Ein tödlicher Schreck erfaßte sie. Sie kannte Attilio Baratesta. Und doch wurde sie auch dieses Gefühles Herrin. Sie durfte ja nichts fühlen. Sie durfte nicht zurückscheuen.

Nur die grauen Nebelschleier der Zukunft waren noch für sie vorhanden. Dorthin führte ihr Weg. Dumpf, regenschwer, ohne Sonnenschein, ohne Vogelsang, ohne Blüte. In atembeklemmender, dunstigfeuchter Luft … Aber sie ging diesen häßlichen Weg ja in glänzenden Gewändern und goldenen Schuhen … Andere müssen barfuß steinige Pfade durch Gestrüpp und Dornen klimmen. Aber vielleicht leuchtete ihnen die Sonne und rankte sich da und dort ein blühender Zweig wie zu schüchternem Gruß über den Weg …

Die Hochzeit der Contessa Angeloni wurde glänzend gefeiert.

Am Abend desselben Tages fanden die Mönche von Camaldoli an der »bella vista« ihres Klostergartens einen jungen Mann mit durchschossener Schläfe. Es war Attilio Baratesta.

Er hatte sich den schönsten Punkt weit um Neapel, vielleicht den herrlichsten ganz Italiens gesucht, um dort aus dem Leben zu scheiden. Im Anblick des Meeres, der rund um den Golf sich aufbauenden Stadt, des fern herüberragenden Monte Vesuvio, im blauen Duft draußen über den Wassern verschwimmender Inseln. Unter den uralten Bäumen des Klostergartens.

Nun wußte die Gesellschaft, daß wenigstens er sie geliebt hatte …

Es traf die Contessa wie ein betäubender Schlag. Sie redete sich ein, daß sie würde vergessen können. Sie trat mit ihrem Gemahl eine mehrmonatige Reise an.

Vergessen … Ein Wahn … Wahre Liebe stirbt nicht … Und wenn sie glaubte, daß die Gegenwart mit ihren rauschenden Vergnügungen

die Vergangenheit übertönen könne ... es kam doch immer wieder. Diese momentane Betäubung war nur wie ein leichter, federleichter Schlaf im Sonnenschein des vermeintlichen Glückes. Ein Schlaf, den der Schatten einer Vogelschwinge von den Lidern scheucht.

Ihr Leben lag aber noch viel tiefer in Finsternis. Der gewaltige Schatten dieses einen Toten verdunkelte ihr die ganze Welt, die Gottes Sonne durchleuchtet ...

Nacht um sie. In den Wipfeln der Bäume rauschte es geheimnisvoll. Kaum waren mehr ihre Umrisse gegen den Himmel sichtbar. Der Wind hatte sich erhoben und strich über das Meer. Von tief drunten das Schlagen der Wellen gegen das Felsengestade.

Die Contessa hatte sich in einer jähen Angst von ihrem Sitz erhoben. Die Finsternis beklemmte sie. Von der düsteren Vergangenheit schlug sie unwillkürlich eine Brücke nach der allernächsten Zukunft. Nur noch Stunden. Wenn es wieder Licht wurde ...

»Licht ... Licht ...« stürmte es in ihr. »Nur noch einmal Licht ...« Sie entzündete hastig einen langen Wachsfaden. Mächtige Schatten schossen plötzlich unter den Bäumen empor, huschten in dem unsicheren Schein über die Terrasse wie sich reckende Arme von Giganten.

Die schöne Frau griff nach einer der Fackeln und entzündete sie langsam. In einer schwachen Flamme knisterte es anfangs. Dann schwang sie die Fackel im Kreise durch die Luft, daß die harzigen Späne in dem durch die Flamme streichenden Wind gleich Schüssen eines Zimmergewehrs krachten.

Die Fackel loderte hell. In ihrem glühroten, zuckenden Licht, das sich in feurigen Zungen verzweigte, sah sie das Gesicht des Fauns in dämonischer Bosheit grinsen. Auf einmal schien es ihr, als ob es die verzerrten Züge des alten Hausarztes angenommen hätte, der ihr mit satanischer Schadenfreude zublinzelte. Sie stieß einen halb unterdrückten Schrei aus und flüchtete mit der Fackel gegen die Brüstung der Terrasse.

Erschöpft setzte sie sich auf die Mauer, hinter welcher der Abgrund gähnte. Sie leuchtete mit der Fackel in die Tiefe, konnte aber nur eine kürzere Strecke erhellen. Weiter hinunter ging es in unergründliches, blauschwarzes Dunkel. Die erhellte Partie nahm sich wildromantisch genug aus. Viel wilder als bei Tag. Im Sonnenschein war alles starre, zerklüftete Felsenmasse. Unter den gleich Vipernzungen in das Düster der Felsschrunden leckenden blutroten Lichtreflexen gewann der tote Fels Leben und Bewegung und schien in abenteuerlichen Gestalten zu wachsen und über sich selbst emporklimmen zu wollen. Und wieder sah sie da und dort häßliche, entstellte Gesichter, die ihr Fratzen schnitten. Dabei mußte sie stets an das Morgen denken. Die Erinnerung an die Vergangenheit war durch die Furcht vor den nächsten Stunden wieder verdrängt worden.

Wozu sollte sie weiterleben? War es dieses Leben überhaupt noch wert? Diese Frage stand plötzlich vor ihr. In monumentaler Größe. Plump, breitspurig, aufdringlich wie ein ungeheurer, aus Granit gehauener Block. Unerbittlich heischte es Antwort von ihr. Und diese Antwort schien ihr weit da drunten zu liegen in der Tiefe, die sie vergebens zu durchdringen strebte. Sie hatte sich weit vorgebeugt, daß ihr Körper jeden Augenblick das Gleichgewicht zu verlieren drohte. Wenn sie jetzt in die Tiefe stürzen würde ... für ewig dahin in das große Nichts ... in das allumfassende Vergessen alles Irdischen ... Der Gedanke hatte gar nichts Schreckliches für sie. Er barg sogar einen süßen Schauer, eine bestrickende Sehnsucht in sich.

Sie würde diesen Gewaltakt gegen ihr Leben ja aus freiem Willen begehen, während sie in wenigen Stunden ihr Leben dem Willen und der Gewalt Fremder unterordnen sollte. Lieber sterben als das ... »Nie! Niemals!« schrie es in ihr auf. Eine bis zum Wahnsinn gesteigerte Furcht hatte sie ergriffen. Sie glaubte es jetzt deutlich zu fühlen, was sie sich in den letzten Tagen alles ausgemalt hatte ...

Wie hatte er mit zärtlicher Sorgfalt über ihr Haar gestrichen. Seine Hand war so weich und behutsam ... Attilio ... Und im Scherze trug er sie über die nachtdunkeln Wege des Gartens. Wie auf Flügeln. Und küßte sie dabei, daß es den Anschein gewann, als ob ihr seine Küsse von der lauen Luft entgegengetragen würden. Er hatte sie verwöhnt und verweichlicht ... Darum kam es ihr wohl so brutal vor ...

Die Fackel entglitt ihren Händen und sank in die Tiefe. Ein Brand wurde von einem vorspringenden Felszacken abgestreift, hatte sich im Falle eingeklemmt und loderte drunten im Wehen des Seewindes weiter, seine unmittelbare Umgebung erhellend ...

Das Winseln ihres Hündchens störte die Contessa in ihren Gedanken. Das kleine Tier hatte sich mit den Vorderfüßen gegen die Mauer der Brüstung gestemmt und bellte ängstlich zu seiner Herrin empor.

Sie bückte sich und hob das Tier mit einem rauhen Handgriff empor. Dann hielt sie es, einer plötzlichen Laune folgend, über den Abgrund. Es bereitete ihr ein eigenartiges, grausames Vergnügen, das Tierchen in seiner Angst unter ihren Fingern zittern und zappeln zu fühlen. Schüttelte doch ihren ganzen Körper die Furcht. Warum sollte dieser verzärtelte Hund nicht auch seinen Teil leiden? . . . Sollte er!

Sie senkte in unbarmherzigem Spiele den Arm mit der leichten Last und hob ihn wieder, als ob sie jeden Moment bereit wäre, das gequälte Geschöpf in die Tiefe zu schleudern. Der kleine Hund heulte zum Erbarmen. Sollte heulen! Sie hätte ja selbst am liebsten geschrien vor Angst und Verzweiflung. Qual gegen Qual. Sie weidete sich an der zuckenden Furcht des ihrer Willkür preisgegebenen Lebens.

Da schnappte der Hund in seiner Todesangst nach der Hand der Herrin. Die spitzen Zähne gruben sich in ihr Fleisch. Sie fühlte das warme Blut über die Hand rieseln. Wie häßlich. Mit einem Ausruf des Ekels schleuderte sie das Tierchen weit von sich in die Tiefe. Sie sah es deutlich, wie der winzige Körper an dem erlöschenden Schein des Fackelbrandes drunten vorübersauste.

Keine Spur von Mitleid gewann in ihr Raum. Mechanisch stand sie auf und trocknete das Blut von der Hand, das aber gleich wieder von neuem hervorzuquellen begann. Dann setzte sie die zweite Fackel in Brand. Das nahm sie so sehr in Anspruch, daß sie die Bißwunde gar nicht mehr beachtete.

Sie war auf die Brüstung der Mauer gestiegen. Dort stand sie jetzt mit der leuchtenden Fackel, düster und schweigsam wie eine Rachegöttin, und starrte nur noch intensiver in die Tiefe. Ein Gefühl des Schwindels kannte sie nicht. Wie oft hatte sie dort oben gestanden und den sprühenden Funkenregen in den Abgrund gesandt, wildes Jauchzen, eine Art unheimlicher Befriedigung in der Brust.

Sie wußte es: nur ein einziger, ganz kleiner Schritt nach vorwärts mußte sie unrettbar in die Tiefe führen. Ja, sie brauchte nur eine etwas

starke Verbeugung zu machen und den äußersten Punkt des Gleichgewichts zu übersehen ... und sie stürzte hinunter ... Das war der Weg zum Nirwana, zu ewigem Vergessen. Wie leicht zu betreten! Warum scheute sie zurück?

Sie wollte den Weg doch unternehmen. Es stand fest in ihr. Nur mit einigen Gedanken wollte sie noch früher zum Schlusse kommen. Denn dann war alles vorüber. Dann konnte sie nicht mehr denken. Nicht einmal mehr träumen.

Sie nahm sich fest vor, bei ihrem Sturz die Fackel nicht aus der Hand zu lassen. Sie wollte ihren Weg erleuchtet haben. Sehen wollte sie die wenigen Sekunden dieses letzten Pfades auf Erden. Jede Einzelheit wollte sie erfassen, an der sie gleich einer weißen Seemöwe in blitzschnellem Flug vorüberkam. Eine wilde, wahnwitzige Neugierde war über sie gekommen. Ob es ihr gelänge, die Augen offen zu behalten, wenn es nach unten ginge? Und was ihr letzter Gedanke wäre?

Aus der Ferne tönte über die Wipfel der Bäume herein halb verwehter Gesang. Eines jener schwärmerischen und doch so heiß leidenschaftlichen Lieder, wie sie nur die Sonne des Südens zeitigt ... Sie lauschte. Sie kannte das Lied. Attilio hatte es ihr einmal gesungen.

Es war fast wie seine Stimme. Und wieder schien der Meerwind die Töne des Liedes aus der Tiefe zu bringen, als ob ihr toter Geliebter die Felsen Sorrents hinaufklimmen würde nach dem Garten ihrer Villa ... singend, in glühender Sehnsucht nach seinem Lieb ... immer näher und immer näher ...

Jetzt war es ihr, als wenn in dem unsicheren Fackelschein eine Gestalt mit übermenschlicher Kraft sich von einem Felsen zum anderen emporarbeiten würde. Die Haare der Erscheinung flogen im Wind. Die Füße stemmten sich, verzweifelt Halt suchend, gegen die Felsen. Die Hände krallten sich wie Raubtierfänge in die Ritzen des Gesteins. Sie glaubte es zu sehen, wie die Brust des kletternden Schattens unter der furchtbaren Anstrengung keuchte. Sie glaubte seinen glühenden Atem zu fühlen im Wehen des Windes.

Dabei klang das Singen immer deutlicher, immer voller, immer

mehr in die innerste Seele schneidend. Es kam nicht über die Wipfel der Bäume, es kam von da drunten ... Attilio Baratesta! ... Er sang ihr Totenlied ...

Sein Schatten mußte sie jeden Augenblick erreichen ... Jetzt kauerte er auf einer Felsplatte knapp unter ihren Füßen nieder ... griff nach ihrem Gewand ... streckte die Hände wie flehend nach ihr aus ...

Da hörte sie ihren Namen rufen. Es war nicht seine Stimme. Die Stimme ihres Mannes war es. Sie kam von hinten. Von den Bäumen hinter der Terrasse her ...

Man suchte sie. Man würde sie heimbringen. Und dann würde sie keine Gelegenheit mehr finden zu entfliehen ... Und morgen ...

Nein! Lieber sterben! Mit all ihren Schauern durchbebte sie wieder die Furcht der letzten Tage ...

Nun war es ihr, als ob der zu ihren Füßen Kauernde sich aufrichten würde. Sie wähnte seine Augen zu sehen ... zu sehen, wie sich seine Lippen bewegten ...

Sie hörte ihren Namen ... leise, ganz leise. Diesmal aber von ihm. So leise und flehend. Nur ihr vernehmbar ... Beatrice ...

Seine Arme breiteten sich aus, um sie an die Brust zu ziehen. Sie brauchte nur mehr ein wenig, ein ganz klein wenig nach vorwärts zu sinken ... und sie war an seinem Herzen ...

»Attilio ...«, hauchte sie. Dann ein leiser Schrei; halb Jubel, halb Schrecken. Eine licht gekleidete, schlanke Frauengestalt, mit der rechten Hand krampfhaft die mächtig auflodernde Fackel umfassend, glitt lautlos in die Tiefe und verschwand gleich darauf mit dem feurigen Lichtschein ...

Über den Wipfeln der Bäume verhallten ganz aus der Ferne die letzten Töne des Liedes, das Attilio Baratesta der schönen Beatrice einst gesungen.

Der Prinz von Capestrano

Von Franz Karl Ginzkey

Die unscheinbarsten Geschehnisse sind es, die zuweilen das Schicksal eines Menschen beeinflussen oder entscheiden, ihn auf den Weg des Aufstiegs oder des Niedergangs drängen. Doch liegt wohl ein Trugschluß darin, bei der Rückschau aus späteren Jahren irgendein bestimmtes Ereignis einer besonderen Schuld zu bezichtigen; denn auch dieses bedurfte des früheren, wie jede Minute der vorhergehenden, und schließlich ergänzt sich eins ins andere unmerklich von Sekunde zu Sekunde, wobei unter all den unzählbaren Augenblicken nur zwei sich der letzten entscheidenden Wichtigkeit berühmen mögen: die Geburt und der Tod.

Doch wie dem auch immer sei, ein unscheinbarer Augenblick war entscheidend genug für das Leben der Jungfer Maddalena Gondi, einer zwanzigjährigen, leidlich hübschen Doppelwaise, die um wenig Lohn und mancherlei Mißachtung bei einem wohlhabenden, einsam verbitterten alten Fräulein bedienstet war, das ein eigenes Häuschen in der Nähe des Ponte Santissima Trinità am südlichen Arnoufer bewohnte.

Es war im Florenz jener längst vergangenen und nicht mehr großen Tage, da eine still gehorsame und friedlich bechernde Bürgerschaft die Büsten ihres neuernannten Großherzogs mit Andacht über den Türen befestigte und im übrigen sich anschickte, das zu tun, was sie heute noch tut: auf ihre Vorfahren stolz zu sein und von ihrem Ruhm zu leben.

Doch trifft die Maddalena hierbei keine Schuld. Sie war keine Florentinerin, und was verstand sie vom Leben und was von der Kunst? Sie entstammte einem kleinen abgelegenen Bergdorf in den Apenninen, wo sie ihre Eltern in früher Jugend verloren hatte und wo ihr nur noch eine alte Tante lebte, derer sie kaum noch gedachte. Und mit dem Leben der Maddalena war es derart beschaffen, daß es das Leben eines armen Dienstboten war, der stets in fremder Leute Garten ackern und jäten mußte und hierbei noch, wie es verlangt wird, eines

demut- und freudevollen Willens sich befleißen sollte. Und unter Kunst, ach, unter Kunst verstand die Maddalena nichts anderes, als etwa einen Polentakuchen mit Pomidoro aufs leckerste zuzubereiten, was aber schließlich auch nicht jedermanns Sache ist.

Die Maddalena war, um auf jenen entscheidenden Augenblick

zurückzukommen, in aller Frühe, als der Morgen eben graute, aus dem Bett gesprungen, denn es hatte ihr ein arger Windstoß das schlechtverwahrte Fenster ihrer Kammer aufgerissen, und das paßte ihr nicht, denn sie wollte noch schlafen. Und wie sie sich eben hinausbeugte, um den widerspenstigen Laden zu schließen, erschien um die Ecke ein kriegerischer Reitersmann, der ihr mit einem keck erstaunten Lächeln einen Gutenmorgen hinaufrief.

Die Jungfer errötete ärgerlich und zog sich eiligst zurück. Doch schlief sie nicht mehr ein und konnte eine seltsame Unruhe nicht unterdrücken, als hätten die Blicke des fremden Morgenreiters ihr einiges geraubt oder angetan, wovon sie nicht recht wußte, ob es geschehen oder ungeschehen hätte bleiben sollen.

Etliche Tage später plauderte sie des Abends, wie sie es öfters pflegte, über die enge und wenig begangene Gasse hinüber mit einer Nachbarin namens Lella, als der gleiche Reitersmann wieder vorüberkam, diesmal zu Fuß, mit einem kurzen Soldatenschwert bewaffnet. Er winkte ihr, sobald er sie erspähte, in keck vertraulicher Weise wie einer guten Bekannten zu und sah sich an der Ecke nochmals nach ihr um. Als die Nachbarin sich darüber verwunderte, gestand die Maddalena ihr ganz unverhohlen ihr kleines morgendliches Abenteuer, wobei sie eine lässig spöttelnde Ruhe zur Schau trug, als wollte sie etwas ihr völlig Gleichgültiges von sich abtun. Die Nachbarin aber verdrehte die Augen und vertraute ihr an, sie habe den geheimnisvollen Reiter auch an den letztvergangenen Abenden bemerkt, und einmal sei er sogar auf seinem stattlichen Roß durch die hallende Gasse getrabt, und es sei das jedenfalls eine recht verwunderliche Sache.

Der nächste Tag war ein Sonntag; da erbat sich die Maddalena von ihrer Gebieterin einige Stunden Urlaub. Sie erhielt sie auch, da sie nur selten darum kam und überdies ein Anrecht darauf besaß, doch gab ihr die Herrin zu verstehen, sie möge nicht etwa einer weltlichen Lustbarkeit frönen, die böse Zeit sei nicht darnach; es wäre vielmehr zur Stunde die beste Gelegenheit, in der nahe gelegenen Kirche zu Santo Spirito eine schöne und heilsame Vesperandacht zu genießen.

Die Maddalena entfernte sich ohne Widerrede und entnahm ihrer alten Truhe das einzige noch halbwegs tragbare Kleid, das sie besaß. Es war ein Kleid aus ihrer früheren Mädchenzeit, und es war ihr im Oberteil ein wenig straff geworden. Doch sagte ihr der kleine halberblindete Spiegel, vor dem sie ihre dunkeln Flechten ordnete, daß

sie keineswegs vor den anderen Jungfrauen ihres Alters zurückzustehen und auf den ihr zukommenden Anteil an Erdenglück noch lange nicht zu verzichten brauche.

In aller Stille verließ sie das Haus und schritt durch die einsame Gasse den hellen, winkenden Ufern des Arno zu, worauf sie bald auf den sanft gewölbten Ponte Santissima Trinità gelangte und dort gemächlich auf und ab zu wandeln begann. Da niemand gleich ihr auf der Brücke verharrte und jedermann hinüber- oder herüberstrebte, irgendeinem Ziele zu, vermochte sie unbemerkt ihren Raum zu behaupten und besah sich in aller Ruhe die sonntäglichen Spaziergänger, wobei sie keinen unbeachtet ließ.

Es war ein schöner Frühlingstag, wie nur Florenz ihn kennt.

Ein unabsehbares Meer von weißen und rosigen Blüten umwogte da draußen die endlosen Hügel und warf sich mit süß betäubender Brandung den dunkeln Türmen und trotzigen Mauern der wehrhaften Stadt entgegen, die ein wolkenloser Himmel lachend überspannte wie ein einziger tiefblauer Edelstein. Sogar des Arno verdrießlich-schlammiges Antlitz verriet eine heimlich schillernde Bläue, worin nun die vielen bewimpelten Kähne, die weißen Paläste am Ufer, zumeist jedoch der unweit ins satteste Licht gerückte Ponte Vecchio gar feiertäglich und froh sich bespiegelten.

So war es gewiß kein Wunder, daß auch im Herzen der Maddalena ein farbig sehnsüchtiges Leuchten anhub, wie sie es noch nie bisher in ihrem grau-abseitigen Leben verspürt.

Inmitten ihrer leise erregten Beschaulichkeit betraf sie plötzlich ein sonderbarer Anblick. Sie sah eine kleine Gruppe Soldaten auf sich zukommen, die allesamt Spieße nach deutscher Landsknechtsart auf der Schulter trugen und sämtlich vom Kopf bis zu den Schuhen gekleidet waren wie jener, den sie eigentlich zu suchen ausgegangen war. Denn nun wußte sie's im Augenblick: Sie war hierher auf die Brücke gekommen, um den Unbekannten zu erwarten, ob er etwa vorüberkäme, und fast erschrak sie über die Sicherheit, mit der sie das jetzt wußte.

Doch schien er nicht unter jenen zu sein, die eben, alle im gleichen langsamen Takt, auf sie zugeschritten kamen, wie gewiegt von der Wichtigkeit ihrer Würde. Nun sah sie es deutlich: Die großen stattlichen Männer mochten eine Art vornehmer Leibwache sein, denn sie schritten einer blassen, schmächtigen, aber überaus prunkvoll gekleideten, von etlichen Kavalieren begleiteten Dame voran, und andere ihresgleichen beschlossen den Zug, der eben in düsterer Feierlichkeit an der staunenden Maddalena vorüberkam.

Doch gleich darauf geschah etwas Unerhörtes – die blasse vornehme Dame schrie plötzlich auf und wies wie versteinert auf den jenseitigen Gehsteig hin, wo ein gleicher Zug wie der ihre erschienen war. Auch jenen eröffnete eine feierliche Wache, und etliche, mit zierlicher Grandezza stolzierende Nobili umringten ein hochgestaltetes weibliches Wesen, dessen blendende Schönheit seinen fürstlichen Schmuck zu überstrahlen schien. Weniger fürstlich aber war das höhnische Gelächter, in das die Schöne ausbrach, als nun auch sie ihr Gegenüber gewahrte.

Die andere aber, nun ihrer selbst sich wieder bewußt, schrie alsogleich den Wachen zu: »In den Fluß mit ihr, in den Fluß mit ihr!«

Sofort erhob sich ein wildes Getöse, blanke Degen zuckten auf, und im Nu verknäulten sich zwei kreischende, fluchende, heulende Haufen wirr ineinander.

Die tief erschrockene Maddalena verweilte inmitten des Lärms und konnte sich nicht regen. Sie sah mit offenem Munde die dicht vor ihr stehende Dame an, die den grausamen Befehl erteilt hatte. Sie sah ihr unschönes Antlitz verzerrt von Haß und Verzweiflung. Nun starrte sie mit den grauen, glanzlosen Augen einen Geistlichen an, der sie händeringend beschwor: »Ihr ladet einen Mord auf Eure Seele, Principessa! Bedenkt – zu strafen steht bei Gott! Bedenkt das Heil Eurer Seele, o gnädigste Principessa!«

Da war es, als knickte die Haßempörte kläglich in sich zusammen. »So laßt sie!« stammelte sie. »So laßt sie!«

Der Geistliche stürzte sich schreiend ins dichteste Gewühl: »Ihr sollt sie lassen, sag ich, auf Befehl der Principessa sollt ihr sie lassen!«

Doch erst allmählich ward der Lärm gelinder; noch kochte und grollte es hüben und drüben, und nach geraumer Zeit erst vermochte man sich zu trennen, so gut das aufgelaufene Volk es zuließ, worauf die beiden Häuflein endlich, ganz in der früheren Würde, wieder gravitätisch auseinanderschritten, das eine nordwärts gegen die innere Stadt, das andere südwärts dem Palazzo Pitti zu.

Das schwatzende, erregte Volk aber hielt auf der Brücke noch lange stand. Und allmählich erfuhr auch die Maddalena, was die ärgerliche und längst schon stadtbekannte Sache eigentlich bedeuten sollte.

»Die eine, die Blasse, die Kränkliche, wißt Ihr, das war die Principessa Johanna von Österreich, die Kaiserstochter, Gemahlin unseres jungen Prinzregenten, die edelste, frömmste und mildtätigste aller Damen im ganzen Toskana. Schön ist sie nicht, die Poverina, aber gut ist sie, gut ist sie, sag ich Euch! Und Schönheit allein, zum Teufel, macht doch nicht fett fürs Himmelreich! Na, hab' ich recht, was meint Ihr, Jungferlein? An tausend Dukaten ließ sie bei ihrem Einzug unter die Armen verteilen, die Principessa! Doch nun ist's aus mit allem, hol's der Henker, denn ihr Gemahl, der Prinzregent, hat den Verstand schon ganz verloren, müßt Ihr wissen, und läuft der schönen Bianca Capello nach, der sie unlängst den Mann erschlagen haben. Na, Ihr habt sie eben wohl selbst gesehen! Ein Satansweib, schön wie alle Todsünden insgesamt; die spielt nun selbst die Herzogin und treibt's in Saus und Braus und lebt von unserem Steuergeld, denn wißt —«

»Oh, hätte sie doch der Arno verschluckt!« unterbrach diesen Schwätzer ein anderer. »Oh, schad' ist's, daß er's nicht getan! Nun ist auch unserer Principessa endlich die Geduld gerissen. Verwunderlich ist das nicht! Was muß die Arme gelitten haben in ihrer kurzen Ehezeit! Vernehmt: Als unlängst ein Vetter von mir, der halberblindete Beppo — Ihr kennt ihn, der mit dem weißen Bart, an der Ecke der Signoria —, als dieser unlängst die Principessa um ein Almosen bat, da schrie die Ärmste ihn an: Du klopfst hier an die falsche Tür, zur Bianca Capello mußt du gehen! Beim Leib des Bacchus, Freund, versteht Ihr? Dem Beppo sagte dies die Principessa!«

Die Maddalena wandte sich von dieser Gruppe schwatzender Tagediebe und Politisierer ab, in die sie unversehens hineingeraten war. Sie ging das Ufer entlang, in die Nähe ihres Gäßchens zurück und lehnte sich dort an die Brüstung und sah in den Fluß hinab, wie jemand, der es nicht eilig hat und den schönen Abend genießen will. Doch hielt sie jeden im Auge, der etwa kam oder ging. Nun war es eben um die Stunde, zu der sich sonst der unermüdliche Reitersmann zu zeigen pflegte. Und wirklich, da gewahrte sie ihn vor sich.

Sie hatte sein Nahen gar nicht bemerkt und war nun nicht wenig erschrocken. Und wenn es früher ihr wohldurchdachter Plan gewesen, ihm unbefangen entgegenzugehen, als wüßte sie von nichts, so gab sie nun im Augenblick ihr Spiel verloren, indem sie über und über errötete und dabei so kindlich hilflos an dem mit einem seltsam vielsagenden Lächeln vor ihr Stehenden vorbeisah, daß jeder der folgenden Augenblicke ihre Niederlage nur noch bestärkte.

Und so empfand sie es fast mit Dankbarkeit, daß der fremde Bedränger ohne jegliche Einbegleitung in soldatischer Keckheit die Dinge kurzweg beim Namen zu nennen begann. Er nannte zuerst sich selbst als den Reiter Fabiano Niccoleone aus der alten Leibgarde Seiner Hoheit des Großherzogs Cosimo, zur Stunde beurlaubt, da der alte Herr mit einer schönen Freundin in aller Stille auf seiner Villa Poggio

a Cajano verweilte. Hierauf gemahnte er die Maddalena an den ersten Morgen, da er ahnungslos vorübergeritten, wobei sie ihn mit ihrer Lieblichkeit, von der er mehr erschaute, als Männerruhe gemeiniglich verträgt, so ziemlich um den Rest seines Verstandes gebracht. Er habe seither nichts Klügeres zu tun gewußt, als ganz in ihren Dienst zu treten, wovon auch seine abendlichen Patrouillenritte durch ihre dunkle Gasse hinlänglich Zeugnis abzulegen vermöchten. »Denn, wißt Ihr, verstünde ich's, die Mandoline zu zupfen oder auf einem Bein zu krähen wie ein Hahn, so hättet Ihr, o schöne Jungfrau, mich längst zu Euren Füßen wahrgenommen, und ich hätte Euch Dinge gebeichtet, wovon die Türen Eures Herzens aufgeflogen wären wie vor den Posaunenstößen der Ewigkeit. So aber, da ich nur ein armes Reiterlein bin, vermag ich nichts zu bieten als mich selbst, denn meine Faust weiß nur das Schwert zu führen, und meine Stimme ist rauh wie Hummelgesang, von den nächtlichen Frösten im Felde her!«

Die arme Maddalena, um deren Gunst in solcher Art noch keiner sich bemüht hatte, geschweige ein so hübscher, in allen Liebesplänkeleien wohleingetummelter Kriegsmann, erwiderte auf diesen meisterlichen Redeschwall in Demut und Bescheidenheit, sie könne die Befürchtung nicht verschweigen, der Herr vermute ein vornehmes Fräulein in ihr, dieweil sie nur eine arme Dienstmagd sei.

Der Reiter jedoch versicherte sie, es fiele ihm allerdings nicht leicht, kein edles Fräulein in ihr zu sehen, da sie ganz wie ein solches sich zu tragen wisse, doch sei ihm ihr Geständnis um so willkommener, als er selbst der einzige Sohn verarmter Bauersleute sei, womit sich gleich zu gleich am besten geselle.

Er ließ dazu, wie in Siegeszuversicht, die weißen Zähne blitzen und wußte alles so treuherzig und überzeugungssicher vorzubringen, daß im einsamen Herzen der Maddalena ein längst schon des Sämanns harrendes Ackerland mit Ungestüm und dankbarer Freude aufbrach. Sie zeigte sich sogleich bereit, mit ihrem so rasch gewonnenen Freunde ein Stückchen am Arnoufer hinabzuspazieren, und war dabei so fröhlich und ausgelassen, daß sie selbst in Augenblicken darüber erschrak.

Unter den mehr oder minder harmlosen Scherzen und Neckereien, wie sie das Turnier angehender Liebesleute seit Paradieses Zeiten mit sich bringt, gelangten die beiden, zur Linken an der mächtigen Stadtmauer ausbiegend, durch die sonst so wohlbewachte, dem friedlichen Sonntag aber weit geöffnete Porta San Frediano ins Freie, wo manches

Pärchen im Grünen sich erging, den blumigen Abhang durchtollte oder von zypressenbesetzten sanften Höhen auf die sonnig leuchtende Stadt hinabsah.

Am Fuße des zierlichen Monte Olivieto befand sich auf einem Rasenplatz eine kleine Gelegenheitsschenke, wo rings um etliche Ole-

anderbäume ein dunkler Wein in farbigen Krügen verzapft wurde. Tisch und Bänke gab es nicht, man lagerte sich kunterbunt ins Gras, und als nun der Reiter Fabiano mit Maddalena dazukam, begrüßten ihn allerlei Stimmen als einen guten Bekannten, worauf auch sogleich der Wirt mit einem wohlgefüllten Weinkrug gelaufen kam.

Unter den zahlreichen Gästen, die alle sehr vergnüglich taten, war auch ein Mandolinenschläger, der auf seinem melancholisch rasselnden Instrument den Gesang eines üppig-schlanken Frauenzimmers von seltsamer wildblonder Schönheit begleitete. Der Maddalena gefiel diese Dame nicht; es war, als sei sie bestrebt, ihr innerstes Wesen an jedermann auszuteilen, als wachse ihr Wohlbefinden mit der steigenden Zahl ihrer Augenblicksfreier. Und als sie schließlich zum Kehrreim ihres Liedchens mit kecklich aufgerafften Röcken einen toll-verwegenen Tanz begann, erschrak die Maddalena geradezu. Auch empörte sie die dirnenhafte Verhöhnung eines altes Volksliedes, das ihr wohlbekannt war, und das von einer jungen verlassenen Mutter erzählte, wobei sich öfters die seltsame Strophe wiederholte:

Was tu' ich da?
Die ganze Nacht die Füße an der Wiege,
Hab' keinen Mann und heiße doch Mama.

Der Reiter Fabiano, der Maddalenas Verstimmung bemerkte, versuchte sie mit allerlei drolligen Späßchen und Liebeständeleien wieder zu erheitern und nötigte sie immerzu, ihm aus dem großen Weinkrug Bescheid zu tun, aus dem er selber trank. Es war ein dunkler, süßgewürzter Wein, und die Maddalena fühlte alsbald, obgleich sie nur wenig und fast widerwillig davon genoß, ein wunderlich wohligbeängstigendes Brausen in den Schläfen. Es war, als bemächtigten sich allerlei fremde, halb drohende, halb selig winkende Gestalten ihres innersten Wesens, und in ihrer Not und Unsicherheit begann sie bald, ins Gelächter und Geschwätz der anderen einzustimmen. Und schließlich sprang auch sie mit ihrem kecken Reiter im Reigen der übrigen mit, wobei es immer toller wurde, je tiefer der Abend sank.

Und endlich gab sie sich im Fieber ihres erhitzten Blutes kaum noch Rechenschaft über sich selbst. Zuweilen war es ihr noch, als umflakkere sie ein rotgelbes Feuer mit gierig lodernden Fängen und drohe alles zu verzehren, was sonst bisher die stille, bescheidene Freude ihres einsamen Daseins gewesen: die Ruhe ihres Selbstgefühls, den Ernst ihrer ärmlich strengen Lebensführung, das bißchen Atemschöpfen nach vollbrachter Pflicht und all die kleinen grauen Entlastungen und Selbstvergessenheiten aus dem Leben einer armen Magd.

Das Feuer kam und fraß, das fühlte sie noch. Dann aber schlug es jählings über ihr zusammen. Nun trug sie keinerlei Fesseln mehr, und alles war nur Taumel, Befreiung und flammender Augenblick.

Mit müden, heißen Augen spähte die Maddalena am folgenden Abend aus ihrem Kammerfenster. Sie erwartete Fabiano, der ihr ver-

sprochen hatte, zur gewohnten Stunde wiederzukommen. Wenigstens glaubte sie sich dieses Versprechens dunkel zu entsinnen. Dunkel und traumhaft schien ihr überhaupt alles, was ihr gestern von der Stunde an begegnet war, da sie mit Fabiano die Schenke betreten hatte. Noch war es wie ein fernes, dumpfes Getöse in ihr, Gelächter und grelles Geschrei, weinseliger Jubel, bacchantischer Tanz und dann die letzte, undurchdringliche Verworrenheit. Doch dieses eine wußte sie noch: Sie war, als eben der Vollmond rot und ungeheuer über San Miniato aufgegangen war, am Arm des Liebsten, mehr von ihm getragen als geführt, dem wilden Getriebe der Schenke entflohen und war auf einem buschigen Pfad in eine stillverborgene Laube gelangt, wo Fabiano sie plötzlich mit wildem Ungestüm umschlang. Und alles, was das fiebernde Herz der Maddalena noch des weiteren von jener Stunde ahnte oder zu wissen glaubte, das wollte sie vor Gott und vor sich selbst verantworten. Gewiß, das wollte sie.

Von Santo Spirito dröhnten die Abendglocken. Fabiano kam noch immer nicht.

Die Maddalena verweilte am Fenster wie erstarrt und sah, wie die feuchte Dunkelheit, einer lauernden Riesenspinne gleich, aus dem dichtesten Häusergewirr um die Ecke gekrochen kam. Nun schlich das Tier die Gasse entlang und fraß das Licht vom Fluß herüber und fraß und fraß und schwoll in die Höhe und quoll an den Wänden hinauf und wuchtete giftigen, schwülen Hauches vor den Fenstern und drohte die Gasse noch ganz zu ersticken mit seinem feuchten Gespensterleib.

Da warf die Maddalena sich aufs Lager in der Ecke ihres kahlen Zimmers und verharrte dort regungslos, von der furchtbaren Gewißheit gepeinigt, Fabiano werde niemals wiederkommen.

Ihre angstvolle Voraussicht betrog sie nicht. Sie stellte sich Abend für Abend ans Fenster, obgleich die spöttischen Blicke der Nachbarin sie arg belästigten; auch stand sie am folgenden Sonntag zur gleichen Stunde wartend an der Arnobrüstung: Fabiano kam nicht wieder.

Was sollte sie nun tun? Sollte sie etwa die Gassen von Florenz durchlaufen und rufen: Heda, ihr Leute, wo weilt Fabiano Niccoleone, dem ich zu eigen war am ersten Tag, da ich ihn kennenlernte? Am Ende hieß der Schurke gar nicht Niccoleone; er war vielleicht nicht einmal des Großherzogs Leibgardist. Ein gewissenloser Landstreicher mochte er gewesen sein, der eine arme Törin in ihrem bißchen Sehnsucht nach Liebe und Glück aufs schändlichste betrogen.

Solcherart gefiel sie sich in immer neuer Peinigung. Sie nannte sich zuletzt eine betrunkene Dirne, die sich dem ersten besten an den Hals geworfen. Ein bißchen Wein, ein spöttisches Männerlächeln, ein wenig Tanz und Tändelei, das hatte genügt.

So spann sie sich immer tiefer in Selbstqual und bußfertige Erniedrigung ein und führte im übrigen wieder das ärmliche graue Dasein,

in das sie sich seit ihrer Kindheit in dumpfer Ergebenheit gewöhnt hatte. Nur daß sie nun noch härter und strenger zu werden begann, den anderen und sich selbst zum Trotz.

Wie furchtbar aber mußte sie plötzlich in all ihrer Bitternis die böse Erkenntnis betreffen, daß sie Mutter zu werden beginne! Sie wehrte sich anfangs verzweifelt gegen jeden Gedanken daran. Dann aber warf es sie völlig hin und raubte ihr nun auch den letzten Trost – ihre Schande verheimlichen und vielleicht auch einmal vor sich selbst vergessen zu können.

Und schließlich blieb es auch den anderen kein Geheimnis mehr, ihrer Herrin nicht und nicht den Nachbarinnen und nicht den anderen guten Leuten auf der Gasse. Die Herrin hatte zur Verwunderung der Maddalena weiter nichts getan, als das gelbliche Altjungferngesicht noch bissiger verkniffen und ihr bedeutet, sie könne immerhin in ihrem Hause verbleiben, solange sie zur Arbeit noch tauglich sei. Hierauf aber möge sie sich zur rechten Zeit auf die Straße begeben, wohin sie ja schließlich gehöre.

Die Maddalena erwiderte nichts und fügte sich in alles, in die höhnischen Blicke der Unduldsamen, in die Barmherzigkeit der Gutmütigen.

Indessen aber reifte ein Plan in ihr, an den sie in ihrer Verlassenheit sich immer hartnäckiger zu klammern begann, je länger sie ihm nachsann. Sie wollte sich, sobald es an der Zeit war, mit ihren geringen Ersparnissen in einem der nachbarlichen Dörfer einen Unterschlupf suchen und hierauf mit dem Kinde, das sie geboren, nach Florenz hereinschleichen und es hier zu nächtlicher Stunde an den Stufen des Findelhauses auf der Piazza dell'Annunziata niederlegen. Dort würde man das Kind empfangen wie andere Kinder auch, man würde es großziehen und für seine Zukunft sorgen. Sie aber wollte sich ferner nicht darum bekümmern und in ihr Dörfchen in den Apenninen heimkehren und dort oder sonstwo in der weiten Welt ein neues, unbeflecktes Leben beginnen.

An einem stürmischen Abend des Frühherbstes trieb es sie die winddurchfegten Gassen entlang jenem »Hospital der unschuldigen Kindlein« zu, von dessen Bestand sie durch die Nachbarin Lella gehört hatte, die als geborene Florentinerin über alles Heimatliche geschwätzigen Bescheid wußte. Sie besah sich mit Neugier den langgestreckten Bau mit seinen vielen, von zierlichen Säulen getragenen Bogen, in deren Zwickeln auf den leuchtend blauen Medaillons die wunderzarten Wickelkinder des Andrea della Robbia prangten. Sie hatte gehört, es hätten edel denkende Nobili dieses Haus vor länger als hundert Jahren inmitten jenes wunderlichen Lebens- und Liebestaumels errichtet, der Volk und Adel in jenen großen Tagen der jungen Mediceer ergriffen hatte, und daß es solcherart ein Werk der Sühne und Rettung vieler Unverschuldeter bedeutete. Nun gut, auch ihr tat Rettung not, ob sie nun mehr oder weniger verschuldet war.

Sie hielt bereits geraume Zeit vor dem Hause, da bemerkte sie, daß eine dunkel gekleidete Frau unweit von ihr stand und sie unausgesetzt betrachtete. Und plötzlich stand sie an ihrer Seite und flüsterte: »Ihr erwartet ein Kind und seid nicht glücklich.«

Die Maddalena schrak zurück.

»In Euren Augen steht, daß Ihr nicht glücklich seid!« begann die Fremde von neuem.

Da wandte die Maddalena sich unwillig ab, der unheimlichen Erscheinung zu entfliehen.

»Verweilt noch einen Augenblick«, bedrängte sie die andere. »Euer Liebster hat Euch verlassen, nicht wahr?«

»Was kümmert's Euch?« verriet sich die Maddalena. »Man braucht Euer Mitleid nicht.«

Die Fremde aber ließ nicht locker. »Ich weiß Euch Hilfe, bedenkt es wohl! Ich will Euch von diesem Kinde befreien, an dem Euer Herz doch nicht hängt!«

Die Maddalena zuckte zusammen. Ja, das war es, woran zu denken sie bisher noch nicht den Mut gefunden. Sie konnte nichts empfinden für ihr Kind. Es war das Kind eines Menschen, den sie verachtete; es konnte nichts als Qual und Schmach für sie bedeuten. Ihr graute vor dem Augenblick, da es zur Welt zu kommen hatte.

»Nun hört«, begann die Unbekannte wieder, »es mag wohl manches arme Mädchen in ähnlich schlimme Lage geraten sein wie Ihr, aber keiner vermochte möglicherweise so viel Glück aus diesem Unglück zu erstehen als Euch. Habt Ihr Verwandte in der Stadt?

Nein? Nun, um so besser, wenn Ihr keine habt. Dann seid Ihr niemandem Rechenschaft schuldig. Und nun vernehmt: Ich will Euch morgen nacht in einer Sänfte am Ponte Vecchio erwarten, dort willigt Ihr ein, mir mit verbundenen Augen zu folgen, wohin ich Euch führe. Habt keine Angst, daß Euch ein Leid geschieht. Ihr werdet in einem vornehmen, stillen Hause Aufnahme finden, dort sollt Ihr Euer Kind erwarten und könnt der liebevollsten Pflege sicher sein. Und seid Ihr dann genesen, so könnt Ihr gehen, wohin Ihr wollt, doch dürft Ihr Florenz niemals wieder betreten. Und auch nach Eurem Kinde dürft Ihr

niemals fragen, es soll für Euch nicht mehr am Leben sein. Dafür bekommt Ihr fünfhundert Goldstücke, die können Euch aus aller Not befreien, sofern Ihr klug damit zu verfahren wißt.«

»Und was geschieht mit meinem Kinde?« fragte die Maddalena nach einiger Besinnung.

»Soviel ich Euch vertrauen darf: Es wird das Kind einer reichen, vornehmen Dame sein, die wird es wie ihr eigenes behüten und erziehen, es wird ihren Namen erhalten und einst ihre Reichtümer erben.

Gesteht, vermöchtet Ihr selbst in besserer Weise für die Zukunft Eures Kindes zu sorgen?«

»Ihr habt so unrecht nicht«, versetzt die Maddalena nach einigem Zögern. »Erwartet mich morgen nacht am Ponte Vecchio um die elfte Stunde. Erscheine ich, so wißt Ihr, daß ich Euer bin. Erscheine ich nicht, so denkt, es habe mir der Mut hiezu gefehlt.«

Seither war manches Jahr vergangen. Nun hieß die Maddalena Frau Sinigaglia und war die Witwe eines Grobschmieds in ihrem Heimatdorf im Apennin. Sie hatte den Sinigaglia bereits in ihrer frühen Mädchenzeit gekannt, bevor sie noch nach Florenz in den Dienst gegangen war; aber damals hätte er sie nicht geheiratet, denn damals war sie bettelarm. Nun aber, da sie eines Tages plötzlich als wohlhabendes Fräulein wieder im Dorf erschienen war, bemühten sich vielerlei Männer um sie, darunter auch der Grobschmied Sinigaglia.

Und sie nahm ihn, ohne sich lange zu bedenken. War es der eitle Wunsch, die Frau des hübschesten Mannes im Dorf zu werden? Oder war es, weil sie durch ihr böses Abenteuer in Florenz sich immer noch gedemütigt fühlte und den festen Boden rechtlichen Ansehens unter den Füßen wissen wollte? Was immer auch die Ursache gewesen sein mochte, sie mußte ihr Jawort bald bereuen, denn der schöne Sinigaglia, dem es um nichts als um ihr Geld zu tun gewesen, begann bald nach der Hochzeit sein Handwerk zu vernachlässigen, trieb sich von Schenke zu Schenke herum und ward ein ausgepichter Säufer und Tunichtgut. Und da er überdies auf einer seiner nächtlichen Orgien einen Landsmann um einer jungen fahrenden Dirne wegen im Raufhandel erstach, ward er in den Kerker zu Pistoja geworfen, wo er bald darauf verstarb.

Die Maddalena hatte zum Glück einen Teil ihres Geldes, jenes Geldes, um welches sie ihr Kind verkauft, in einigem Weideland und einer Viehherde angelegt, wodurch sie vor der äußersten Not geschützt blieb. Sie nahm ihre alte, fast gänzlich erblindete Verwandte zu sich und schickte sich an, ihr nun zum zweiten Male zerstörtes Leben nochmals wieder aufzuraffen, so gut es eben gehen wollte.

Wenn nur das eine nicht gewesen wäre: Sie hatte in ihrer Ehe mit dem Sinigaglia ein Kind erhofft. An diesem hatte sie zu sühnen gedacht, was sie an ihrem ersten Kinde verbrochen. Und nun war es ihr nicht beschieden gewesen. Sie hatte es aller Welt, vor allem aber sich selbst, beweisen wollen, daß sie Mutter zu sein verstehe wie jede andere. Das hätte ihrem Herzen wohlgetan. Damit war's nun vorbei.

In ihrem Hause befand sich eine Katze, ein schönes, geschmeidiges

Tier, an das sie hin und wieder das bißchen Zärtlichkeitsbedürfnis verschwendete, das die Bitternis des Lebens ihr noch gelassen. Die Katze bekam eines Tages Junge, nicht weniger als sieben. Sogleich ertränkte die Maddalena sechs davon in einem Tümpel unweit ihres Hauses. Denn was hätte sie auch mit dem vielen Getier beginnen sollen? Sie besaß ja kaum genug für ihren eigenen Unterhalt. Ein Junges aber ließ sie der Katze, und wenn sie nun, da sie abends ermüdet vom Felde heimkam, am flackernden Herd dem Spiel des Tieres zusah, wie es ihr Kleines mit drollig rührender Mütterlichkeit in den Pfoten hielt und sein Fellchen unermüdlich schleckte und putzte, wobei es vor

Behagen schnurrte wie ein Spinnrad, überkam sie oft das seltsam wehe Gefühl einer großen Verlassenheit.

Und eines Tages raffte sie ein Bündel zusammen und wanderte durchs Gebirge in die breite, lachende Ebene hinab und geradewegs auf Florenz zu, ohne eigentlich zu wissen, was sie dort beginnen sollte. Am dritten Tage gegen Mittag erreichte sie die Stadt und strich nun, nachdem sie zuvor an einer Kirchentür sich niedergesetzt und ein wenig gegessen, Stunde für Stunde durch die sonnenheißen, vom Volkslärm dröhnenden Gassen und spähte nach jeder vornehm gekleideten Dame, die etwa mit einem kleinen Knaben an der Hand vorüberkam. Und sooft sie ein Kind bemerkte, das seinem Alter nach dem ihrigen entsprechen konnte, verfolgte sie es im Gedränge und träumte und wähnte, es könne vielleicht das ihre sein. So trieb sie es bis zum Abend und fühlte sich immer müder, zerquälter und verlassener. Auf einmal nahm sie wahr, daß sie unweit des Ponte Santa Trinità und fast an der gleichen Stelle stand, an der sie einst den Reiter Fabiano zum erstenmal erwartet hatte. Da lehnte sie sich wieder an die Brüstung und sah in den Fluß hinab, und all die Erinnerung an ihre einstige Qual und Schmach und ihre Schuld gegen ihr Kind überkam sie mit seltsamer Macht, so daß sie unverweilt dachte, wie gut es wäre, ganz still und klaglos da unten im Fluß dahinzutreiben, denn ihr Leben erschien ihr plötzlich ganz ohne Sinn und Zweck. Und immer wieder mußte sie, verwunderlich genug, an jenen ersten Tanz am Monte Olivieto denken, und sie summte wie verloren das Liedchen vor sich hin, das damals jene blonde Dirne gesungen:

Was tu' ich da?
Die ganze Nacht die Füße an der Wiege,
hab' keinen Mann und heiße doch Mama.

Dann aber kam ihr die ganze Unsinnigkeit dieses Liedes und ihres eigenen Verhältnisses zu ihm ins Bewußtsein, so daß sie plötzlich laut auflachte und hierauf, wie von aller nutzlosen Illusion ernüchtert, ins Gedränge auf der Brücke zurücklief, um irgendwen nach einer Herberge zu fragen, wo sie diese Nacht verbringen konnte. Am nächsten Morgen aber wollte sie Florenz wieder verlassen; denn was sollte sie noch hier!

Ein Zug fahrender Kaufleute, der in der gleichen Herberge wie die Maddalena übernachtet hatte und der in aller Frühe über die Berge nach Bologna wollte, lud sie ein, auf einem der minderbefrachteten Karren den mühsamen Weg bis in ihr Dorf, das dicht an der großen Handelsstraße lag, zurückzulegen. Der Maddalena war es auf dieser Heimfahrt, als kehre sie aus einem wirren Traum zurück, den sie da unten zwecklos geträumt und der sie mit lästigen, völlig unerfüllbaren Hoffnungen genarrt. Wie konnte sie jemals daran denken, den Aufenthalt ihres Kindes zu erfahren? Sie wußte ja nicht einmal, ob es noch am Leben sei, so wie auch sonst jede Spur verwischt war, der sie etwa hätte folgen können.

Dies alles bedachte die Maddalena auf ihrer Heimfahrt und daß ihr nun nichts anderes übrigbliebe, als jegliche Hoffnung für immer aufzugeben und sich ins Unvermeidliche zu fügen, worin ja auch bisher die Kunst ihres ärmlichen Lebens bestanden hatte.

Jedoch das Schicksal oder der Zufall, oder wie wir sonst den dunkeln Weiser unserer Wege nennen wollen, beschloß es anders.

Eines Abends vernahm die Maddalena, als sie eben auf dem Herde ihr Abendbrot bereitete, ein lautes Geschrei auf der Gasse. Die Leute rannten gestikulierend durcheinander und taten sehr erregt.

Ein Verbrechen sei geschehen, rief man ihr zu. Man hatte, kaum eine Viertelstunde vom Dorf entfernt, dort, wo die Straße durch eine kleine Waldschlucht führt, einen Reisewagen entdeckt, dessen Kutscher ermordet unter den Rädern lag und in dessen Innerem eine Dame, die offenbar schwer verwundet war, in tiefer Ohnmacht hingestreckt gefunden wurde.

Die Maddalena lief, von Neugier gleich den anderen getrieben, dem Ausgang des Dorfes zu, wo auch bereits der Wagen, von einigen Bauern behutsam gelenkt und begleitet, mit seiner traurigen Last um die Ecke bog.

Die Maddalena drängte sich herzu, um die Verwundete zu sehen.

Wie erschrak sie aber, als sie sogleich und mit Bestimmtheit die Frau erkannte, die sie einst vor dem Findelhause angesprochen, die sie des Nachts in das einsam entlegene Haus zu Florenz geführt, mit der sie dort gewohnt und der sie auch ihr Kind überantwortet hatte!

Das alles erschien ihr nun wie eine Fügung des Himmels! Nun endlich galt es zu erfahren, in wessen Händen sich ihr Kind befand. Erfuhr sie es jetzt nicht, so erfuhr sie es niemals wieder. Die Fremde durfte ihr nicht entrinnen!

Sofort bemühte sie sich, ihren Landsleuten begreiflich zu machen, es gebe für die arme Verwundete keine bessere Unterkunft als ihr eigenes Haus. Man war damit auch einverstanden, denn es hatte sich noch niemand darum bemüht, und die Maddalena stand in gutem Ansehen als ehrlich und verläßlich.

So wurde also der Wagen vor ihr Haus gelenkt und die Verwundete abgeladen, die unterdessen das Bewußtsein wiedererlangt hatte. Es

stand nicht zum besten mit ihr; die Mörder hatten gut gezielt und offenbar geglaubt, ihr Opfer getötet zu haben.

Es gab keinen Arzt in der Gegend und niemand, der auf solcherlei schlimme Verwundungen sich verstanden hätte. Da war es wohl am besten, die Fremde, insofern sie überhaupt die Nacht überlebte, am nächsten Morgen ins Spital nach Bologna hinabzuschaffen. Sie wurde unterdessen notdürftig verbunden und der Pflege der Maddalena überlassen, die bei ihr nachtsüber zu wachen versprach.

Nun schien für Maddalena der Augenblick gekommen, da sie erfahren mußte, was sie um jeden Preis zu wissen begehrte. Die Fremde hatte die Augen aufgeschlagen und spähte verwundert im Zimmer umher. Dann bat sie mit leiser, röchelnder Stimme um Wasser. Das reichte ihr die Maddalena und ließ dabei das Licht sich voll ins Antlitz scheinen. Es reizte sie, zu sehen, ob auch die Fremde sie wiedererkenne.

Und wirklich sagte diese nach einiger Zeit: »Ihr seid die Maddalena Gondi?«

Die Maddalena nickte hastig und schaute sie drohend an. »Was ist's mit meinem Kind?« fragte sie. Es fraß geheime Furcht in ihr, die Fremde werde ihr jegliche Auskunft verweigern wie einst.

Diese aber winkte sie näher zu sich und flüsterte ihr zu: »Euer Kind heißt Don Antonio de Medici. Er ist der Sohn Seiner Hoheit des Großherzogs Francesco von Toskana!«

Die Maddalena sank am Rande des Bettes nieder und starrte verwirrt vor sich hin. Die Fremde sprach wohl im Fieber? Was hatte sie da vernommen! Ihr Kind – der Sohn des Landesfürsten und seiner schönen Geliebten, der allmächtigen, von allem Volk gefürchteten und gehaßten, als teuflische Zauberin und Hexe verschrienen Bianca Capello? Ihr Kind der kleine Don Antonio de Medici, von dem sie oft schon erzählen gehört? Der Erbe des Thrones vielleicht, da die Großherzogin selbst nur Töchtern das Leben geschenkt?

Die Verwundete stöhnte auf. Das Sprechen schmerzte sie. Und doch, es schien, als hätte sie noch viel zu sagen. In Qualen rang und wühlte es in ihr. Die Maddalena aber horchte atemlos.

Und mühsam, Wort für Wort, erlauschte sie endlich die ganze Wahrheit. Nun wußte sie endlich die ganze Wahrheit. Nun wußte sie es, nun baute und ergänzte sich alles, so traumhaft und ungeheuerlich es war, zur sichersten Gewißheit: Die Fremde hattte ihr vertraut, sie hieße Giovanna Santi und sei bisher der Bianca Capello vertrauteste Kammerfrau gewesen. Sie sei dereinst von der Herrin gedungen worden, der Bianca Capello, die dem Großherzog Mutterfreuden vortäuschte, um ihn gänzlich an sich zu fesseln, einen neugeborenen Kna-

ben zu verschaffen, der als ihr eigener gelten sollte. Es war ihr Kind, das Kind der Maddalena.

In einer Laute verborgen, sei das Neugeborene ins Zimmer der Bianca Capello geschmuggelt und dem überglücklichen Großherzog gezeigt worden, der den schändlichen Betrug auch glaubte. Seit diesem Tage aber hatte die arme Kammerfrau Giovanna erfahren müssen, es sei eine böse Sache, mit dem Mächtigen auf Erden ein schlimmes Geheimnis zu teilen. Von steter Angst um ihr Leben gequält, erkannte sie immer deutlicher, die Herrin vertraue ihr nicht mehr. Und endlich sah sie, es bliebe nur eines noch: die schleunigste Flucht. Sie bat ihre Herrin um Urlaub in ihre lombardische Heimat. Und nun, hier auf der Straße im Apennin, bevor sie noch über der Grenze war, hatten gedungene Mörder sie erlauert, damit sie auf ewig ihr Geheimnis verschweige.

»O heilige Jungfrau!« stöhnte die Verwundete, »beschirme mein Leben nur noch einen Tag, auf daß ich nach Bologna gelange! Dort soll es alle Welt erfahren, welch übles Spiel meine Herrin gespielt. O gönne mir dies eine noch!« Dann aber schwieg sie erschöpft und lag nun Stunde für Stunde in stöhnenden Fieberträumen. Die Maddalena aber kühlte ihr von Zeit zu Zeit die Stirn, hielt ihre glühenden Hände in den ihren und wachte an ihrem Lager die ganze Nacht.

Das Aufsehen in Bologna war ungeheuer. Und bald erfuhr man es auch in Florenz und rings im Lande umher, was die Kammerfrau der Bianca Capello kurz vor ihrem Tode im Spital von Bologna vor amtlichen Zeugen gebeichtet hatte. Nun endlich stand diese teuflische Abenteurerin, die den Großherzog mit höllischen Zauberkünsten umgarnte, wodurch sie ihn und das Land mit maßloser Keckheit zu beherrschen vermocht hatte, nun endlich stand sie als die Schwindlerin, die sie war, als Kindesunterschieberin vor allem Volk entlarvt. Nun endlich sollte ihr Ende gekommen sein.

Und doch, so sehr auch jedermann, vom vornehmsten Nobili bis zum letzten Feigenhändler, sich im Innersten empörte, es fand im ganzen Reiche sich nicht einer, der es gewagt hätte, dem Großherzog persönlich die niederschmetternde Botschaft zu überbringen, sein vielgeliebtes Söhnchen Don Antonio de Medici, in dessen rosigem Antlitz er so oft die Züge der Geliebten und nicht minder die seinen zu erkennen geglaubt, es sei nur ein von seiner vergötterten Bianca ihm unterschobener Wechselbalg. Das wagte niemand, selbst sein eigener Bruder nicht, der sonst so kühne, selbstbewußte Kardinal Fernando de Medici aus Rom.

Die Bianca Capello selbst aber saß, gleich einer schlauen Spinne, in ihrem fürstlichen Palast in der Via Maggio und sah die Fäden hin und wider laufen und gab ihr Spiel noch lange nicht verloren. Sie wohnte nicht fern vom Palazzo Pitti, der großherzoglichen Residenz, allwo die bleiche und fromme Johanna von Österreich ihr Eheunglück beweinte.

Unterdessen war den Wachen der Bianca Capello, die vorsichtigerweise nur aus deutschen Söldnern gewählt worden waren, seit einiger Zeit eine bäuerlich gekleidete Frauensperson aufgefallen, die sich immer wieder vor dem Hause umhertrieb und überdies, so oft der kleine Don Antonio spazieren geführt wurde, was stets nur unter scharfer Begleitung geschah, in zudringlicher Weise in seiner Nähe verblieb und den Knaben unausgesetzt betrachtete. Und einmal hatte sie sich sogar erfrecht, die Wache beiseite zu schieben und den Jungen stürmisch zu umarmen und zu küssen, worüber dieser derart erschrak, daß er kläglich zu weinen begonnen hatte.

Das war der Bianca Capello berichtet worden, worauf die kluge Diplomatin ihre feinen Brauen erstaunt und sinnend in die Höhe zog, was für jeden, der sie kannte, stets mehr als eine flüchtige Geste bedeutete.

Am Tage darauf war jene verdächtige Frauensperson, als sie abermals am Hause vorbeistrich, von der Wache kurzerhand verhaftet und in ein Gemach des Palastes geschleppt worden, wo man ihr zu verstehen gab, sie möge sich ruhig verhalten, denn die »Madama« werde sogleich erscheinen und sie um einiges befragen.

Es dauerte nicht lange, so erschien in der Türe die fürstliche Erscheinung der schönen Bianca Capello. Sie war sehr kostbar gekleidet, als käme sie von einem Feste, trug um den stolzen Nacken eine Kette aus ungeheuren Perlen, desgleichen im Haar eine Perlenschnur, von der ein zartgeblümter Schleier herniederduftete. Sie ging mit dem Schritt einer Siegerin auf die Wartende zu, die über all diese gleißende Pracht in demütigem Staunen zusammenknickte.

»Wie heißt Ihr?« fragte die Capello sie gebieterisch, wobei ihre dunklen Augen jeder Lüge auf den Grund zu blicken schienen.

»Ich heiße Maddalena.«

»Man sagte mir, Ihr triebet Euch auffallend oft in der Nähe meines

Sohnes, des Don Antonio de Medici, herum. Was bezweckt Ihr damit?«

Die Maddalena starrte zu Boden und schwieg.

Im Augenblick glitt ein wissendes Lächeln über die Lippen der Bianca Capello. »Ei nun, was habt Ihr mir zu sagen?« drängte sie.

Die Maddalena schwieg.

»Wieviel erhieltet Ihr für Euer Kind?« Die Stimme der Capello klang messerscharf.

Die Maddalena stöhnte schmerzlich auf. »Ich vermochte mein Kind, doch nicht mein Herz zu verkaufen!«

»Ihr hattet, wenn ich mich recht entsinne, die Verpflichtung übernommen, niemals wieder nach Florenz zurückzukehren?«

Da wagte die Maddalena ein gefährliches Wort: »Oh, wenn Ihr wüßtet, hohe Frau, wie einer Mutter zumute ist!«

Nun war das schöne Antlitz der Capello wie versteinert. Mit keiner Miene verriet sie, was in ihr vorging. »Es geht im Volk ein wüstes Gerede«, sagte sie nach einer Weile. »Man erfrecht sich, zu behaupten, ich hätte die Mörder der Giovanna Santi gedungen. Vermögt Ihr das zu glauben?«

Die Maddalena starrte sie erschrocken an. Auf diese Frage war sie nicht gefaßt gewesen. »Die Giovanna hat es selbst behauptet«, stotterte sie endlich hervor.

»Ei, ei! Wo habt Ihr sie gesprochen?«

»Ich pflegte sie in der ersten Nacht nach dem Überfall!«

»Ei, ei! Und durch sie also glaubt Ihr zu wissen, Don Antonio sei Euer Kind?«

Die Maddalena nickte.

Nun lächelte die Bianca Capello. Ein seltsames Lächeln. Dann ging sie, wie in Gedanken versunken, im Zimmer auf und ab. Und als sie wieder vor der Maddalena stand, da klang ihre Stimme schmeichelnd und sanft. »Was glaubt Ihr, Maddalena, vermöchtet Ihr nicht bei mir zu bleiben – als eine meiner Mägde? Doch dürfte Euch kein Dienst zu niedrig sein. Ihr müßtet stets die unterste von allen sein und dürftet auch keinerlei Lohn verlangen und müßtet Tag und Nacht zu meinen Diensten sein. Ihr müßtet, mit einem Wort, das Härteste, was Dienerschaft erdulden könnte, mit Freuden auf Euch nehmen, dürftet niemals auch nur mit einem Wörtchen murren und müßtet stets eine freundliche Miene zur Schau tragen. Und Euer Lohn? Er wäre nicht gering. Ihr seid ja in meinem Hause und dürft daher auch in – Don Antonios Nähe verweilen. Das wäre doch Lohn genug, nicht wahr?«

Da sank die Maddalena nieder, umschlang die Knie der anderen und rief: »Mit Freuden will ich Euch mein Lebtag dienen, hohe Frau, wie immer Ihr es auch verlangt. Nur laßt mich in der Nähe meines Kindes!«

Da wandte die Capello sich hastig um und riß an der Klingel. Zwei Wächter traten herein. Zu diesen sprach sie: »Schafft dieses Weibsbild in den Keller und führt sie heute nacht, gut geknebelt und gebunden, in den Narrenturm. Dem Narrenmeister meldet, sie nenne sich Maddalena und sei bereits die dritte, die im Wahne lebt, die Mutter Seiner Hoheit Don Antonios de Medici zu sein!«

Im Laufe der nächsten Monde gab es viel zu lachen und zu schwätzen in Florenz. Man lachte und schwätzte öffentlich, doch mehr noch im geheimen, wie es vorsichtigen Staatsbürgern rätlicher erscheint. Es war aber auch zu toll, was Seine Hoheit, der Herr Großherzog Francesco, aufs neue von seiner Bianca Capello sich hatte bieten lassen, es war zu toll. Aus Höflingskreisen wurde die Nachricht verbürgt, die schlaue Zauberin hätte die Kühnheit gehabt, alles auf eine Karte zu setzen, indem sie dem Großherzog in einer zärtlichen Stunde zu Füßen fiel und ihm unter Reuetränen gestand, der kleine Don Antonio sei wirklich nicht ihr Kind, sie hätte nur aus Liebe zu ihm die schlimme Täuschung begangen, um Seine Hoheit, den Großherzog, auch mit der letzten Fessel noch an sich zu binden. So habe sie zu verhüten gewußt, daß dem Großherzog von anderer Seite das gefährliche Geheimnis zugetragen werde, und – oh, wer bedachte es ohne zu lachen? – es war ihr die volle Verzeihung ihres guten, allzu verliebten fürstlichen Gönners zuteil geworden. Nun gab es kein Geheimnis mehr, das die tollverwegene Abenteurerin hätte fürchten müssen. Sie hatte auf allen Linien neuerdings gesiegt.

Und doch, wie das Schicksal zuweilen die köstlichsten Streiche spielt, oft donnernd wie Zeus, oft boshaft wie ein Gassenbub, ereignete sich bald darauf zu Florenz eine neue Ungeheuerlichkeit – des Großherzogs rechtmäßige Gemahlin, Frau Johanna von Österreich, bekam nun wirklich einen Sohn.

Wer wollte es da dem Großherzog verübeln, diesen echten Erben mehr zu bejubeln als seinen allzu ungewissen und schließlich nur gutherzig geduldeten Don Antonio?

Und ihm getreu geriet das ganze Volk in einen Freudentaumel, und

als der kleine echte Prinz zur Taufe getragen wurde, ergoß das Gold sich in Strömen und mehr noch der Wein aus den ungeheuren Fässern, die zu jedermanns Wohl auf der Gasse standen.

Die Bianca Capello aber war nun klug genug, sich nach ihrer Villa in Pratolino zurückzuziehen, denn sie fühlte den Boden unter ihren schönen Füßen nicht mehr sicher.

Und kaum, daß sie die Stadt verlassen hatte, ward mancher ungerechte Bann gelöst und manche Kerkertür geöffnet.

So wurde unter anderen auch eine ältliche kränkliche Frauensperson aus dem Narrenturm entlassen, die sich Maddalena Gondi nannte und allenthalben beteuerte, sie sei die Mutter des kleinen Don Antonio de Medici. Doch wurde das von den wenigsten ernst genommen, und selbst jene, die es glaubten, versicherten ihr, es sei, wenn man es recht bedenke, zur Stunde keine sehr ehrenhafte Sache. Und andere wieder gaben ihr den Rat, von der ganzen Geschichte nicht viel zu reden, denn die Bianca Capello sei ja immer noch lebendig und hätte es jederzeit verstanden, ein Lebenslicht so friedlich auszublasen wie ihr Kerzenlicht zur Nacht.

Mitleidige Menschen nahmen sich der Maddalena an und beschlossen, sie in ihre Heimat zurückzuführen.

Was hätte man auch in Florenz mit ihr beginnen sollen? Es schien zu keinerlei Arbeit geeignet und überhaupt nicht recht bei Trost, was der Verkehr mit den Narren im Turm ja durchaus begreiflich erscheinen ließ. Sie saß oft stundenlang in der Sonne und sang am liebsten ein närrisches Lied mit dem seltsamen Refrain:

Was tu' ich da?
Die ganze Nacht die Füße an der Wiege,
hab' keinen Mann und heiße doch Mama.

So kam die Maddalena wieder nach Hause zurück. Dort ging es ihr bald besser. Sie weidete ihre Herde auf den Fluren des Apennins und tat auch sonst sich wieder um in Haus und Hof. Von ihrem Sohne sprach sie immer seltener, als wäre sie bemüht, den alten bösen Traum endgültig abzutun.

»Ihr seid ja ein tapferes Weiblein geworden, Gevatterin«, sagte der

Nachbar, dem ihre Umtulichkeit gefiel, und hieb ihr freundschaftlich auf die Schulter.

Nur wenn zuweilen ein Reisender aus Florenz im Dörfchen rastete, versuchte sie aus ihm herauszulocken, was unten im Lande geschehe und was mit dem Großherzog sei und was man sonst von den Seinigen wisse.

Da gab es eines Tages eine neue Botschaft, die nicht minder verwegen klang als manche frühere und doch nicht unbegreiflicher war als ein verliebtes Männerherz.

Die Bianca Capello hatte nämlich, obgleich sie fern von Florenz war, aufs neue das Herz ihres Großherzogs besiegt. Durch welchen Hexenschlich, das wußte man nicht. Genug, es war geschehen. Der Großherzog hatte sie wieder in Liebe zu sich genommen.

Darüber aber war das Herz Johannas von Österreich gebrochen, sie konnte diese neuerliche Schmach nicht überstehen.

Und bald darauf geschah das letzte, worüber sich halb Europa die Haare raufte: Die Bianca Capello, die siebenfach geeichte schöne Sünderin, sie sah ihr Lebens- und Liebeswerk gekrönt, sie war Großherzogin geworden. Nun wagte niemand mehr im Lande zu lachen, zum mindesten nicht über sie.

Auch dies erzählte man der Maddalena: Es sei der junge Don Antonio wieder in hohen Gnaden bei Hofe aufgenommen, er heiße jetzt Prinz von Caperstrano und sei Legat von Spanien und halte sich einen eigenen Hofstaat.

Da freute sich das alternde Herz der Maddalena. Es war wie eine ferne, milde Freude, daß es ihrem Kinde gutgehe. Und nun gedachte sie fast in Dankbarkeit der grausamen, rätselhaft dämonischen Frau, die ihr selbst so übel mitgespielt und doch ihren Sohn in Ehren hielt, obgleich seine niedere Herkunft kein Geheimnis mehr war.

Doch wenn die Maddalena solcherart auch Frieden mit der Bianca Capello schloß in ihrem einfältigen Herzen, so hütete sie sich wohl, jemals ein Wörtlein von sich hören zu lassen. Jene furchtbare Lehre von einst, die hatte ihr genügt; sie wollte ihre letzten Tage in Sicherheit beschließen.

Und so verging nun Jahr um Jahr. Die Maddalena war früh gealtert, und es stand mit ihr nicht zum besten. Sie mußte nun oft zu Bette bleiben, was ihrer tätigen Natur widersprach. Man hatte sogar einen Arzt aus Vergato, der nächsten größeren Ortschaft, geholt, der hatte

viel an ihr herumgehorcht und ihr schließlich empfohlen, sich eine Magd fürs Haus zu halten und womöglich auch einen Knecht für den Stall. Denn sie sei der bisherigen aufreibenden Tätigkeit nicht mehr gewachsen. Davon aber wollte die Maddalena nichts wissen. Es war bisher gegangen, wenn auch nur zur Not, es mußte auch fernerhin gehen.

An einem schönen, hellen Nachmittag, da ein sonnenfreudiges Rauschen rings durch alle Buchenwipfel ging, lehnte die Maddalena müde und mißgestimmt an der Tür und dachte, sie werde nun den Rat des Arztes doch befolgen müssen, denn es ward immer schlechter mit ihr.

Da kam der Nachbar Sandro in Eile gelaufen und erzählte ihr, es weile unfern von hier im Walde ein prächtiger Jagdzug, es seien Fürstlichkeiten aus Florenz, und einer der Jagdknechte, den er zufällig kenne, habe ihm verraten, der Prinz von Capestrano sei es, der eben mit seinem Hofstaat im Walde einen jagdlichen Imbiß einnehme.

Die Maddalena ward bleich wie die Wand. Sie tappte sich in die Stube, band sich hastig ihr bestes Kopftuch um und sagte dem Nachbar, er möge sie, so schnell er nur könne, zu jener Stelle im Walde geleiten.

Der Nachbar aber meinte besorgt, der steinige Weg in den Wald sei nichts für sie, es sei wahrscheinlich, daß der Prinz auf dem Heimweg vorüberkomme, dann könne sie ihn bequem von der Gasse aus gewahren.

Die Maddalena aber tat so aufgeregt und verlangte so dringend, er müsse sie führen, daß der Nachbar sich schließlich achselzuckend dazu bequemte und seinen Arm gelassen unter den ihren schob. Denn er wußte, wie schwer der Maddalena jeglicher Steilweg ankam.

Oft blieb die Maddalena stehen und legte die Hand aufs Herz. Es hämmerte darin, als sollte es zerspringen. Der Nachbar fluchte, doch tat er ihr den Willen und führte sie höher und höher den Wald hinauf.

Und endlich vernahmen sie allerlei Stimmen und heiteren Gesang und standen bald darauf vor einer Lichtung, von der sie unfern auf einer kleinen Wiese die ganze fröhliche Gesellschaft gelagert sahen.

Die Maddalena fühlte, die Füße trügen sie nicht mehr. Sie sank in die Knie und stützte die Hände ins Gras. So schaute sie unverwandt das helle liebliche Bild, das hier, von rauschendem Waldgrün umrahmt, ihren flimmernden Blicken sich darbot.

Der Prinz, in seinem prunkvoll verzierten Jagdgewande, erhob soeben seinen Becher im Kreis der anderen und rief: »Und nun, o schönste Nina, beglückt uns nochmals mit einem Liede und schenkt uns womöglich ein Tänzchen dazu! Denn niemals tanzten süßere Elfenfüßchen über diesen Rasen. Er bleibt geweiht von dieser Stunde an, und jeden Halm will ich beneiden, den Ihr knickt.«

Da lachten die anderen alle und tranken dem Prinzen zu. Die schöne Nina aber trat sogleich in den Kreis und raffte ihr feines Gewand und sah auf ihre roten Seidenschühchen hinab, indes sie sich

trällernd in den Hüften zu wiegen begann. Dann summte sie ein Liedchen, kaum hörbar erst und mählich nur in silbernen Kaskaden steigend; niemals lauter, als der Kreis der staunenden Hörer es erforderte.

Und wie aus weiter Ferne nur, ganz leise wie im Traum, vernahm die Maddalena nunmehr den Kehrreim des alten sonderbaren Liedes:

Was tu' ich da?
Die ganze Nacht die Füße an der Wiege,
hab' keinen Mann und heiße doch Mama.

Die ganze junge Schar gebärdete sich wie toll vor Jubel, als das schöne, zierliche Mädchen Lied und Tanz beendet hatte. Man faßte sich an den Händen und sprang um sie und den Prinzen herum. Der aber legte seinen Arm wie schützend um ihren Nacken und sah ihr tief in die Augen.

Da hörten sie ein Geschrei von Waldrand herüber. Ein Bauer stand dort und rang die Hände und wies verzweifelt auf eine Frauengestalt, die wie leblos zu seinen Füßen lag.

Man wandte sich ärgerlich um. Was sollte diese Störung?

Der Prinz aber eilte mit einigen Gefährten, worunter sich auch die schöne junge Dame befand, auf den jammernden Bauern zu und fragte ihn, was es gebe?

Und da gewahrte er die Frau auf der Erde und beugte sich nieder zu ihr, zu sehen, ob sie noch am Leben sei.

Sie aber war im gleichen Augenblick wieder zu sich gekommen und sah ihn nun an, und es glitt wie ein seliges Lächeln über ihr Antlitz. Dann haschte sie mit ihren groben braunen Händen nach seiner schlanken Rechten und küßte sie, eh' er es hindern konnte. Und als er sie darob verwundert ansah, sagte sie, kaum noch vernehmbar und wie still für sich:

»Ich bin deine Mutter!«

Der Prinz fuhr betroffen zurück. Was sollte das? Da lag ein fremdes, armseliges Weib vor ihm im Walde und sagte ihm, es sei seine Mutter?

»Was meinte sie?« erkundigte sich die Schöne und beugte sich neugierig vor.

»Sie sagte, sie sei – meine Mutter. Was sagt Ihr dazu? Mich dünkt, o schöne Nina, Ihr habt diese Wiese bereits verhext. Es ist Zeit, daß wir gehen!«

Da lachte die Blonde einen hellen silbernen Triller empor, so daß es rings im Walde wie von Elfenstimmen widerhallte.

Noch warf der Prinz einen scheuen Blick auf die seltsame bleiche Frau, die da bewegungslos vor ihm lag.

Sie aber hielt das Auge offen und begegnete dem seinen. Und plötzlich verharrte er wie gebannt.

Es war nur eine flüchtige Spanne Zeit. Da senkten sich schon ihre Lider, langsam und schwer. Und dann wurde es das Antlitz einer Toten.

Der Prinz war tief erblaßt. Er winkte den anderen hastig zum Aufbruch. Man schwang sich aufs Roß und ritt in Eile heimwärts.

»Was habt Ihr nur?« schmollte die Schöne an des Prinzen Seite. »Kein einzig Wörtlein sprecht Ihr mehr mit Eurer Nina?«

Der Prinz gab keine Antwort. Er ließ seine Reitpeitsche sausen und köpfte eine wilde Rose, die am Wege stand.

Dann knurrte er mürrisch vor sich hin: »Am Ende war sie wirklich meine Mutter!«

L. RICHTER. A. GABER.

Artisten

Von Emil Ertl

Er hatte Mut, der Seiltänzer Benvenuto, oh, er war ein wahrer Held, wenn er in seinem silberglitzernden Staat hoch oben auf dem Drahtseil stand und der gaffenden Menge seine halsbrecherischen Kunststücke vorführte. Keinen Augenblick zitterte er vor dem gähnenden Abgrund da unten, die Lust am Handwerk ließ ihn jede Gefahr vergessen, wie ein Feuer brannte in seiner Brust die künstlerische Besessenheit des Artisten, dessen Beruf es ist, lächelnd mit dem Tode ums Leben zu würfeln.

Für gewöhnlich aber, als Mensch, in seinem schäbigen, abgerissenen Alltagsanzug, da fehlte ihm so manches zum Heldentum. Da konnte er sogar kleinmütig werden und in Angst geraten, wenn seine Frau, die das Heft in der Hand hatte und die eigentliche Direktrice der wandernden Zirkusgesellschaft war, ihn mit ihren bösen Launen verfolgte, mit Eifersucht quälte, mit Vorwürfen überhäufte.

Darum erschrak er nicht wenig, als er, knapp vor Beginn der Vorstellung und bereits im Trikot, auf die Plattform des Wohnwagens hinausgerufen wurde und in einer Bauernmagd, die in der landesüblichen Tracht unten, an den Stufen des Wagens, auf ihn wartete, eine Bekanntschaft von alter Zeit her wiedererkannte. »Du bist es – Anna?« staunte er, den Finger an den Lippen, um sie zu bedeuten, daß sie leise sprechen sollte. »Wie kommst du in diese Gegend?«

»Ist doch mein Dienstplatz hier, schon seit ein paar Jahren«, sagte sie. »Und jetzt sind Zettel angeschlagen, überall im Ort, da hab' ich deinen Namen gelesen: Grein. Aber es steht nicht Ferdinand dabei, Benvenuto heißt es auf den Zetteln. So komm' ich nachschaun, ob du es wirklich bist.«

»Es gibt nur eine Kunstseiltänzergruppe Grein. Benvenuto aber nenn' ich mich, weil es besser zieht als Ferdinand, die Leute wollen es einmal so, da muß man ihnen schon den Gefallen tun.«

»Und das achtjährige Wunderkind«, fragte sie gespannt, »der Cesarino, von dem es auf den Zetteln heißt, daß er die beste Nummer der ganzen Truppe sein soll?«

»Das ist natürlich der Karl. Ein Teufelsbub, sag' ich dir, aus dem wird noch einmal ein zweiter Blondin!«

»Ein zweiter — wie meinst du?«

»Der Blondin«, belehrte er sie, »das ist nämlich der großartigste Seiltänzer gewesen, den es je auf der Welt gegeben hat. Und ebenso berühmt wie der hat auch der Karl alle Aussicht einmal zu werden, wenn er so fortmacht wie bisher.«

Ach, ein solcher Ruhm schien ihr nichts übermäßig Erstrebenswertes.

»Ist doch ein recht gefahrvolles Handwerk!« meinte sie, den Kopf schüttelnd. Und vorsichtig tastend wagte sie endlich die Bitte: »Darf ich ihn vielleicht sehn?«

»Den Karl? Hm, ich denke ...« Der Mann im Trikot zögerte, er suchte nach Ausflüchten: »Wir haben im Augenblick wenig Zeit, die Vorstellung soll bald beginnen.«

Aber sie flehte so inständig: »Nur ein Bussel geben, gleich geh' ich dann wieder.«

In sichtlicher Verlegenheit und unschlüssig überlegte Herr Grein, daß er sie vielleicht am schnellsten wieder loswürde, wenn er ihr den Wunsch erfüllte. Also winkte er schließlich mit hastiger Hand in den Gang des Wohnwagens hinein, und als ein kleiner Junge, der noch in den schlechten, schmutzigen Kleidern des fahrenden Volkes steckte, zum Vorschein kam, hob er ihn an beiden Händen hoch und ließ ihn auf die Treppenstufen zu ihr hinunter, indem er ihm zuflüsterte: »Das ist deine richtige Mutter!«

Leidenschaftlich schlang sie die Arme um das Kind, zog es an die Brust, und während es befremdet, doch wohlig berührt, sich willenlos den ungewohnten Liebkosungen überließ, bedeckte sie unter Tränen, die ihr über die Wangen herabstürzten, seine Stirn, seine Lippen, seine Hände mit inbrünstigen Küssen.

Plötzlich fuhr aus dem auf die Plattform führenden Gang ein braunes Weib mit wildflatternden Haarsträhnen ums Gesicht wie eine Furie hervor, entriß den Knaben den Armen seiner Mutter und stieß ihn schimpfend, während sie ihn mit Ohrfeigen traktierte, ins Innere des Wohnwagens zurück. Aufkreischend taumelte der Bub hinein und blieb verschwunden, sein Brüllen mischte sich mit dem kläglichen Gewimmer greinender Kleinkinderstimmen, das aus den Fenstern drang. Das Weib aber, die Faust gegen ihren Mann geballt, fing

wütend zu zetern an, ihn mit Vorwürfen und Drohungen überschüttend: Nun wisse sie, warum man in diesem elenden Neste haltgemacht, wo die Einnahme der Mühe nicht lohne und die Truppe kaum auf ihre Kosten komme. Nun gehe ihr erst ein Licht darüber auf, daß sie wieder einmal hintergangen und betrogen werden solle, sie, gut genug zum Kinderwarten, Kochen, Scheuern und Schuften von früh bis spät, während dieses Bauernmensch, deren Bankert sie hätte aufziehen müssen, um sich täglich und stündlich mit ihm zu ärgern, vornehm unter den Zuschauern sitzen und ihr nebenher auch noch ihren Mann, den Vater ihrer Kinder, abspenstig machen wolle. Aber das lasse sie sich nicht bieten, das Maß sei voll, die Vorstellung müsse abgesagt werden und dürfe auf keinen Fall stattfinden, wenigstens nicht in Gegenwart dieser unverschämt sich aufdrängenden Person, die eilen möge, nur rasch das Weite zu suchen, sonst werde sie sich noch an ihr vergreifen!

Sie schrie so laut, daß es bis auf den nahe gelegenen Rummelplatz hinüberhallte, wo ein Brettergerüste mit vielen Bänken aufgeschlagen und ein Seil von den hohen Silberpappeln, unter denen der Wohnwagen stand, bis zum Dach des nahen Hirschenwirtshauses durch die Luft gespannt war.

Die schaulustige Menge, die sich bereits um die Sitzreihen drängte, wurde aufmerksam, die Leute reckten die Hälse und schienen sich über das Gekeife, das von der Plattform des Wagens herüberscholl, zu belustigen, was Herrn Grein peinlich berührte. Aber er wußte aus Erfahrung, daß Widerreden nur Öl ins Feuer gegossen hätten, er schwieg und beschränkte sich darauf, der Bauernmagd mit der Hand zu winken, sie möge sich lieber entfernen.

In dieser aber bäumte sich nun ebenfalls der Zorn. Ihre Eintrittskarte vorweisend, eiferte sie, sie hätte ihren Platz so gut wie jeder andere bezahlt, niemand könne ihr verwehren, der Vorstellung beizuwohnen, und für den Karl, der nun einmal ihr und keiner andern Kind sei, brauche niemand zu sorgen, dem er lästig falle. Sie werde schon selbst für ihn aufkommen und ihn was Ordentliches lernen lassen, man möge ihn nur herausgeben und ihr auf der Stelle ausliefern, so sei sie bereit, ihn gleich mitzunehmen und ihm eine bessere Mutter zu sein als diese Bißgurn von einem Weibsbild, die den armen Buben — sie habe es soeben selbst mitangesehn — wie einen Schuhhadern behandle.

Die Seiltänzersfrau, in höhnender Bereitwilligkeit, ihr den Wunsch zu erfüllen, machte Miene, den Kleinen wieder zu holen, da begriff der Mann, daß er der Sache nicht ihren Lauf lassen dürfe. Die Angst, sein Söhnchen, seinen Liebling, seinen Karl zu verlieren, gab ihm das rechte Wort ein, das einzige, das Aussicht hatte, am Ohr dieses erbosten Weibes nicht wirkungslos abzuprallen.

»So verlieren wir halt unsern Hauptschlager, unsre zugkräftigste Sensation – meinetwegen, mir ist schon alles egal«, sagte er mit scheinbarem Gleichmut, indem er sich eine Zigarette ansteckte. »Gib ihn nur her, den Cesarino, ganz wie es dir beliebt, ich hab' nichts dagegen.«

Da stutzte das Weib und kam zur Vernunft. Der Cesarino hatte der Truppe schon viel Geld eingetragen, man schnitt sich selbst ins Fleisch, wenn man die Hand dazu bot, daß wieder ein Karl aus ihm würde. Nein! Nicht sie, die andere sollte das Nachsehen haben! Und indem sie erklärte, dieses Kind, das längst ihr eigen geworden sei, nie und nimmer freiwillig herauszugeben, stürmte sie unter unflätigen Schimpfworten, die sie noch gegen die Gegnerin schleuderte, ins Innere des Wagens zurück, um nicht wieder zum Vorschein zu kommen.

»So geh' ich halt aufs Gericht!« rief die Bauernmagd ihr nach; »dort wird sich's schon weisen, ob ich ein Recht auf den Buben habe oder nicht.«

Beschämt vor sich hin stierend, blies der Seiltänzer in hastigen Zügen den Zigarettenrauch durch die Lungen.

»Da siehst du einmal, wie es mir geht«, lamentierte er kleinlaut ... »Keine gute Stunde hab' ich mehr auf Erden!«

»Und der Karl aber auch nicht!« erwiderte sie, noch immer aufgebracht. »Den muß sie mir ausliefern, ob sie will oder nicht, ich fecht' es durch! Malträtieren laß ich mein Kind nicht!«

Da verlegte Herr Grein sich aufs Bitten. Nein, den Buben müsse sie ihm schon lassen, den dürfe sie ihm nicht wegnehmen, sei er doch das einzige, was ihn noch am Leben halte. Hätte er ihn nicht, so bliebe ihm nichts übrig, als ins Wasser zu gehn. Und auch der Karl seinerseits hänge an ihm, seinem Vater, das wisse er bestimmt. Und was für eine Freude der Bub an seinem Beruf hätte, in dem er von Tag zu Tag Fortschritte mache! Es wäre jammerschade, ihm die glänzende Laufbahn, die ihm winke, mutwillig zu verschütten. Denn es stecke wirklich ein Genie in ihm, wie man es selten unter den Artisten antreffe.

»Wenn wir miteinander arbeiten, er und ich«, sagte er, »dann vergessen wir beide unser Elend und bilden uns ein, wir wären im siebenten Himmel. Und schmieden Pläne, wie wir uns von dem Weib, das das Geld in der Hand hat, freimachen und unser eigenes Unternehmen gründen werden, wenn der Karl seine Ausbildung einmal vollendet hat. Das alles würdest du uns zerstören, Anna, unsere ganze Zukunft wäre beim Teufel, wenn du mir den Buben wegnimmst. Könntest du das wirklich übers Herz bringen?«

Ein Seufzer entrang sich dem Busen der bekümmert dreinsehenden Frau. Sie fühlte sich entwaffnet.

»Wie Gott will«, sagte sie endlich; »so soll der Bub halt bei dir bleiben. Ich bedank' mich, daß ich ihn wenigstens hab' sehen dürfen. Leb wohl, Ferdinand!«

»Und du ebenfalls, Anna, leb wohl! Und tausend Dank auch, daß er bei mir bleiben darf!«

Das Weib des Seiltänzers spähte aus dem Fensterchen des Wohnwagens der vermeintlichen Rivalin nach. Als der Mann eintrat und dem Karl half, das Trikot anzulegen, stellte sie empört fest: »Die ausg'schamte Krot hat sich richtig mitten unter die Zuschauer gesetzt.«

Vom Schauplatz her waren schon seit einiger Zeit die Klänge eines Orchestrions vernehmbar. Die Vorstellung hatte ihren Anfang

genommen. Ein Kraftmensch stemmte Gewichte und Lasten. Die vorwiegend bäuerlichen Zuschauer wußten gestählte Muskeln zu schätzen, Beifall schallte herüber. Das Klatschen elektrisierte den Seiltänzer. Was würden die Leute erst sagen, wenn er selbst, Benvenuto, mit seinen Schlagern auftrat, und wenn er ihnen gar den schlanken Cesarino vorführte, der, kühn und behend wie ein Panther, dabei schön wie ein halbwüchsiger Engel war. Mit Händen, die von der durchgemachten Gemütserregung noch bebten, war er dem Knaben behilflich, das von Silberflitter blinkende Höschen anzuziehn, das sie erst nach langem Suchen, unter allerhand Gerümpel vergraben, auffanden. Das Weib, in ihrer Verbissenheit, hatte es versteckt.

»Vor so einer werdet ihr euch doch nicht produzieren wollen!« fing sie jetzt neuerdings an aufzubegehren.

Von Mut übermannt, schrie Grein sie an: »Schweig! Oder bist du verrückt? Zum Absagen ist es jetzt zu spät, aber auch wenn's möglich wäre, fiel's mir nicht ein. Im Gegenteil, Festvorstellung ist heut', daß du's nur weißt, alberne Gans, eifersüchtige!«

Wie eine getretene Schlange wand sie sich aus der Tür. Von blinder Leidenschaft besessen, glitt sie die Stufen des Wohnwagens hinunter und lauernd unter den Kronen der Silberpappeln hin. Vom Dach des Hirschenwirtshauses war das Drahtseil mitten über den Platz auf einen hohen Leitermast gespannt und sein Ende in den Zweigen eines dieser Bäume verankert. Man brauchte nur die an der Verankerung angebrachte Klemme zu lockern, so mußte es bei jeder erheblichen Belastung herausschlüpfen und zu Boden schnellen.

Knirschend vor Eifersucht stand das Weib jetzt still, sie lehnte sich an den mächtigen Stamm einer Silberpappel, sie zögerte, ihr Herz tobte ... Höhnisch gellte es ihr in den Ohren: »Festvorstellung ist heut'!«

Inzwischen bemerkte der Seiltänzer, während er an sich und sein Söhnchen die letzte Hand fürs Auftreten legte, daß Karls Backe arg geschwollen war. Besorgt erkundigte er sich, ob der Kleine sich sonst ganz wohl fühle und frei im Kopf. Vollkommen wohl, beteuerte der, nur ein bissel duselig noch, von den Ohrfeigen her, aber das gehe vorüber, es habe nichts zu bedeuten.

Der Seiltänzer überlegte, schwankte, entschloß sich. Nein, unter solchen Umständen durfte er es nicht zugeben, daß sein Liebling sich einer Gefahr aussetzte. Wie leicht konnte ihm ein Unfall zustoßen! Lieber sollte die Megäre ihren Willen durchgesetzt haben.

»Ich erlaub' es nicht, hörst du, Karl! Heute bleibst du mir hübsch im Wagen!«

»Zum Absagen ist es zu spät, das war soeben noch deine eigene Meinung.«

»Ich will den Leuten dafür den großen Salto vormachen.«

»Das aber dulde wieder ich nicht, Vater!« rief Karl, ihn ängstlich am Arm fassend. »Ich spüre, wie du noch zitterst, weil das Weib!« – er brachte es nicht über sich, sie wie gewöhnlich »Mutter« zu nennen – »so unsinnig loslegte. Wenn einer von uns absagt, so mußt du es sein.«

Wieder tönte Klatschen von außen her. Der Seiltänzer sprang auf und eilte, seinem Söhnchen mit entschlossener Handbewegung das Zurückbleiben anbefehlend, dem Ausgang zu. Der Clown hatte sein dressiertes Ferkel vorgeführt, nun folgte die Glanznummer, Benvenutos Auftreten.

Mit der Leichtigkeit einer Tänzerin eilte er über den freien Platz dahin und stieg im nächsten Augenblick, ohne sich anzuhalten, den Leitermast empor. Er schwang sich aufs Seil und stand frei in der Luft, hoch oben, mit ausgebreiteten Armen nach rechts und links grüßend. Da bemerkte er erst, daß Karl ihm gegen seinen ausdrücklichen Befehl gefolgt war und plötzlich, Kußhände ins Publikum werfend, knapp neben ihm auftauchte.

Zu spät, Einspruch zu erheben, er dachte auch nicht mehr daran. Die Lust an der Meisterschaft schlug ihn in Bann, die Leidenschaft des Siegens und Bezwingens, Freude und Stolz durchrieselten ihn. Nun würde er den Leuten da unten zeigen, vor allem der Mutter des tapferen Knaben an seiner Seite, die mitten unter den Leuten saß, was sie gemeinsam vermöchten, er und sein Prachtjunge.

Die Musik setzte aus, zum Zeichen, daß es nun gelte, den Atem anzuhalten.

Scheinbar spielend, mit jedem Schritt durch einen Reifen springend, den man ihm von unten zugeworfen, bewegte Benvenuto sich das locker gespannte Drahtseil entlang, Cesarino, mit fünf Kugeln in der Luft jonglierend, folgte ihm auf dem Fuße. Ein Sturm des Beifalls erhob sich, als sie sich so, knapp hintereinander herschreitend, dem Dachgiebel des Hirschenwirtshauses näherten.

Auch Anna, die Bauernmagd, die kaum da hinaufzublicken wagte, wo der einst geliebte Mann und das eben wiedergefundene Kind ihr Leben aufs Spiel setzten, versuchte das heftige Pochen ihres Herzens zu entlasten, indem sie leidenschaftlich in die Hände klatschte. Sie lechzte nach dem Augenblick, wo die beiden ihr nahverbundenen Menschen das Dach erreicht haben würden und wieder in Sicherheit wären.

Plötzlich aber war's ihr, als schwänden ihr die Sinne, denn nichts mehr als Luft sah sie dort in der Höhe, nur das Blau des Himmels.

Ein einziger Schrei des Entsetzens hatte aus der vielköpfigen Menge zu diesem Himmelsblau emporgegellt. Der Leitermast war umgerissen worden, das Seil, aus der Verankerung geglitten, peitschte den Boden. Wie der Blitz hatte Benvenuto sich umgewendet und mit bewundernswerter Geistesgegenwart den Knaben in seine Arme gerissen. Rücklings sauste er herunter, seinen eigenen Körper, der mit dumpfem Falle auf die Erde schlug, gleichsam als Puffer für das ihm teure Leben darbietend.

Ein paar Atemzüge lang verharrte alles in starrer Lähmung. Dann stand unversehens eine bäuerlich gekleidete Frau, aus einer der Bankreihen herbeigestürzt, neben den Verunglückten.

Cesarino, der junge Blondin, von einer unförmig blutigen Masse sich losringend, flog ihr weinend in die Arme.

»Das Kind ist unverletzt geblieben!« lief es aufatmend durch die entsetzten Zuschauer.

Der Kreisarzt aber, der sich zufällig im Publikum befunden hatte, kniete untersuchend neben dem fürchterlich Zerschmetterten auf der Erde.

Neugierige, die sich scheu genähert hatten, standen erschüttert still, die abgenommenen Hüte in den Händen. Zirkusleute eilten herbei, sie zurückzudrängen.

Landstreicher

Von K. H. Waggerl

I

Im Morgengrauen geht Maria über die Felder, an den Äckern entlang bis in die verwilderten Gärten der nahen Gehöfte. Es ist Herbst, weißliche Nebel steigen aus dem Boden, arm und verödet liegt das Land im fahlen Licht des Morgens. Nur in den Gärten steht noch allerlei Kraut, und die Kartoffeln sind in der Erde geblieben, sie geben das Brot des Landstreichers in dieser Zeit.

Vom Berge her weht der Frühwind, er bringt einen Geruch von Tau und Rauch mit sich – Rauch von den Feuern der fahrenden Leute. Am Tage ist die Straße voll von ihnen, aber nachts verschwinden sie wie die Tiere des Feldes, Hasen und Vögel. Sie schlafen hinter Zäunen, oder im Beerenkraut, wo der Boden warm und trocken bleibt. Jetzt aber, am Morgen, kommen sie über die Felder her, oder aus den Scheunen der Bauern, und wieder andere stehen nur so von der nackten Erde auf, dehnen sich, schütteln den Staub aus dem Haar und gehen. Das sind junge Leute, kühn, unverwüstlich und roh. Das sind jene, die mitunter Frauen bei sich haben, unter dunklen Brückenbogen mit ihnen schlafen und unterwegs verwegene Dinge auf die Tore der Scheunen schreiben. Viele aber sind alt oder krank und mit allerlei scheußlichen Gebrechen behaftet. Sie schleppen sich fort, hungern und frieren, wandern und gehen – es liegt im Blute.

Maria kommt an den Bach, dort wäscht sie die erdigen Knollen. Jetzt wird die Sonne sichtbar, ein großes, glühendes Auge hinter den Bäumen der Straße. Sie ist noch ganz von Nebel eingehüllt, aber schon fließt ein warmer Schein über die trostlose Öde, und etwas von diesem zärtlichen Licht fährt auch in das Wasser des Baches. Es wird zum Spiegel, Maria spiegelt sich darin. Sie kniet auf den Ufersteinen und betrachtet sich lange, ach – schön ist Maria wohl nicht! Aber das Wasser ist gnädig, es zeigt nur ihr dunkles Haar und den traurigen Glanz ihrer Augen.

Von der Straße her kommt ein Ruf, ein langgezogener Ton. Alle kennen ihn, die unter dem freien Himmel leben, sogar die Vögel antworten auf diesen einfachen Klang. Maria steht auf und geht am Ufer entlang bis an die Brücke.

Dort sitzt Thomas am Feuer und singt. Thomas ist blind, darum kann er nicht wissen, daß der Himmel schon klar wird und daß die Sonne höher und höher steigt. Die Nacht war kalt, feucht und frostig ist auch der Morgen, man wärmt die Hände über der Glut und singt:

Schön und traurig ist der Herbst, ja
traurig ist der Wind, er spielt im dürren Grase.
Groß ist die Welt, ja. Weit bin ich gewandert,
als ich jung war,
als ich jung war in meinem Leben . . .

Maria kommt, er fühlt den Tritt ihrer nackten Füße auf dem Boden. »Ja«, sagt sie, »Kartoffeln bringe ich, nichts anderes, Thomas. Die Gärten sind leer, und die Bauern haben überall Hunde in den Höfen.«

»Hunde, so? – Ich habe keinen Hund gehört.«

Maria gräbt ihre Kartoffeln in die heiße Asche, aber Thomas sitzt da, böse und mißtrauisch. Ach, sie ist auf keinem Hof gewesen, sie ging über die Felder und nahm Kartoffeln aus der kalten Erde, und dann saß sie am Bach, um ihr Gesicht zu sehen – warum sagt sie das nicht?

Maria lebt schon viele Jahre mit dem Blinden, einmal lag er krank in einem Dorfwirtshaus im Gebirge, und seit dieser Zeit ist sie bei ihm geblieben. Sie wandern mitsammen durch Dörfer und Märkte, Maria geht mit dem Blechteller unter die Leute, wenn Thomas auf den Plätzen steht und zum Tanz aufspielt. Oh, sie ist eine gute Frau für einen Blinden, mit keinem anderen Menschen könnte sie so leben, und auch Thomas ist nicht immer so böse und eifersüchtig, wie eben jetzt. Nein, nachts liegt sie neben ihm auf dem Heu, er fühlt ihre Wärme und den Schlag des Blutes in ihrem Leibe. Maria ist vielleicht müde und hungrig, aber Thomas will nicht schlafen, er hat eine Frau bei sich, zum Teufel – eine hübsche Frau!

Sie ist alles für ihn, Mutter und Geliebte, er sieht mit ihren Augen und lacht mit ihrem Munde. Thomas geht nicht mehr so elend durch die Welt, seit sie ihn an der Hand führt. – Oho! sagen die Leute – Thomas, hast du dir eine Frau zugelegt? Meiner Treu, sagen sie lachend, ein verteufelt hübsches Mädchen! Und auch Thomas lacht, jaja, das ist schon gut so!

Aber Maria zittert doch, wenn die Burschen auf diese Art mit ihm reden – sagt nichts mehr, schweigt still!

Maria ist häßlich, ein blutrotes Mal entstellt ihr Gesicht. Auch Gott ist wohl nicht immer gut, man weiß nicht, wie es damit ist. Denn warum zeichnet er Maria so furchtbar und warum hat sie doch ein so warmes Herz? Ohne Liebe ist sie aufgewachsen, ach, sie ist so durstig nach Liebe, wie Thomas nach Licht. Für ihn ist Maria schön, immer Frau in der Nacht, heiße Wange, warmer Atem. So geht sie neben ihm her, liebt ihn, duldet seine Schläge, wenn er böse ist, und hütet ihr Geheimnis.

»Was ist das«, sagt Thomas plötzlich, »warst du im Heu?«

»Nein, nicht im Heu. – Iß jetzt, Thomas!«

»Hunde, sagst du? Komm her, warum lügst du schon wieder? Im Heu warst du, ja freilich, du Hure, und wer bin ich? Sage mir das – wer bin ich?«

Maria schweigt. Ach, es ist schlimm, wenn Thomas so böse ist, er bricht ihr fast die Handgelenke in seinem Zorn. Nein, wer hätte wohl Lust, mit ihr im Heu zu liegen, die Männer schauen zur Seite, und die Frauen nehmen ihre Kinder vom Boden auf, wenn sie vorübergeht. Aber sie schweigt eine Weile, später ist alles gut. Ja, später ist Thomas wieder sanft und freundlich, sie sitzen nebeneinander auf der Böschung unter den Bäumen und essen Kartoffeln aus der hohlen Hand.

Und dann gehen die beiden, sie haben kein Haus zu besorgen, keine Tür zu verschließen. Die Straße nimmt sie wieder auf, die ist ohne Anfang und Ende, ohne Dach und Tor, ein großes, geräumiges Haus für den Wanderer. Ein Acker für den Ruhelosen, den er mit seinen Füßen pflügt. Vom Berge herab kommt sie, aus den Schluchten und Wäldern, ja, von irgendwoher aus der unermeßlichen Weite der Welt. Das ist so schön an ihr: du wanderst und gehst, der Morgen bricht an, milchiges Licht spielt im Staube. Es tropft vom Astwerk der Bäume, und ein fröhlicher Wind bläht dein Hemd über dem Gürtel. Aber zur gleichen Stunde führt ein Schäfer seine Herde durch die dämmerige Allee, in einem fernen, fremden Lande – und hinter dir, weit gegen Morgen, bellen noch Hunde in dunklen Gehöften. Ist es nicht seltsam: ein großes Reich, zwanzig Schritte breit, aber ohne Grenzen vom Morgen bis zum Abend. Du kannst jung hier ausgehen, und immer gehen, dein Haar wird grau, dein Rücken krumm, aber es ist noch immer dieselbe Straße, sie hat dich nie verlassen . . .

»Wohin gehen wir«, sagt Thomas, »ist es weit?«

Nein, nicht weit. Maria sieht schon die Türme über den Wäldern. »Es ist ein großes Dorf, Thomas, vielleicht eine Stadt!«

II

Auf den Feldern vor dem Dorfe wird das Marktvieh zusammengetrieben, Jungstiere und Kalbinnen. Sie kommen von den Almen und Weiden der Bergbauern, der Sommer liegt ihnen noch im Blute, das wilde, freie Leben. Sie drängen sich an die Zäune, strecken die braungefleckten Hälse und brüllen, und ihre großen, milden Augen sind voll Angst und dumpfer Unruhe. Manchmal geraten sie mit den Hörnern aneinander, dann fühlen sie plötzlich ihre Kraft, senken die Stirnen und zerreißen die Erde mit ihren Hufen. Treiber laufen schreiend und fluchend über das Feld, sie drängen sich furchtlos zwischen die kämpfenden Leiber, und ihre unbarmherzigen Hiebe zersprengen den rasenden Haufen. Die Treiber sind betrunken, darum sehen sie nicht, wohin ihre schrecklichen Schläge treffen, die auf den Knochen wie Schüsse knallen. Die Tiere schließen geduldig ihre Augen und wenden sich ab, friedfertig und ohne einen Laut der Klage. Aber eine Weile später stehen sie wieder irgendwo still, strecken den Hals und brüllen. Es ist ein Geruch, es ist der Wind vom Berg her oder der Duft des kurzen Grases, der bis in die Dämmerung ihrer Seelen dringt . . .

Ja, Treiber und Knechte, Händler und Bauern — das ganze Dorf ist betrunken. Die Leute stehen in kleinen Gruppen auf der Straße beisammen, sie umarmen sich oder spucken einander vor die Füße, wie es eben der Handel mit sich bringt. — Du bist besoffen, sagen die Händler, und ich bin besoffen, aber das weißt du, ich kann deinen Ziegenbock nicht für eine Kuh nehmen!

Der Bauer schwört und verflucht seine Mutter im Grabe, aber der Schnaps macht seinen harten Schädel mürbe, und er nimmt das Geld, das Sündengeld für seinen jährigen Stier. Er wird einen guten Tag haben und einen Tanz auszahlen. Ein Stück Zeug für die Weiber kaufen und ein wenig Tabak für seine Pfeife, eine Asthacke oder ein Wagenrad, und morgen wird er wieder mit krummem Rücken über seinen Acker gehen. Es ist schwer, das weiß Gott, ja. Leicht ist das Leben nicht.

Leicht haben es nur die jungen Leute, der Dorfplatz ist voll von ihrem Lärm und ihrem Übermut. Die Mägde haben rote Nelken an das Mieder gesteckt, und auf ihren Hüften ist gut Platz für eine schwere Hand. Was ist ein Holzknecht während des Jahres? Ein Vieh, stinkend vom Schweiß, klebrig vom Pech. Aber wenn er in das Dorf kommt, ist er Herr im Dorfe, er verachtet alle, den Bauern wie den

Händler. Er ist ein Liebhaber, der nicht fragt, was ein Halstuch kostet und der auch das letzte Silberstück nicht wechseln läßt, wenn er einen Tanz haben will.

Vor den Buden drängen sich die Paare, sie haben Tische vor die Schenke gestellt und tanzen auf dem ebenen Platz. Auch Thomas ist

da, er sitzt auf einem Karren neben dem Tor und spielt. Ja, Thomas hat zuviel von dem Schnaps der Holzknechte getrunken, nun hockt er da und läßt seine tiefen Bässe mächtig rollen im Takt der Füße, und wenn ein Tanz zu Ende ist, dann singt er mit verklärtem Gesicht. Es ist ein guter Tag für ihn. Maria sammelt das Geld an den Tischen, aber die Burschen haben sich da einen Spaß ausgedacht, sie werfen ihre Silberstücke dem blinden Thomas selbst an den Kopf. Maria sieht, daß er betrunken ist, die harten Geldstücke treffen in sein Gesicht, und er kann sich nicht dagegen schützen. Sie läuft verzweifelt mit ihrem Teller unter die Leute, einmal versucht sie sogar, selbst auf den Karren zu klettern, aber das Gelächter schreckt sie zurück.

Der Abend kommt. Lärm und Übermut schwellen an wie Sturmwind, wie böses Wasser. Die Holzknechte tanzen nicht mehr, aber sie sind rauflustig und fangen Streit mit Vorübergehenden an. Die Weiber wehren sich kreischend gegen ihre verwegenen Griffe.

Maria hat das Geld gesammelt und in ihr Tuch geknotet, allein Thomas will noch nicht gehen, nein, laßt ihn, er ist betrunken, ein Landstreicher, ein elender Hund. Werft mit Geld nach ihm, mit Dreck, wenn ihr wollt, er wird da auf dem Karren sitzen und singen — hört, was er singt! Thomas schluchzt in seinem Rausch, Tränen laufen ihm in den offenen Mund: Groß ist die Welt, ja, schwarzhaariges Mädchen! Weit bin ich gewandert, ich kann nicht bleiben . . .

Maria bewacht ihn mit angstvollen Augen — wie wird es enden? Die Holzknechte sind aufmerksam geworden, sie begleiten den Gesang mit ihrem brüllenden Gelächter und finden sogleich allerlei Witzworte für dieses heulende Schwein auf dem Karren. Thomas, holla! Weit bist du gewandert, ja, immer warst du besoffen! Aber du hast eine hübsche Frau, Thomas, ein verteufelt schönes Weibsbild — warum tanzt du nicht mit ihr? Ja, Musik her, Thomas muß tanzen . . .

Sie holen ihn vom Wagen, und auch Maria entgeht ihnen nicht. Thomas hängt sich taumelnd an ihren Hals, er will wirklich tanzen, selig in seinem Rausch, glücklich über die Ehre, die man ihm gibt. Die Burschen stehen im Kreis um das Paar — küßt euch! sagen sie — ja, zeig es ihr, Thomas, was für ein Kerl du bist!

Sie schütten ihm Schnaps auf den Schädel, und schließlich bringt ihn einer zu Fall. Maria kann den schweren Mann nicht halten, er schlägt hart auf, und dann rollt er lautlos unter den Wagen.

Es war ein Spaß, nicht schlimmer als andere Späße. Niemand kümmert sich mehr um den Blinden, mag er da liegen, das ist sein Los. Er hat keine Heimat, ungerufen kommt er, unbedankt geht er wieder. Er ist vogelfrei, der Landstreicher.

Thomas liegt da wie ein Toter. Maria schleppt ihn ein wenig abseits in den Schatten des Hauses, und dann reinigt sie sein Gesicht mit ihrem Tuche. »Was ist dir«, sagt sie in ihrer einfältigen Angst, »Thomas, ist es sehr schlimm?«

Sie kniet allein vor dem stöhnenden Mann, vielleicht stirbt er, und dann ist ihr Leben leer und verloren. Ach, ihr Herz hängt an ihm, die Liebe und Sorge vieler Tage und Nächte! Oft schritt er fröhlich aus, weil er satt war, und sie konnte ihm kaum folgen, weil sie Hunger

hatte. Abends lief sie für ihn in die Häuser und gab sich den Menschen preis, an das alles denkt sie jetzt – und einmal suchte sie ihn einen ganzen Tag lang verzweifelt, als er zornig fortgegangen war und sich im Sumpfland verirrte. Maria hat nichts in der Welt als diesen armen Teufel, der selbst blind und elend ist, und doch ihre Liebe nur duldet, weil er ihre Häßlichkeit nicht sehen kann.

Der Arzt geht vorüber. Maria läuft ihm nach. – Herr! sagt sie und nimmt seine Hand.

Er ist kein Stein, der junge Doktor, er langweilt sich sogar ein wenig, darum geht er mit und untersucht den kranken Mann. Es ist nicht schlimm, nach einer Weile wird Thomas munter und richtet sich auf – ja, ja, meint der Doktor, du hast dir da einen tüchtigen Rausch zugelegt, mein Sohn!

Er setzt sich zu den beiden und spricht ein wenig mit Maria. Gut, sagt er, dann laß ihn einfach schlafen, verstehst du? Bist du seine Frau?

Ja, Thomas ist blind, Maria führt ihn.

Blind, so. Das interessiert den Doktor. Er hat zwei Glaskästen mit neuen blanken Instrumenten zu Hause, und auch seine Wissenschaft ist nagelneu. Er könnte da etwas gegen die Langeweile tun und eine genaue, eine haarscharfe Untersuchung anstellen. Keine Widerrede, jawohl, Thomas muß aufstehen und sogleich mitgehen – bitte, sagt der Doktor freundlich, kommen Sie nur, es geschieht Ihnen nichts!

Nein, nichts ist geschehen. Später schlafen die beiden im Heuboden des Wirtshauses, wie immer. Aber Thomas hat etwas Neues erfahren, etwas Merkwürdiges, Verwirrendes: er ist gewissermaßen nur aus Nachlässigkeit blind, er könnte längst geheilt sein – eine ganz einfache Sache, erklärte der Doktor. Mann! sagte er, das ist ja lächerlich! Ich selbst könnte es machen, das heißt, natürlich nicht allein, nicht hier in diesem Zimmer. Aber du gehst in die Stadt, in das nächste Spital, und nachher bekommst du eine Brille, und dann siehst du eben, der Teufel soll mich holen!

Ja, Thomas liegt im Heu und überlegt das alles. Er befühlt seine toten Augen mit der Hand – sehen? Für ihn spricht die Welt eine besondere Sprache, Sommer, Herbst, das ist Windrauschen, Duft aus den Gärten, Staubgeschmack im Munde. Viele Dinge erschließen sich seiner Hand, eine schöne, vertrauliche Welt. Auch er sagt »Baum« oder »Gras«, aber es ist ein Stück Rinde, ein feuchtes Blatt, was er meint. Er weiß nichts von der Höhe des Himmels, von Wäldern und Bergen in der Ferne. Thomas versucht beklommen, aus seiner einfältigen Seele die Welt der Sehenden zu begreifen — was ist das: Licht, Farbe? Er wird wie ein anderer Mensch sein, ja, wie jeder andere, frei und glücklich.

Thomas denkt an Maria, die neben ihm liegt und schläft. Er wendet sich um und tastet nach ihrem Gesicht — es ist naß von Tränen. »Was ist das«, sagt er, »weinst du?«

»Ich weine nicht, Thomas — nein, ich weine nicht!«

III

Graue Straßen, graue Luft, das ist die Stadt.

Maria geht am Fluß entlang, an dem abendlich schimmernden Wasser, das breit hinströmt und so glatt ist wie ein See. Das Mädchen sucht nach einem Platz unter den Bäumen, nach einer Bank, auf der sie schlafen kann. Seit einer Woche lebt Maria in der Stadt. Als sie kam, standen die Kronen noch dicht belaubt in der milden Pracht des Herbstes, aber mit jedem Tag entblättern sie sich mehr, ihr nacktes Astwerk schützt nicht vor dem Winde und den schamlosen Blicken der Vorübergehenden.

Ja, seit einer Woche liegt Thomas im Spital, darum läuft Maria so allein durch die Straßen, frierend, krank in ihrer Seele. Sie haßt diese Stadt, ach, hier wandert sie herum und kämpft verzweifelt gegen ihr Schicksal, weint und ruft Gott an aus der Not des Herzens. Sie kam mit Thomas — jeden Tag dem Ende ein Stück näher. Anfangs verfiel sie auf allerlei einfältige Mittel, die Entscheidung hinauszuschieben, sie verlor den Weg, oder sie stellte sich krank, um ein wenig Zeit zu gewinnen. Aber Thomas wurde mißtrauisch, was war das jetzt mit Maria? Er fing an, Vorübergehende zu befragen, und als Maria krank sein wollte, verließ er sie in der Nacht, um allein den Weg zu suchen.

Maria liebt den Blinden, aber sie hat nicht das Herz eines Helden, eines Entsagenden, es ist nicht der Sinn der Liebe, daß sie entsagt,

Thomas will sehen, ja, aber dann wird er auch sehen, wie armselig und häßlich seine hübsche Frau ist, er wird begreifen, daß er betrogen wurde in seiner Hilflosigkeit, und dann wird alles zusammenstürzen. Allein, vielleicht ist die Liebe mehr wert als das Licht der Augen? Die Liebe, versteht ihr, die unerschöpflich hinströmende Güte einer liebenden Frau?

Jeden Morgen kommt Maria in das Spital am Rande der Stadt. Sie darf den Kranken nicht besuchen, er muß im Dunkeln liegen und warten, bis seine Augen heilen, man weiß nicht sicher, wie es kommen wird. Maria steht lange da auf dem Gang, es ist ein bleierner Geruch, eine summende, gefährliche Stille in dem ganzen Haus. Ärzte in weißen Kitteln gehen vorüber, schauen zerstreut und fragend nach ihr hin und verschwinden lautlos in der Tiefe des Ganges. Lautlos kommen Schwestern aus weißlackierten Türen, mit Schüsseln und allerlei Geräten beladen, ihre Gesichter sind so seltsam weiß, kühl und sanft. Maria regt sich ein wenig – ja, ja, sagt die Schwester, noch nicht, Frau! Morgen vielleicht, noch einen Tag, aber es wird schon gut werden!

Maria seufzt und geht fort – nicht morgen, mein Gott! Noch ein paar Tage, einen einzigen Tag ...

Es schneit, trübselige Flocken sickern aus dem aschgrauen Himmel. Maria kehrt in die Stadt zurück, aber wohin soll sie jetzt gehen? Die Straßen sind belebt von Menschen, die es eilig haben in der unbehaglichen Kälte, alle sehen verdrossen und mürrisch aus. Maria folgt einer in Pelz gekleideten Dame, tritt hinter ihr gedankenlos in einen Laden, in ein großes Kaufhaus und drängt sich unter den Schwarm der Käufer. Wenn sie vorsichtig ist und nicht zu nahe an den Ladentisch gerät, kann sie lange hier stehen, um sich zu wärmen. Aber dann wird sie von einem Mann entdeckt, der im Laden herumgeht und die Leute mustert.

Nach einer Weile tritt er zu ihr und sagt etwas – bitte, sagt er ruhig und drohend, verschwinden Sie, nicht wahr?

Maria ist nicht unerfahren, sie weiß, daß es leichtfällt, nach Mittag ein wenig Essen in den Garküchen zu bekommen, Speisereste von den

Tellern der eiligen Gäste. Nein, untertags ist es nicht schlimm, sie kann viele Stunden in den Warteräumen der Bahnhöfe sitzen oder im Vorzimmer eines Zahnarztes. Aber die Nächte, in den Nächten bricht alle Verlassenheit über Maria herein.

Es dunkelt früh. Maria sucht die ruhigen Seitengassen in der alten Stadt, dort ist es windstill und ein wenig wärmer. Lange bleibt sie vor dem Schaufenster eines Frisierladens stehen, ja, es ist gerade dieses Fenster mit der lächelnden Wachspuppe unter Spiegeln und Döschen — dieses leere, süße Wachsgesicht tröstet sie auf rätselhafte Weise. Es ist vielleicht nicht ganz so schlimm, nicht alles verloren, Maria nimmt ihr dunkles Tuch unter dem Kinn zusammen und holt ein wenig von ihrem Haar in die Wange herein, eine kecke, schwarze Locke.

Da kommt ein Mann vorüber, er streift ihre Schulter; ein paar Schritte weiter bleibt er stehen und sieht sich nach ihr um. Es ist ein Arbeiter, ein flotter Kerl mit Mütze und Mantel und hellen Gamaschen über den Schuhen. Maria erschrickt — natürlich steht der Fremde jetzt da und lächelt über ihre Eitelkeit! Sie wendet sich schnell ab, schiebt das Haar zurück und geht nach der anderen Seite in die dunkle Gasse hinein.

Aber der Mann folgt ihr, sie kann nicht verhindern, daß er an ihre Seite kommt und sie anspricht. Bitte, sagt er — bitte, Fräulein, Sie gehen da so allein?

Maria antwortet nicht. Weit unten in der Straße brennt eine Laterne. Wie ist das, denkt Maria verwirrt, aber doch seltsam beglückt — sie stand dort in dem rötlichen Licht des Fensters und gefiel sich beinahe selbst, vielleicht sah sie auch der fremde Mann, der neben ihr hergeht und hastig spricht. Vielleicht ist nicht nur die Dunkelheit daran Schuld, daß er plötzlich »du« zu ihr sagt und seine Hand unter ihren Arm schiebt? Er spricht etwas von Essen und von einer Stube, es sei nicht weit, sagt er, nur ein Stück durch die nächste Straße hinauf. Maria duldet auch, daß er sie im Gehen auf die Wange küßt, sie kennt das, diesen heißen Hauch der Dunkelheit. Ja, ja, denkt sie erregt und dankbar — warte! Geh mit mir!

Im Lichtkreis der Laterne bleibt Maria stehen, zitternd und schwach in ihrer bangen, qualvollen Hoffnung. Der Mann beugt sich vor und schaut ihr ins Gesicht. Er lächelt, ja — und dann sieht sie, wie sich dieses Lächeln plötzlich verändert, nur ganz wenig, aber es ist wie ein eisiger Griff an ihr Herz.

»Ja — ach so?« sagt der Fremde und richtet sich auf.

Sie gehen noch eine Weile nebeneinander her, allmählich löst sich der Mann von ihr ab und verschwindet wie zufällig in einer Seitenstraße . . .

In dieser Nacht irrt Maria ruhelos durch die hallenden Gassen, einmal kommt sie auch zu dieser Laterne zurück, da drückt sie die Stirn gegen das kalte Eisen und weint ein wenig. Am Morgen sucht sie wieder das Spital vor der Stadt, aber sie wagt nicht mehr, hineinzugehen. Sie schaut nur nach den Fenstern hin, alle sind blank und unverhüllt, es ist ein heller, sonniger Tag im frühen Winter. Maria wendet sich ab und kehrt in die Stadt zurück — müde ist sie, ausgebrannt, verwüstet, es ist ein leeres, leeres Ende. Auf einer Brücke, mitten über dem Fluß, bleibt sie stehen –

Plötzlich fangen die Leute auf der Brücke zu laufen an, sie rufen und beugen sich über das Geländer – erhitzt euch nicht! Es ist vorüber.

Und am gleichen Tage öffnet sich die Welt für den blinden Thomas. Er darf die sanfte Dämmerung seines Zimmers verlassen, berauscht vom Licht, taumelnd geht er durch Gänge und Gärten des Spitals. Später gibt man ihm seine Kleider zurück, und dann macht er einem anderen Platz.

Aber wo ist Maria?

Maria? Ach, die Frau! Sie kam jeden Tag, aber heute nicht. Nein, seit vorgestern ist sie weggeblieben.

Das kann Thomas nicht begreifen. Er streift in der Stadt umher, unruhig, traurig, und sucht nach Maria. Eine Frau, versteht ihr, eine hübsche Frau! Ja, wie sieht sie aus? Das aber weiß Thomas nicht. Er kennt jetzt alle Dinge, die alte, dunkle Welt ist aus seinem Bewußtsein verschwunden, aber er weiß nicht, wie Maria aussieht. Sie rührt ihn nur an aus der schwarzen Ferne, wie etwas Sanftes und Gutes – ja, Herr, sie hat weiche Hände, ihre Hände sind immer ganz warm! Aber da lachen die Leute und lassen ihn stehen. Gehen Sie aufs Fundamt! sagt jemand. – Nein, das ist ein Spaß. Aber versuch es immerhin, mein Freund, geh zur Polizei!

Auch der Kommissar hat seine Not mit Thomas. »Eine junge Frau, so. Groß? Vielleicht blond? Wie sah sie aus?«

Thomas fängt an, seine Geschichte zu erzählen, er war früher blind, nicht wahr, dann kam er in das Spital und jetzt hat er diese Brille und sieht, aber Maria ist fort. – »Sie heißt Maria, Herr Kommissar, sie kam jeden Tag, aber seit dem Sonntag nicht mehr.«

Der Beamte wird aufmerksam. »Warten Sie«, sagt er, »wann kam sie also zuletzt in das Spital? Na, ich weiß nicht – aber kommen Sie jedenfalls mit!«

Thomas folgt ihm in einen großen, hellen Saal, an den Wänden stehen zinkbeschlagene Tische und darauf liegen da und dort langgestreckte Bündel, in weiße Tücher eingeschlagen – Leichen! Der Kommissar tritt zu einem dieser unheimlichen Pakete und schlägt die Decke zurück. »Nehmen Sie sich zusammen«, sagt er – »ist es diese?«

Thomas beugt sich über ein gräßliches Gesicht, das ist schwarz und aufgedunsen und starrt ihn an mit weißen, seifigen Augen.

»Nein«, sagt Thomas bleich und lächelnd, »das ist Maria nicht. Sie war jung, Herr Kommissar, eine hübsche Frau – «

Ja, und dann geht er, der Landstreicher, und sucht weiter nach Maria, die er nicht kennt, und die ihn so seltsam anrührt aus der schwarzen Ferne. Er verläßt die Stadt, die Straße nimmt ihn wieder

auf. Der Wind saust in den Pappeln, der Schnee knirscht unter seinem Tritt, alles erkennt er wieder.

Er wandert und geht, es liegt im Blute.

Am Wasser

Von Rudolf Hans Bartsch

Wunderbar, was Landschaft in einer Kinderseele bewirkt! Die kleine Brigitte war voller Fabeln.

Tagelang saß sie an den alten Festungsgräben von Friesach und träumte abgründig und heiß in das merkwürdige Wasser dort hinunter. Denn obwohl auch über diesem Wasser die froschgrünen Schlamminseln wie in allen Festungsgräben schwimmen, denen die stillen, reinlichen Schwäne im Bogen ausweichen, so ist dieses bald beryllgrüne, dort smaragdne und drüben wieder saphirleuchtende Wasser nicht faul, nicht tot und brütend. Die Festungsgräben gehen bis in den Felsgrund, und das reinste Quellgeriesel füllt sie in stets neuer Klarheit. Darum leuchtet das Wasser so nixenschauerlich, so unirdisch durchsichtig, daß die Augen zu vergehen glauben, die den fernen, tödlich stillen Grund so nahe sehen wie des Kaisers Krone im Traum.

Und traumstill auch schießen die Äschen in dem Fabelwasser umher, stehen die rotpunktigen Forellen darin. Dieses Reich aus einer andern Welt aber murmelte Zauberrunen in die Phantasie des schweigsamen kleinen Mädchens, das festgebannt am Rande dieser schaurigen Schönheit saß und wartete, ob hinter den jäh erschreckenden Fischen nicht still und mit traurig blauen Augen ein Wassermann dahergezogen käme oder eine grauenhaft schöne Undine. Und wenn die ihr am Ende winkten? Entsetzlich!

Aber sie saß und schaute in den leuchtend klaren Abgrund, und wenn ein Windlein den stillen Spiegel in tausend Wellchen zerrieb, so ward ihr gespanntes Gesicht vom Widerscheine zitternd und rieselnd und war grünblau angeleuchtet, als sähe es selber aus einer Seetiefe herauf.

Und was diese Stadtgrabentiefe der Welt über ihr für Sagen zurückspiegelte! Das Städtchen liegt verschüchtert unter den hohldrohenden Trümmern ehemaliger Größe. »Ihr Berge, fallet über mich!« Über allen Häusern schauen Ruinen von den anspringenden Felsen herab. Es gibt viel altes Gemäuer, und die Siedelung liegt da, als sei sie eingebrochen und in ihrer Bürgerkleinheit versunken in einem Kreise von Burgen und Domen und Stadtmauern aus eiserner, reisiger Herrenzeit.

Turm und gotische Kirchenfensterrippen, gezinnte Mauer, aufstarrendes Spitzbogengewölbe über allen Hausdächern: Die Welt der Vergangenheit ist dort mächtiger als das klein zusammengeduckte Heute.

Das alles spiegelt sich in dem durchleuchtenden Wasser der Stadtgräben und in Brigittleins zitternder Seele.

Drüben johlten und balgten die Buben. Denen war das Ruinengewirr lieb und recht für Räuberhöhlen und Kletterwagnisse. Sie merkten gar nicht, wie stillere Augen das gleiche so ganz anders sahen. Nur einer kam manchmal zur kleinen Brigitte gelaufen, sah ihr zu, fragte stürmisch: »Tust nicht mit uns?« und lief wieder weg.

Es war der Michele von der Waschfrau Schrotkopf; ein armer Bub, den irgendein leichtsinniger Kärntnerbursch bei dem derben Weib sozusagen verloren hatte, wie das dort eben Brauch ist. Von seinen Genossen war die Hälfte wie er außer Ehe zur Welt gelangt, und die andere Hälfte jubelte und sprang und balgte mit ihnen. Derlei hat dort gar nichts mit Ehr' oder Schande zu tun. Traurig war nur, daß der Michele keinen Vater hatte. Die Mutter, Tag und Nacht in Arbeit, konnte nicht zusehen, was der Bub lernte. Sie konnte selber nicht schreiben.

Einmal stand der kleine Michel wieder ratlos hinter dem Kinde, das stets so angenagelt am Wasser hockte. Da bekam Brigitte eine kühne Minute. Sie hatte nahe vor sich eine Forelle stehen sehen, deren Haut war wie mit Rubinen eingelegt. Da krempelte sie das Ärmelchen zurück und griff tief in das Wasser. Der Fisch rückte seitwärts ab, sie langte ihm nach, rutschte und glitt mit leisem Schreckruf in die eiskühle Fremdheit ihrer Traumwelt hinein. Die Kleider breiteten sich aus, und einen Augenblick war das sinkende Kind im dunkelgrünen Wasser wie eine große Seerose. Ringsum die sich blähenden weißen Röcke und inmitten das goldblonde Köpflein, schon halb verborgen. Da griff der kleine Michel zu und zog sie heraus.

Sie stand und zitterte vor Kälte und Schreck. »Lauf nach Haus, was du kannst«, rief er sie an. Da lief sie, und er rannte mit. Ihre Kleider klatschten und schlugen, und eine kleine Wassergasse blieb hinter ihnen. Die Leute schrien »hoho!« – und dann war sie im Laden ihres Vaters, der ein Papiergeschäft hatte. Sie kam ins Bett, der kleine Michel erzählte, erhielt einen Kuß, einen Silbergulden, Kaffee, Kuchen und Lob und durfte am Bette der kleinen Brigitte essen.

So waren sie Freunde geworden, und die Kleine erzählte ihm die Sagen jener Kristalltiefe, zu der sie beinahe eingegangen wäre.

Michel machte Mund und Ohren auf. »Davon hab' ich nie gehört«, staunte er.

»Lies nur in den Büchern nach; es steht alles drin«, mahnte sie ihn.

Ja so, lesen. Michel hatte bisher aus der Schule recht schlechte Zensuren gebracht, und die Waschfrau wußte nicht, was sie damit beginnen sollte. Nun begann er eigentlich erst in den Büchern lesen zu lernen, die Brigittchen ihm aus dem Laden des Vaters lieh. Das war viel besser als die Fibel, und der arme Bub wurde damit neugierig, aufmerksam und ein guter Schüler, ohne daß er selber es wußte.

Als er aus der Schule kam, blieb der Eifer in ihm. Er trat zwar bei einem Wirte als Laufbursch ein, half beim Einschenken und putzte den Gästen die Stiefel, aber das Lesen vergaß er nicht. Er las alle Kalender und suchte sich mehr und mehr das Wirtschaftliche hervor: wie man Kürbisse züchtet und Schweine mästet, wie man Obstbäume veredelt und was die Mistbeetwirtschaft abwirft. Michel wollte zu Haus und Garten kommen. Davon erzählte er Brigitte, und die freute sich sehr. Sie machten zusammen Pläne, und alle Sonntag zeigte ihr der Laufbursch des Wirtes »Zum Herzogsstuhl« sein Erspartes.

Brigitte wollte das Haus altdeutsch haben, und der Garten beschäftigte sie dabei am meisten. Etwas Salat, Kohl und Obst wäre ja sehr gut. Aber Blumen, Blumen müßten alles andere überdecken.

»Wirft das so viel ab?« fragte der Michel Schrotkopf.

»In der großen Stadt ja«, sagte sie. »Weißt du, in Klagenfurt; im Fasching. Da kaufen die jungen Herren die schönen Blumensträuße mit Silbergeld und schenken sie den Mädchen.«

Michel wurde rot. Er war nun fünfzehn und Brigitte dreizehn. Am anderen Sonntag brachte er ihr ein Sträußchen Ringelblumen, Zinnien und Reseda. Zwei Kreuzer hatte es gekostet. Sie freute sich still und ein wenig mit Schelmerei. Nun brachte er so einen kleinen farbigen Buschen alle Sonntage, bis sie sechzehn war und er achtzehn. Sie waren aneinander gewöhnt, ihre Eltern ließen den braven Jungen ohne Arg zur Tochter kommen, und Brigittes stille Art ließ keines auf andere Dinge geraten als auf ein heiteres Pläneschmieden, jedes für sich. Michel wollte Haus und Garten, Brigitte wollte Bücher lesen und Blumen und kleine Kinder pflegen. Das konnte ja in einem hingehen, dachte Michel.

Dann aber auf einmal sagten ihre Eltern: »So, nun muß Brigitte in die Welt.« Eine Familie in Klagenfurt brauchte ein feines Stubenmädchen: schon mehr eine Zofe. Es waren Hofratsleute; und da ging denn das liebe, stille blonde Kind fort und trat seinen ersten Dienst an.

Nun war Michel allein zu Friesach im Gasthause »Zum Herzogsstuhl«, und sein Herz riß ihn mächtig hin und her.

Am anderen Sonntag ging er und kaufte Blumen wie seit je. Aber das kleine Fenster am Platz wurde nicht mehr hell von ihrem freundlich geneigten blonden Haar, als er hinaufsah.

Da begann seine Seele zu brennen, ach zu brennen.

Erst ließ er die heimliche Angst still in sich nagen und ging um den Marmorbrunnen mit den schönen heidnischen Geschichten, die ihm

Brigitte mit einiger Verlegenheit letzthin ausgelegt und erzählt hatte. Die Entführung der Dejanira, der Europa, der Brautkampf der Lapithen: eigentlich lauter nackte Weibergeschichten. Nun brannte sein Blut zum ersten Male, und er dachte daran, wie schön Brigitte war; wie selig still und klar und schön. Er suchte ein Lied auf sie; aber die Kärntner Lieder gehen alle gleich aufs Derbste los. Da zürnte er sich selber und rannte fort bis an den Stadtgraben. Dort, wo einst das Kind weiß überbauscht ins Dunkelgrüne der Flut hätte versinken müssen, dort warf er die Blumen ins Wasser, und sein wildgewordenes Herz rief: »O Fremde, o Weite, du bist tiefer und unzwingbarer als die Flut. Könnt' ich das Mädel so aus der Ferne zurückgreifen, wie damals. Ach, wie sehr bist du versunken, allerschönste Brigitte!«

Nun war auf einmal Poesie über und über in ihm, den sie oft von der Seite angesehen hatte wegen mannigfacher Nüchternheit. Jede Welle, jede Ruine, jedes alte Haus sprach von ihr, und die alten Sagen und Rittergeschichten, die sie ihm erzählt hatte, die waren ihm jetzt so farbig und deutlich wie bunte Kirchenfenster. Es war eine Einsamkeit, die nicht zu ertragen war, und eine Liebe, so selig und unselig, wie sie nur in einer halb reinen, halb unkrautvollen Jungenseele wuchern kann. Bald kam ihm vor, er habe eine Heilige von sich ziehen lassen, rührend rein und geweiht. Dann aber dachte er, daß sie auch vom Fasching zu erzählen wußte. Und nie hatte er mit ihr getanzt. »Jetzt, tanzen und Wein trinken und immer glühender werden und dann mit ihr ins Dunkle schleichen.« Aber wenn er sie sich recht deutlich vorstellte, so fürchtete er ihre hellen, ernsten, weltfernen Augen.

Zwei Dinge trieb er also, um sich zu trösten: Singen und Briefe schreiben. Alle Sonntag schrieb er ihr einen Brief voll Sehnsucht und Scheu, in dem er nichts sagen wollte und dennoch zwischen den Zeilen alles verriet, was ihm im Herzen lag. Und das Singen ersetzte ihm, was sonst andere junge Leute vollauf können: das Gedichtemachen.

Denn die Kärntner Lieder erwiesen sich, als er ihnen nachsuchte, doch nicht alle so wie die, die er bisher gekannt und lustig gesungen hatte. Sie haben für jedes Herz einen Ton; sie können schwerbeladen, treu, scheu und traurig sein. Sie können von der Liebsten singen wie ein frommes Kirchenlied und vermögen so rein und wehmütig zu sein wie ein klarer Abend.

Eins, das ging wie auf sie:

Mit'm Munderl is s' still,
Mit die Augen sagt s' viel;
Mit der Hand drängt s' mi weg,
Wann s' moant, i wär z' keck.

Und das sang er oft, und sang noch viele schöne traurige Lieder und wurde der sangreichste Lauf- und Schankbursch in ganz Friesach. Aber die Leute merkten es, weil er gar so schön und innig sang, und neckten ihn sehr mit der schönen Brigitte. Zuletzt wußte das kleine Städtchen in allen Gassen, wie sehr verliebt Michel Schrotkopf sei. Von den Gästen des »Herzogsstuhles« ging es aus, aber bald sangen ihm die kleinen Kinder hinter Haustoren und Prellsteinen nach:

»Wo ich geh wo i steh,
Tut mirs Herzele weh.«

Es war die größte Liebe in ganz Friesach, die seine, und so wurde sie gebührend behandelt. Die Leute höhnten ihn mit einer gewissen Zärtlichkeit, aber sie verhöhnten ihn.

Zuerst lächelte er in seliger Wehmut, aber dann hielt er es nicht mehr aus. Er schämte sich sehr, und Brigitte war in Klagenfurt, wo die feinen Herrn umgehen, allzu schutzlos.

Eines Tages hieß es im »Herzogsstuhl«, der Michel Schrotkopf sei fort und sei Hausknecht im »Weißen Ochsen« zu Klagenfurt an der Villacher Länd geworden.

Dort im »Weißen Ochsen« kehrten die Flößer und Seeschiffsleute ein, die Heizer von den Dampfern des Wörther Sees löschten hier große Dürste, und wenn Markt war, wohnten da großmächtige Viehhändler. Reich sah das Wirtshaus nicht aus; trotz des schönen Wirtsschildes; aber der Michel ersparte gute, schwere Trinkgelder. Denn was ihm in Friesach Spott eingetragen hatte, galt in der Hauptstadt hoch. Alle Abende mußte er in die Wirtsstube kommen und mit seiner schönen, treuen, hellen Stimme den Gästen vorsingen. Bald fand sich ein Kellner, der die zweite Stimme hielt. Der Rasierergehilfe vom Laibacher Ring kam mit einem Bariton dazu, der Spengler nebenan

mit einem Fundament von Prachtbaß, und nun sangen sie vierstimmig, daß es berühmt wurde in ganz Klagenfurt. Samstag und Sonntag abends war der »Weiße Ochs« überfüllt, und Michel war froh, denn er war Sieger.

Wahrlich, einmal kam die Hofrätin selber mit ihren Töchtern und ließ sich von Brigitte ins Gasthaus führen. Das Mädchen, das stets mehr Gespielin als Dienstmagd gewesen war, saß mit zu Tische, hatte die Hände gefaltet, lächelte und sah auf das Tafelleinen; Michel und die drei anderen aber sangen wie vier Weihnachtstrompeten von einem Turm das Heil der Welt in alle vier Winde hinaus. Es war großartig, und sogar ein Professor war da, der schrieb sich alle Lieder auf. Da sangen sie auch nicht lauter traurige Lieder mehr, sondern viele, viele voll Übermut und Jauchzen.

Das war die Zeit, wo Brigitte fast ein wenig stolz auf ihren Freund war, den berühmten krausköpfigen Hausknecht beim »Weißen Ochsen«. Noch eine saß dort, hörte ihn voll Inbrunst an und sah dem hübschen Burschen in die blitzbraunen Augen. Das war die Wirtin vom »Grünen Fassel«, aus der nächsten Nachbarschaft, Witwe in den besten Jahren. Das »Grüne Fassel« lag gleich übers Eck und war ein winziges Häuschen mit einem Stockwerk und zwei Fenstern Front. Kleiner und zierlicher kann man kein Wirtshaus haben, und da Michel einige Groschen erspart hatte, meinte er, das Ding gar wohl kaufen zu können. Weil er nun so oft nach dem Hause herübersah, bezog's die Frau Wirtin auf sich und war viel beim größeren Nachbarwirt zu Gaste.

Es war eine Gesangspause, und Michel trug Bier umher, kam auch zur Frau Hofrat und ließ sich loben. Da bat ihn Brigitte ein wenig beiseite, und er dachte, nun käme es. Sie standen im dunklen Hof, aber Brigitte sagte: »Wir müssen von neuem Abschied nehmen, Michel.«

Er blieb ganz still, seine Kehle war zu Stein, sein Herz zu Blei geworden.

»Die Rätin heiratet ihre zwei Töchter aus und verreist«, fuhr Brigitte fort. »Ich habe eine neue Stelle in einem Schloß.«

In einem Schloß! Freilich, dahin gehörte sie.

»Nicht weit von hier, Michel«, sagte sie freundlich. »Nicht weit von hier.«

»Gott sei Dank«, brachte er hervor.

»Es ist Hallegg, gleich vom Schrotturm am See ein halbes Stündlein in die Berge. Du kannst auch übers Zollfeld kommen, weißt du, wo die alte Römerstadt unter der Erde liegt.«

»Ja«, sagte er etwas erleichtert. »Und ich komme dich alle Sonntage besuchen.«

»Das wird nun nicht gehen«, widersprach sie leise. »Ich bin bei einer ganz alten Dame; die kennt mich von der Rätin aus und ist mir gut geworden. Ich muß ihr vorlesen; auch im Klavierspielen habe ich zugelernt. Nun denk' du, wenn sie dort meinten, ich hätte einen Schatz!«

»Und wenn sie es meinten?«

»Dann wäre alles aus.«

»Es wird nicht aus; nichts wird aus«, sagte er vergnügt. Er konnte ihr ja noch nicht alles gestehen. Noch war nichts einig. Erst mußte er sich des »Grünen Fassels« versichert haben, bis es geschehen konnte, daß Michel Schrotkopf, ein freier Mann und Wirt, um Jungfer Brigittes Hand zum Ehebund anhielt. Also schwieg er trotz allem Stolz und aller Freude und sagte nur: »Gut. Wann kann ich dich also besuchen?«

»Wohl erst im Herbst«, sagte sie traurig.

Er verbiß sein Leid. Es war kaum Frühling geworden in der kleinen Stadt am See.

Nun war er wieder einsam.

Brigitte war bei der feinen alten Dame, und als er schrieb: nun hab' ich zweitausend und neunhundert Gulden, weil er auch von seiner Mutter einiges geerbt hatte, da antwortete sie: »Dein Brief hat mich sehr erfreut. Hier ist es schön und still. Von Hornstein bis an das Zollfeld ist nichts als Waldrauschen, und wenn der Wald schweigt, so rauscht der Brunnen im Schloßhof. Das liebe ich sehr; es ist alles Musik. Und auch wir machen viel Musik, Michel, ach, so schön, wie du nie im Leben welche hörtest. Sie ist aus ganz alten Zeiten. Es ist ein Leben wie im Traum, die alte Baronin nennt mich Kind und will mich nie mehr von sich lassen. Da kommt sich denn deine Freundin wie eine verwunschene Prinzessin vor.«

Dem Michel war unbehaglich zumute. Da wurde sie ihm immer gebildeter. Aber seine dreitausend Gulden waren doch noch feiner, und was die Musik angeht, so werden sie ihr, alle viere, an einem schönen Sommerausflugsabend ein Ständchen bringen: »Verlassen bin i« und »Es blüht beim schwarzen Felsen«; sie und die alte Baronin aber werden oben heulen vor Rührung. Dann wird er auf die Tasche schlagen und wird sagen: Na, Brigitte? Und was sagst du zu der Musik!

Dreitausend Gulden!

Der Sommerabend war still und schwül. Im Westen stand der hochflammende Sonnentod am Himmel. Da lüftete sich Michel auf der Straße in Hemdsärmeln und blauer Schürze. Die Gäste kamen erst spät, er hatte ein wenig frei.

Hinter ihm, von der Ecke des Hauses herab hing das alte Wirtsschild über den kleinen Platz heraus. Reiche Schmiedeeisenarbeit aus

Urgroßvaters stiller, hochanständiger Zeit; wunderschöne Ranken, Zapfen und Knospen, und in einem Kränzlein stand, in Blech getrie-

ben, der weiße Ochs, anderthalb Schuh lang und sorglich bemalt. Durch sein Milchweiß schlug nur da und dort ein wenig Rost, aber das machte ihn noch treuherziger. Da stand er oben, steif, lieb und blöd, wie die gute alte Zeit, und sah so fromm und dumm und tapsig auf den kleinen Platz hernieder, als wäre er seiner Sache ganz sicher; genauso wie Michel.

Und drüben ragte, ebenfalls an altem Schmiedeeisengerank, ein schöner Vogelkopf aus der Wand, der trug im Schnabel ein Fäßchen mit einer Traube, das Fäßchen länglich und wohlgebildet; alles hoffnungsgrün gestrichen. Und unter dem grünen kleinen Faß stand die Wirtin und sah und winkte herüber. Sie war beruhigend rund. Das »Grüne Fassel« vermochte eine Frau zu ernähren, so klein es aussah. Als er sie einmal gefragt hatte, ob sie denn das kleine Haus nicht hergäbe, allein wie sie sei, da hatte sie freudenvoll gerufen: »O gern, tausendmal gern. Nur lei reden müßt' man drüber können.«

»Kommt die Zeit, kommt die Sprach«, hatte der Hausknecht vom »Weißen Ochsen« erwidert. Die Wirtin gab ihm noch einen langen, langen Blick, und getröstet trollte Michel ab. Das war so gut wie gemacht.

Nun stand er sicher und fest, vom Ochsen übersegnet, und sah sich sein künftiges Wirtshaus behaglich prüfend an.

Da kam auch schon der erste Gast. »Hausknecht, is frisch ang'schlagen?«

»Woll, woll«, sagte Michel und begann sein Amt.

Ein Herbstsonntag am Wörther See! Silbern und weiter als sonst schläft der windstillste aller Seen durch die Berge hin, in lauter bunte, bläulich übermilchte Wälder gewickelt. Michel geht im Festtagsfrack mit Reseden und mit Veilchen, die in diesen endlos weiten, endlos stillen Tagen zum zweitenmal an sonnigen Rainen blühen. Er tut einen schönen, herzfrohen, kühnen Gang. Freien geht er, nach Hallegg.

Es war ein lieber, schöner Weg; und er wurde immer verzauberter, je mehr Michel in die einsamen, abseitigen Höhen nördlich vom See hineingeriet. Da ward es waldig und moorig, seltene Heidekornfelder lagen zwischen Fichtenwäldchen, dann kam wieder Hutweide, Birkenmoor und Föhrenhain. Feucht und wild war all die Welt hier drinnen in den Bergen.

Und dann, höher oben, ein paar ganz verlorene Bauernhäuser und dann ein kleiner See, voll Wasserrosen, aber ganz verlassen, ganz bange. Die Straße führte genau an seinem Rande vorbei und bildete einen Damm. Der gestaute See donnerte unter einem Brücklein über ein Mühlwehr hinunter in die Schlucht zur Mühle. Aber die stand

still, und wie aus toter alter Zeit hingen die Räder, traurig, voll Flechten und Moos. Dann kam, höher als der erste See, sogleich ein zweiter; bloß ein dichtüberbuschter Damm lag zwischen beiden, und der zweite war voll Rohr, voll Moos und Binsen. Kaum sah man noch ein Endchen Wasser. Und moorig blieb der Wald um den Weg bis zum Schlößlein hinauf; dann aber begannen plötzlich Kieswege, geschnittene Buchenwände und Taxus. Und Michel, der die Gartenkunst des Rokoko noch nicht kannte, nahm vorsichtshalber den Hut ab, weil er zwischen den glatten, hohen Baumwänden das Gefühl hatte, als sei er in ein fremdes, nobles Zimmer geraten.

Da war auch schon das Schloß. Goldrot hing breite Sonne an seiner Abendwand mit dem dreifach gekuppelten Rundbogenfenster und den Säulen hoch oben, das weithin der scheidenden Sonne nachsah.

Dann ging Michel durch das Tor in den ersten Schloßhof, der ganz in den Fels hinuntergehauen ist, tief, jähumwandet, moosgrün, kühl und feucht. Der Brunnen rauschte respektlos laut in einen gewaltigen Steintrog, der zum Überfließen voll war, und oben in der Burgwand stand in einer Nische ein kleiner römischer Mann aus Marmor. Er hielt eine Rolle in der Hand.

Michel erinnerte sich, wieviel ihm Brigitte von den schönen alten Römerstatuen gesagt hatte. Er drehte seinen Hut befangen in Händen und schaute zu dem Bildwerk empor. »Wahrscheinlich so ein Schreiber«, dachte er mit tiefem Magendrücken.

Hinter ihm waren hoch oben Bogengänge, und von dort rief ihm wer an, was er wolle. Es war eine alte Dame, und sie hatte eine Frisur wie die Maria Stuart auf den Bilderbogen, die er einst im Papiergeschäft der kleinen Brigitte gesehen.

»Ich möchte die Brigitte besuchen.«

Die alte Dame sah eigentümlich gutmütig herab.

»Ei, so«, sagte sie dann sehr langsam. »Sie sind wohl der Michel Schrotkopf, der Brigitte so oft Briefe schreibt? Nun, kommen Sie nur. Dort durch den Torbogen, vor dem zweiten Hof rechts finden Sie die Treppe.«

Michel stampfte bergan. Der zweite Hof war viel freundlicher und heller, auch ganz trocken. Da ward sein Herz etwas freier. Ringsum gingen die schönen Bogenhallen, eine über der anderen. Ja, Brigitte wohnte wie in einem Märchen.

Auf der Stiege ging ein ruhiger, schöner junger Mann an ihm vorbei hinab, ohne ihn anzusehen. Michel grüßte ihn nicht; er hatte augenblicklich das Gefühl einer Feindschaft.

Oben stand die alte Dame. »Sie können in den Rittersaal gehen; Brigitte wird gleich kommen«, sagte sie ruhig, sah ihn noch einmal ernst und wie voll Mitleid an, lächelte dann leise, ging voran, tat ihm die Türe zu einem langen und fast kahlen Raum auf und ließ ihn allein.

Er trat an das Fenster. Ja, das war wirklich das dreifache Abendfenster mit den Rundbogen, zu dem er so ehrfürchtig emporgesehen hatte. Nun stand er selber oben und war im Schloß und konnte hoch über alle Menschheit hinausschauen.

Der Ausblick ging über Fichten und Wälder, die ihm unsäglich einsam schienen. Fern über den Wipfeln verblutete der Abend; unten die gestutzten Buchen standen schon ganz in kühlem Duftblau.

Er dachte an seine Lieder. Für diese Welt fiel ihm aber keines ein; es paßte nicht eines. Inzwischen trat Brigitte ein.

»Grüß Gott, Michel. Gefällt dir das?«

»Es ist alles so alt und entlegen und wehmütig; mir ist nicht gut bei der Sache«, sagte er gedrückt.

Brigitte blieb lange am Fenster stehen. »Eichendorff«, sagte sie dann.

»Ist das ein Ort?« fragte er.

»Meine alte Dame hat uns gestattet, ein wenig spazieren zu gehen«, fuhr sie wie aus Träumen empor. »Das wird dir ja auch lieb sein?«

»O sehr«, sagte er.

Da gingen sie und schritten am ersten See vorbei, wo ein einsamer Felsblock ins Wasser ragte, und Michel getraute sich nicht zu sagen, daß ihm der so schwer und stumm vorkäme wie sein Herz. Überhaupt der ganze See, vollgewachsen, verbinst und verschilft, der war wie sein Leben, das von kleinen Sorgen, Geldbeschwerden, Kaufgedanken, Buchführung, Viehhandel, Bierbezug und Küchenerwägungen so gedrängt voll war, daß das stille Glück der schauenden Seele davon ganz verwachsen und überwuchert war.

Sie aber war still und schauend wie ein Spiegel, der gegen die ziehenden Wolken des Himmels gewandt ist. Sie war wie der andere, untere See, zu dem sie jetzt kamen, in dem nur herrliche Wasserrosen ihr stilles, heiliges, weitausgebreitetes Blühen hatten.

So ähnlich fühlte er es, aber ganz traumhaft und fremdhin, und er wußte es auf keine Weise zu sagen. Und das war sehr schade, um Brigittes willen. Denn die hätte aufgehorcht, wenn Michel sich solcher Gedanken fähig gezeigt hätte.

Am untern See stiegen sie in ein Boot, und da faßte sich Michel gewaltig zusammen, jagte die unnützen Bilder allesamt davon und fing ihr erstmalig an, vorzurechnen, daß er das Haus »Zum Grünen Fassel« kaufen könnte, und weshalb. Da nun aber ein Wirt ohne Wirtin nicht zu sein vermöge — — —

»Michel«, sagte Brigitte, »für heute kein Wort davon. Du bleibst eine halbe Stunde bei mir, und es wird schön sein, schöner, als wenn du mir von solchen Dingen daherrechnest. Wir wollen ein wenig im Kahn fahren, damit du die Welt siehst, die ich sehr liebe und die ich nicht lassen kann. Dann geh und überlege dir gut, ob ich zu einer Wirtin tauge. Ich sage dir kein Nein; ich will dir nicht wehe tun. Darum laß uns beim Wasser sein und hineinschauen, wie einst in der Kinderzeit.«

Und er ließ den Krauskopf hängen und griff nach dem Ruder. Ganz still war es, und sie fuhren wie über ein klares Firmament. Ja, sogar eine herrlich leuchtende rote Wolke stand als Spiegelung im Wasser, und sie fuhr mit ihnen mit und war mit sein blutendes Leid, so still und schön, groß und klagend.

Aber auch das wußte er nicht mit Worten zu sagen, dieses: wie er, der den Kopf stets hängend und beladen zu Boden trug, der hochlodernden roten Abendwolke erst im See gewahr worden war, derselben Wolke oben am Himmel, der sie, Brigitte, schon lange mit hellen Augen und still gefalteten Händen zugesehen hatte.

Es blieb ruhevoll, heidnisch schweigsam und verzaubert über dem See, und keines von beiden brach den Bann. Und vom Lande kamen nur Laute, die die große Einsamkeit der beiden noch größer machten.

Auf der Bergheide über dem See weideten die Schafe, und das Mühlwehr brauste von fern. Einmal nur tat der Schafbub einen verlorenen, unbeantworteten Ruf hinüber nach dem Kühbuben, dessen Glocken läuteten, dort, wo ein friedvoller Herdrauch hinter den Fichten aufkräuselte. Aber sonst war die Natur wie in Urerinnerung verhüllt, und das nervöse Herübermahnen eines Abendglöckleins aus dem fernen Zollfelde zertrieb ein Wind, der oben, hoch über der stillbrauenden Luft dieser Tiefe, umherstieß. Man erkannte ihn nur an der roten Wolke, die wie ein großes Schiff dahinzog, und von der ringsum leuchtende Flocken abwirbelten, trifteten und in nichts zergingen.

So fuhren sie über den See und wieder zurück. Sie saß in ihrer lieblichen Blässe mit dem klar gescheitelten blonden Haar und war fromm und dennoch versteckt und verschlossen anzusehen. Nur wenn Michel ihren Blick angstvoll suchte, sah sie ihn ernst und sehr traurig an. Dann wandte sie sich wieder nach dem Bilderbuch des Himmels, von dem man, aus dem Waldkranze des Sees, nur ein Kreisrund sah, das einen Teil von dem lodernden Todeskampfe des schwindenden Tages zeigte.

Und noch einmal, als sie ausstiegen, sagte sie: »Denk' doch, Michel, bevor du ans Werben gerätst; denke auch über mich nach, wozu ich tauge und warum ich nur gerne neben dir bin, wenn du schweigst wie heute.«

Er verstand noch nicht, was sie meinte; aber schweigsam, scheu und treu fragte er gar nicht nach dem, was sie beide trennte, und es blieb in größter Zartheit unausgesprochen.

Die alte Baronin war an den See gekommen. »Seid ihr fertig?« fragte sie, als die beiden ans Land stiegen.

»Ja«, sagte Brigitte leise.

»Dann begleitest du mich die kleine Straße hinab bis zur Blumenvilla, Brigitte. Wir brauchen wieder etwas Musik; dort bei unsern Freunden. Ja? – Herr Michel, Sie haben Ihren Überrock im Schlosse vergessen. Holen Sie ihn noch? Sie haben dann ohnehin denselben Weg wie wir und holen uns wohl ein?«

»Ich weiß nicht, ob ich nicht den Weg übers Zollfeld mache«, überlegte er schwerblütig.

»Dann adieu, Herr Michel.« Und die alte adlige Dame hielt ihm die Hand hin, so mitleidvoll und absagend, daß er einen Stich im Herzen fühlte: hier sei er nicht gefährlich.

»Gut' Nacht auch du, Brigitte.«

»Gut' Nacht«, sagte sie leise.

Dann ging er aufs Schloß, seinen Rock holen. Zweimal kehrte er sich um und sah den Frauen nach. Die gingen Arm in Arm dahin; wie Mutter und Tochter. Langsam, dort, wo der Herdrauch war, unter den Ulmen am See, verschwanden sie. Das Mühlwehr brauste und donnerte, als hätte es sie verschlungen.

Er brachte es nicht über sich, den Weg übers Zollfeld einzuschlagen. Hatte er schon nie wieder einen Hauch von ihr, so wollte er doch den Weg gehen, der noch beglückt war von ihrem leichten Tritt. Langsam schritt er, um die beiden nicht einzuholen, und er blieb oft und oft stehen, so bleich und sterbend das allerletzte Abendlicht auch war. Das Herz brannte ihm vor übergroßem, ganz und gar hilflosem Leid. Was war das nur? Wie geschah das nur?

Er sah einen Felsblock im Heidekornfeld, an dem er früher schon vorbeigekommen. Ja. So wäre sein Herz unter ihre Blumen geplumpst. So schwer und fruchtlos hätte sein Leben in dem ihren gelegen!

Es ward ihm scheu und scheuer zumute, als wäre in dieser Gegend niemand zu Hause als Überirdische. Wohl sah über den Fichten am Wege der Turm des waldeinsamen Schlößchens von Hornstein herüber. Er ragte vor dem apfelgrünen Abendhimmel, in dem noch ein paar goldrissige Windwolkenstriche geschrieben standen. Aber links von ihm über dem Birkenmoor, da waren schon, ganz glatt, ausgehauchte Milchnebel hingebreitet, wie das Gespenst des kleinen Sees, der ehedem auch hier war. Die Birken ragten aus dem schummernden Vorpostenvolk der aufsteigenden Nachtgeister noch in trauriger Reinheit und schienen zu weinen.

Da schritt er schneller aus und kam in menschenbewohnte Gegend. Erst kam links am Weg die beruhigende Großmacht eines Wirtshauses mit Meierhof. Da grunzten Schweine, und ihm ward freier um die Seele.

Dann aber kam rechts das Häuschen, wo die Freunde der adligen Dame wohnten, und das diese die Blumenvilla genannt hatte. Es war dort, vom Wege zurückgerückt und, ein nobles Stüfchen höher, ein Vorgarten aufgemauert.

Die roten reichen Nelken, die Malven, die Pappelrosen und hochgemuter Rittersporn standen wie zur Heerschau. Dem armen Michel kam es vor, als müßten diese hochherrschaftlichen Farben Millionen kosten. Und doch war es nur ein ganz schlichtes, liebes Landhäuschen.

Die Gardinen waren zugezogen, drinnen war schon Licht angesteckt.

Da hatte er sie also in dem Häuschen, und er stand unten an der Straße.

In seinem Herzen war ein Krampf von Angst und Weh. Denn es klang eine Musik auf die abendfeuchte Straße heraus, die ihm abermals erschien, als käme sie von den Überirdischen her.

Drinnen spielte eine tastende Hand fein, zärtlich und besorgt ihren Couperin oder Rameau. Es war eine ernste, alte Sarabande, königlich und wehmutvoll, großherrlich gebietend und doch weich und schmiegsam und süß.

Er horchte hochauf, und sein Herz stand still wie ein gebücktes Bürgerlein, wenn Majestät ihren Einzug in seine Gasse hält.

Ja, das war sie, die Musik; aber die aus dem Reiche der Unbedrängten, der Zurückgelehnten, derer, die sich ausruhen und fächeln dürfen! Das waren Töne aus der Welt derer, deren Sohlen nicht mehr im Lehm der Alltagsqual hängen blieben.

Und seine Seele trank und trank, diebisch, scheu und neidvoll draußen von der Gasse her die fremden, über alles stolzen Töne.

Ach Gott. Das, das hat sie?

Und nun, da stand er in großer Erkenntnis draußen, er mit seinen Kärntner Liedern, und hörte zum erstenmal die Welt, die er »die feine« nannte, und er erkannte und fühlte diese Welt. Diese Welt, an die er sie verloren hatte.

So unrettbar und sicher verloren, als wäre sie schon im Jenseits.

ZU DIESEM BUCH

Die hier vorliegende Anthologie bildet zusammen mit den romantischen Meistererzählungen aus Deutschland, »Die Elfen«, und der Sammlung heiterer Meistererzählungen aus der Schweiz, »Das blaue Wasser«, eine Trilogie. Jeder der Bände steht unter einem Generalmotto, und für Österreich haben wir den Realismus gewählt – bis hin zum Tragischen, dessen erstes Gesetz, wie Schiller 1793 in den »Prosaischen Schriften« schrieb, »die Darstellung der leidenden Natur« ist. Was für die Tragödie gilt, die der Dichter mit seiner Bemerkung meinte, kann auch für die Kurzform der Erzählung Gültigkeit haben. Freilich sind nicht alle hier versammelten Erzählungen ohne versöhnliches Ende. Stifters drei Schicksalsschmiede sitzen nach ihren Irrungen und Wirrungen wieder befriedet beieinander; Halms Freundinnen verständigen sich trotz nahezu unüberwindbarem Zerwürfnis; Anzengruber gibt der tödlichen Versuchung der Habgier – für diesen Dichter ungewöhnlich – noch eine Wendung zum Guten, und der kleine Bub, der in Roseggers Erzählung so tapfer dem Unheil begegnet und dafür auch noch den Spott ertragen muß, erfährt sogar ganz zum Schluß, nach Jahren, ein glückliches Ende.
Aber: Keine Buße im düsteren Kloster kann Grillparzers unglücklichen Mönch davon entbinden, daß er getötet hat, was er eigentlich lieben wollte; Hamerling ruft dem ungemütlichen, ungeliebten Erdengast pessimistisch noch die Gefahr weiteren Unglücks im Jenseits nach ins Grab. Hofmannsthals Liebesgeschichte endet mit Pest und Tod; Greinz' Heldin wählt nach einem Leben voller Kompromisse den Freitod; Ginzkeys Beispiel tragischer Entsagung, Ertls Artistentragödie, Waggerls melancholische Erzählung vom blinden Thomas und das schwermütige Ende einer Liebeshoffnung, von dem Bartsch erzählt, stehen unter dem Stichwort realistisch.
In den hier ausgewählten Erzählungen ist kein Märchenton angeschlagen, schweigt die mildernde Heiterkeit. Wirklichkeit, Alltag, Versuchung, Entsagung, Schuld und problembeladene Schuldlösung sind die Motive, die von zwölf Autoren behandelt werden. Dennoch, und dem trägt auch die Illustrationsweise Rechnung, soll das Buch unterhalten. Die Dichter sind Meister der spannenden, einfühlsamen Erfindung und Formulierung, und es ist die Absicht, Teilnahme, Mitgefühl, Engagement beim Leser zu erwecken.

Marianne Bernhard

KURZBIOGRAPHIEN DER AUTOREN

Franz Grillparzer

1791 am 15. Januar als Sohn eines Hof- und Gerichtsadvokaten in Wien geboren
1801 bis 1804 Besuch des St.-Anna-Gymnasiums
1804 bis 1807 philosophischer Obergymnasialkurs an der Wiener Universität
1808 bis 1811 Studium der Rechts- und Staatswissenschaft ebenda
1809 Tod des Vaters; eine Tätigkeit als Hauslehrer trägt zum Unterhalt der Familie bei
1812 Hofmeister beim Grafen Seilern
1813 unbesoldeter Rechtspraktikant bei der Hofbibliothek, dann Konzeptspraktikant im Staatsdienst
1815 im Dienst der Hofkammer
1818 bis 1823 auf Vermittlung seines Gönners, des Finanzministers Graf Stadion, auch Theaterdichter des Burgtheaters
1819 Selbstmord der Mutter in religiösem Wahnsinn; Italienreise mit Aufenthalt in Triest, Ferrara, Rom, Neapel und Florenz
1821 Bekanntschaft mit seiner lebenslangen großen Liebe Katharina Fröhlich
1826 Deutschlandreise und Reise nach Prag und Teplitz; Bekanntschaft mit Ludwig Tieck in Dresden, Friedrich de la Motte-Fouqué, Adelbert Chamisso und Varnhagen von Ense in Berlin, Goethe in Weimar; Aufenthalt in München
1832 Archivdirektor der Allgemeinen Hofkammer
1836 Reise nach Paris (Bekanntschaft mit Heinrich Heine und Ludwig Börne), London und Stuttgart (Bekanntschaft mit Ludwig Uhland und Gustav Schwab)
1838 Uraufführung des Lustspiels »Weh dem, der lügt!«; nach dessen Mißerfolg Verzicht auf die Veröffentlichung weiterer Werke
1843 Reise nach Konstantinopel und nach Athen
1847 zweite Deutschlandreise; im selben Jahr Mitgliedschaft der Akademie der Wissenschaft in Wien
1856 als Hofrat pensioniert
1861 Mitglied des Herrenhauses
1872 am 21. Januar Tod Grillparzers in Wien

Franz Grillparzers ämter- und ehrenreichem Leben fehlte die Anerkennung als Dichter. *Das Kloster bei Sendomir,* eine düstere Kriminalgeschichte, läßt in Handlung und Stil deutlich den Dramatiker spüren. Sie erschien 1828 in Joseph Schreyvogels *Aglaja* mit dem Zusatz Grillparzers: »Nach einer als wahr überlieferten Begebenheit.« Gerhart Hauptmann verwendete den Stoff 1905 für sein Drama *Elga.*

Literatur: *Franz Grillparzer. Sämtliche Werke,* herausgegeben von A. Sauer und R. Backmann, 1904–1916; W. Neumann, *Franz Grillparzer. Das dichterische Werk.* Zweite Auflage 1967.

Adalbert Stifter

1805 am 23. Oktober in Oberplan im Böhmerwald als Sohn eines Leinwebers und Flachshändlers geboren; von den Großeltern erzogen
1818 bis 1826 Schüler des Gymnasiums der Benediktinerabtei Kremsmünster; Versuche als Landschaftsmaler
1826 bis 1830 zunächst Studium der Rechte, dann der Mathematik, Naturwissenschaften und Geschichte in Wien; während und nach dem Studium Hauslehrer in Wiener Adelshäusern, u. a. beim Fürsten Metternich
1837 nach einer unglücklichen Liebe zur Wiener Kaufmannstochter Fanni Greipl Heirat mit Amalie Mohaupt; Umgang mit Lenau, Grillparzer und anderen Dichtern
1848 Übersiedelung nach Linz
1850 Schulrat und Inspektor der Oberösterreichischen Volksschulen; wachsende Schwierigkeiten mit den Behörden, Krankheit und zunehmende finanzielle Bedrängnis
1865 Versetzung in den Ruhestand mit dem Titel eines Hofrats
1868 am 28. Januar Freitod Stifters in Linz nach einem Anfall heftiger Schmerzen, vermutlich wegen Leberkrebs

Adalbert Stifter verstand sich als Dichter kleiner Dinge, in denen sich der Makrokosmos spiegelt. Trotz seines gewaltsamen Todes stellte er sein Leben und sein Werk unter das »sanfte Gesetz«, das die Welt im Großen und Kleinen lenkt. Die Erzählung *Die drei Schmiede ihres Schicksals* erschien zuerst 1844 in der *Wiener Zeitschrift.*

Literatur: *Adalbert Stifter. Sämtliche Werke,* herausgegeben von A. Sauer, F. Hüller und G. Wilhelm, 1901–1960; W. Heck, *Adalbert Stifter,* 1954.

Robert Hamerling, eigentlich Rupert Johann Hammerling

1830 am 24. März in Kirchberg am Walde in Niederösterreich als Sohn eines Webers geboren
1840 Besuch des Untergymnasiums am Zisterzienserstift Zwettl
1844 Schüler des Schottengymnasiums in Wien
1848 Studium der Sprachen, Philosophie, Geschichte und Medizin in Wien; während der Revolution Mitglied der »Akademischen Legion«
1852 Aushilfslehrer für klassische Sprachen in Wien
1853 Übersiedelung nach Graz
1854 Professor am Gymnasium in Cilli
1855 bis 1866 Gymnasiallehrer in Triest
1866 wegen Krankheit pensioniert in Graz
1889 am 13. Juli Tod Hamerlings in Stiftinghaus bei Graz

Robert Hamerling, ein sensibler, oft epigonaler Dichter des akademischen Stils, beweist in diesem kleinen Prosastück einen für ihn seltenen ironischen Realismus und grimmigen Humor. *Der Ungemütliche* erschien während des Aufenthaltes in Triest in der *Triester Zeitung.* Alle Prosaarbeiten dieser Zeit wurden 1884 unter dem Titel *Prosa, Skizzen, Gedenkblätter, Studien* als Buch veröffentlicht.

Literatur: *Robert Hamerling. Sämtliche Werke,* herausgegeben von M. M. Rabenlechner, 1911; R. Hamerling, *Stationen meiner Lebenspilgerschaft,* 1889.

Friedrich Halm,
eigentlich Eligius Franz Joseph Reichsfreiherr von Münch-Bellinghausen

1806 am 2. April in Krakau als Sohn eines Appellationsgerichtsrates geboren
1811 Übersiedelung nach Melk
1814 Schüler des Stiftsgymnasiums Melk
1816 Besuch des Schottengymnasiums in Wien

1822 Student der Rechte in Wien; Bekanntschaft mit Nikolaus Lenau, dem Philosophen und Dichter Eduard von Bauernfeld und Johann Gabriel Seidl
1826 Eintritt in den Staatsdienst und Heirat mit Sophie von Schloissnigg
1828 Ernennung zum Kreiskommissär
1831 Beförderung zum Regierungssekretär; Umgang mit seinem ehemaligen Lehrer Enk von der Burg und der Burgschauspielerin Julie Rettich-Oley
1849 Ernennung zum Regierungsrat
1842 Reise durch Süddeutschland
1844 Kustos der Hofbibliothek
1861 Mitglied des Herrenhauses
1866 Ernennung zum Wirklichen Geheimen Rat
1867 Präfekt der Hofbibliothek und zugleich Generalintendant beider Hoftheater
1870 Pensionierung wegen Kränklichkeit
1871 am 22. Mai Tod Halms in Wien

Friedrich Halm war ein angesehener Theaterdichter in der Nachfolge Schillers und des spanischen Dramas. Die Prosaschriften erschienen erst nach seinem Tode. Seine realistische, sprachlich und inhaltlich gleichermaßen packend und dicht gestaltete Erzählung *Die Freundinnen* wurden aus dem Nachlaß herausgegeben.

Literatur: *Ausgewählte Werke,* herausgegeben von A. Schlossar, 1904; D. Arendt, *Friedrich Halm* (Dissertation), 1953.

Ludwig Anzengruber, eigentlich Ludwig Gruber

1839 am 29. November als Sohn eines Hofbeamten bäuerlicher Herkunft in Wien geboren
1847 Besuch der Volksschule
1851 bis 1855 Unter- und Oberrealschüler bei den Piaristen; Abbruch der Schulzeit wegen Mittellosigkeit
1856 bis 1858 Buchhandelslehre und erste autodidaktische Beschäftigung mit Theater, Kunst und Dichtung
1860 bis 1868 Schauspieler bei Wandertruppen in Meidling, in den frühen 60er Jahren auch Statist und Chorist; das Talent reicht nur zu kleinen

Rollen in der Provinz oder in Kroatien und Ungarn
1866 bis 1867 nach Rückkehr nach Wien Auftritte am Harmonietheater und am Varieté in Hietzing
1868 erste journalistische Versuche, Mitarbeit am »Wanderer« und »Kikeriki«
1869 Praktikum bei der Polizeidirektion und dramatische Schreibübungen
1870 mit dem ersten Stück, »Der Pfarrer von Kirchfeld«, sofort berühmt; Freundschaft mit Peter Rosegger
1871 Theaterdichter am Theater an der Wien
1873 Heirat mit Adelinde Lipka, der Schwester eines Freundes
1878 Verleihung des Schillerpreises; Mißerfolge im dramatischen Schaffen führen zur Prosa
1882 bis 1885 Redakteur des Familienblattes »Die Heimat«
1884 bis 1889 Redakteur beim Witzblatt »Figaro«
1887 Verleihung des Grillparzerpreises; Reisen in Österreich und Böhmen
1888 Leiter des Kalenders »Wiener Bote«
1889 Scheidung von Adelinde; am 10. Dezember Tod Anzengrubers nach einer Blutvergiftung in Wien

Ludwig Anzengrubers Prosa, von Émile Zolas Naturalismus beeinflußt, hat vor allem bäuerliche, didaktisch-realistische Themen, Kalendergeschichten oder dörfliche Erzählungen zum Gegenstand. *Die Polizze,* seine früheste Novelle, ist in einem später seltenen optimistischen, versöhnlichen, fast heiteren Stil geschrieben. Sie wurde zuerst 1868 veröffentlicht.

Literatur: *Anzengruber. Werke,* herausgegeben von E. Castle, 1921; A. Kleinberg, *Ludwig Anzengruber. Ein Lebensbild,* 1921.

Peter Rosegger

1843 am 31. Juli in Alpl bei Krieglach in der Obersteiermark als Sohn eines armen Gebirgsbauern geboren; lernt bei einem ehemaligen Waldschulmeister das Lesen und Schreiben
1858 Lehre bei einem wandernden Schneider; literarischer Autodidakt, erste schriftstellerische Skizzen sendet er an die Grazer »Tagespost«
1864 Buchhändler in Laibach

1865 bis 1869 Schüler der Akademie für Handel und Industrie in Graz; mit einem Stipendium weitere Studien und Reisen
1870 Reise nach Norddeutschland, in die Niederlande und in die Schweiz
1872 Reise nach Italien
1876 in Graz Gründung der Monatszeitschrift »Heimgarten«, lebt seitdem in Graz und Krieglach
1918 am 26. Juni Tod Roseggers in Krieglach

Peter Rosegger ist einer der meistgelesenen volkstümlichen Schriftsteller, weit über seine Heimat hinaus. Die meisten seiner Schriften tragen autobiographische Züge, so wohl auch die um 1890 entstandene Episode *Die Nottaufe.* In Buchform erschien sie zum erstenmal in den *Novellen.*

Literatur: *Ausgewählte Werke,* 1928 ff.; P. Rosegger, *Mein Weltleben,* 1898 (neue Ausgabe 1977); A. Katterfeld, *Peter Rosegger,* 1949.

Hugo von Hofmannsthal

1874 am 1. Februar als Sohn eines Juristen und Bankbeamten jüdisch-böhmischer Herkunft in Wien geboren; Besuch des Gymnasiums seiner Heimatstadt
1890 erste Gedichte; Jurastudium bis zur ersten Staatsprüfung, dann Promotion zum Dr. phil.; der Plan einer Habilitation mit einer Arbeit über Victor Hugo an der Wiener Universität scheitert; Heirat mit Gerty Schlesinger
1900 Beginn des Briefwechsels, später Zusammenarbeit mit Richard Strauss, zu dessen Opern Hofmannsthal zahlreiche Libretti schreibt
1901 zurückgezogenes Leben und Schaffen als freier Schriftsteller in Rodaun bei Wien; Reisen in die Mittelmeerländer und nach Frankreich
1911 Uraufführung der berühmtesten gemeinsamen Arbeit mit Strauss, der Komödie für Musik »Der Rosenkavalier«; im selben Jahr der »Jedermann«
1914 Ausbruch des Ersten Weltkriegs; Reserveoffizier in Istrien, dann im Kriegsarchiv und Pressehauptquartier tätig
1916 Reisen in politischer Mission nach Skandinavien und in die Schweiz
1917 gemeinsam mit Strauss und Max Reinhardt Gründung der alljährlich im Sommer mit dem »Jedermann« beginnenden Salzburger Festspiele
1929 am 15. Juli Tod Hofmannsthals in Rodaun

Hugo von Hofmannsthal, das frühe Genie der Wiener literarischen Szene, der geniale Textdichter u. a. von *Ariadne auf Naxos* (1912), *Die Frau ohne Schatten* (1919) und *Arabella* (1933 postum uraufgeführt), schrieb neben einfühlsamen, feinsinnigen Essays nur wenig erzählende Prosa. *Das Erlebnis des Marschalls von Bassompierre* entstand nach einer Episode in Goethes *Unterhaltungen deutscher Ausgewanderten* und wurde in *Das Märchen der 672. Nacht und andere Erzählungen* im Jahr 1905 zum ersten Mal veröffentlicht.

Literatur: *Gesammelte Werke in Einzelausgaben,* herausgegeben von H. Steiner, 1945–1959; R. Alewyn, *Über Hugo von Hofmannsthal,* 1960.

Rudolf Greinz

1866 am 16. August in Pradl bei Innsbruck geboren
1884 bis 1887 Studium der Germanistik, Philosophie und Kunstgeschichte in Graz und Innsbruck
1889 freier Schriftsteller erst in Meran, später in Innsbruck
1911 Übersiedelung nach München; unter dem Pseudonym »Tuifelemaler Kassian Kluibenschädel« Mitarbeiter der Zeitschrift »Jugend«
1933 Wohnung auf seinem 1926 erworbenen Sommersitz Aldrans bei Innsbruck; Reisen nach Italien und vor allem nach Südtirol
1942 am 16. August Tod Greinz' in Innsbruck

Rudolf Greinz schrieb vor allem meist heitere Erzählungen und Romane aus dem Tiroler Milieu, in dem er während seiner zahllosen Reisen heimisch wurde. Die gefühlsbeladene Novelle *Die Furcht vor dem Messer,* eine Geschichte mit tragischem Ausgang, erschien 1920 in der Legendensammlung *Die Pforten der Ewigkeit.*

Literatur: *Rudolf Greinz, Gedächtnisausgabe,* 1946 ff.; P. Rossi, *Rudolf Greinz. Der Mann und das Werk,* 1926.

Franz Karl Ginzkey

1871 am 8. September in Pola in Istrien als Sohn eines Chemikers der k. u. k. Kriegsmarine deutsch-böhmischer Herkunft geboren; Besuch der Marineakademie in Fiume und der Kadettenschule in Triest
1891 Fähnrich in Salzburg und Braunau

1893 Leutnant in Pola und Triest
1897 bis 1914 Offizier und Technischer Rat am Militärgeographischen Institut in Wien; erste literarische Erfolge durch Förderung Peter Roseggers; frühe Gedichte im »Heimgarten«
1914 Kriegsberichterstatter, später Mitarbeiter des Militärarchivs in Wien
1920 freier Schriftsteller mit Wohnsitz in Wien und Salzburg
1932 Ernennung zum Professor h. c.
1944 Übersiedelung nach Seewalchen am Attersee
1963 am 11. April Tod Ginzkeys in Wien

Franz Karl Ginzkey gilt als bedeutender Vertreter der Neuromantik in Österreich. Er suchte sich seine Stoffe gern in der italienischen Welt, aber auch im altösterreichischen Milieu. Die Novelle *Der Prinz von Capestrano* erschien zuerst 1921 in der Wiener Literarischen Anstalt.

Literatur: *Ausgewählte Werke,* 1960; R. Hohlbaum, *Franz Karl Ginzkey. Sein Leben und Schaffen,* 1921.

Emil Ertl

1860 am 11. März in Wien aus einer alten Seidenweber- und Fabrikantenfamilie geboren
1880 Studium der Rechte und der Philosophie in Wien und Graz; Offizierspatent
1886 Promotion zum Dr. phil., dann Bibliotheksbeamter am Grazer Johanneum
1889 Bibliothekar der Technischen Hochschule in Graz
1898 bis 1922 Bibliotheksdirektor dieses Instituts
1910 Ernennung zum Regierungsrat
1922 Hofrat und Ehrenbürger von Wien und Graz
1927 Bekanntschaft und Freundschaft mit Peter Rosegger
1930 Verleihung des Grillparzerpreises der Stadt Wien
1935 am 8. Mai Tod Ertls in Wien

Emil Ertl ist ein bedeutender österreichischer Heimatdichter, der sozialen, kleinbürgerlichen Themen Beachtung und künstlerische Form gibt. Den

Armen, Benachteiligten, gilt sein Engagement. Die tragische Erzählung *Artisten* veröffentlichte er 1922 in dem Band *Meistererzählungen.*

Literatur: E. Ertl, *Lebensfrühling* (Autobiographie), 1932; *Emil Ertl-Festschrift,* 1930.

Karl Heinrich Waggerl

1897 am 10. Dezember als Sohn eines Zimmermanns in Badgastein geboren; ärmliche Jugend; Besuch des Lehrerseminars in Salzburg
1914 Soldat im Ersten Weltkrieg; Beförderung bis zum Offizier; italienische Kriegsgefangenschaft
1920 Rückkehr in die Heimat; dann als freier Schriftsteller in Wagrain bei Salzburg ansässig
1973 am 4. November Tod Waggerls

Karl Heinrich Waggerls Erzählstil in der Nachfolge Adalbert Stifters begann realistisch mit oft bitteren, tragischen Prosastücken, entwickelte sich aber mehr und mehr zur heiter-anmutigen Form. Die Erzählung *Landstreicher* erschien 1930 in *Die sieben Jungen aus Österreich* und spiegelt noch die pessimistischen Züge der freien Zeit.

Literatur: *Karl Heinrich Waggerl. Gesammelte Werke,* 1948–1952; M. Willinger, *Karl Heinrich Waggerl,* 1957.

Rudolf Hans Bartsch

1873 am 11. Februar als Sohn eines Militäroberarztes in Graz geboren
1895 bis 1911 Oberleutnant am Kriegsarchiv in Wien
1900 bis 1902 auch dem Institut für österreichische Geschichtsforschung zugehörig
1911 Hauptmann a. D. in Graz
1914 bis 1917 Dienst im Kriegsarchiv ebenda
1918 als freier Schriftsteller in Graz
1932 Ehrenbürger seiner Wahlheimat
1952 am 7. Februar Tod Bartschs in St. Peter bei Graz

Rudolf Hans Bartschs schriftstellerische Domäne liegt in der stimmungsvollen, von Gefühl und Empfindung geleiteten Erzählung. Auch wenn das glückliche Ende versagt bleibt, liegt ein Hauch von Heiterkeit und Lebensanmut über seiner Prosa, so auch bei *Am Wasser,* einer Novelle, die 1938 in seiner Sammlung *Der steinerne Weinfuhrmann* erschienen ist.

Literatur: Th. Lessing, *Rudolf Hans Bartsch. Ein letztes deutsches Naturdenkmal,* 1927.

Zum Umschlagbild

Dargestellt ist ein Aquarell in Tusche, Pinsel und Feder von Georg Emanuel Opiz, »Szene auf einem Jahrmarkt«, datiert auf das Jahr 1822. Das Blatt stammt aus dem Besitz von Rudolph Bernhard, Stuttgart.
Der Künstler, seinerzeit ein gesuchter Maler (vor allem Miniaturist, Aquarellist und Gouachemaler), Zeichner, Kupferstecher und Lithograph, wurde 1775 in Prag geboren. In Dresden war er Schüler Casanovas und malte zunächst Miniaturen in Öl. Um 1801 kam er als Wanderkünstler nach Wien und entwickelte dort besonders seine Begabung, lebendige, charakteristische Szenen aus dem Volksleben darzustellen. Im Jahre 1814 ging er als Begleiter der Herzogin von Kurland nach Paris, von dort erst nach Heidelberg und anschließend nach Altenburg. 1822 ließ er sich in Leipzig nieder und schilderte dort wieder heitere, turbulente Bilder aus dem Leben des biedermeierlichen Alltags. Besonders gern malte, stach und aquarellierte er ganze Folgen; viele seiner Graphiken hat er eigenhändig sehr sorgsam koloriert, und seine Arbeiten erfreuten sich beim Publikum und später bei den Sammlern großer Beliebtheit. Am 12. Juli 1841 ist Georg Emanuel Opiz in Leipzig gestorben.

Inhalt.